# Roman`s Mittelalter 1

In zwei Neuauflagen habe ich insgesamt drei Bücher zusammengefasst, die ich **2012** bis **2013** im gleichen Verlag veröffentlicht hatte.

**Erzählungen aus einer düsteren Zeit**
**von    Roman Schmidt**

**Hargan und Arn**
(Ein edler Junker und ein leibeigener Balg finden zusammen)
**Steffan, des Schmiedes Sohn**

Die vorliegenden Geschichten sind völlig frei erfunden.
Ähnlichkeiten mit lebenden oder verstorbenen Personen sind ausdrücklich nicht gewollt und wären rein zufällig.

**Roman Schmidt MMXVI**

## Vorwort

Ich will Euch erzählen von längst vergangenen Tagen....

Von einer Zeit, die in finsterer Dunkelheit lag, des nächtens nur spärlich erhellt vom flackernden Schein des Feuers. Auf dem Land legte man sich mit dem Sonnenuntergang zur Nachtruhe und stand mit der aufgehenden Sonne zusammen wieder auf . . . . sofern man die Nacht hungrig, fröstelnd und von der täglichen Fronarbeit lebend überstanden hatte. Gerade bei den Kindern war das nicht immer der Fall. Die Sterblichkeit unter ihnen war enorm hoch und die Kleinen wurden mit Erleichterung morgens aus ihrem Bettkasten gehoben, wenn noch Leben in ihnen war.

Es war in den Gassen der Städte nicht nur dunkel, es war stockfinster.

An einigen Häuserecken standen Feuerkörbe, die fest angekettet für ein wenig Orientierung sorgen sollten.

Öllampen und Kerzen waren dem Klerus und den Adeligen vorbehalten, denn es war dem niederen Volk nicht möglich, den Obolus für derartige Güter aufzubringen.

Die Kleidung aus Linnen, Flachs und Wolle, gefärbt in schwarzen, grauen oder braunen Tinkturen war für das niedere Volk.

Als Ausnahme durfte von ihnen am Tag des

Allmächtigen auch blau getragen werden.

Der Klerus war allgegenwärtig und bestimmte das Leben eines jeden.

Die Unwissenheit der meisten Menschen, (der größte Anteil bestand aus Unfreien, Bauern und Handwerkern) konnte weder lesen noch schreiben.

Sie waren auf Gedeih und Verderb auf die Obrigkeit und deren gutem Willen angewiesen und mussten alles glauben, was man sagte oder behauptete.

Krankheiten durften sie nicht bekommen, denn einen Bader oder etwa einen Medicus konnte sich von ihnen niemand leisten.

Ob aber die Adeligen besser dran waren, wenn sie zu einem „Quacksalber" gingen, steht auf einem anderen Blatt, denn mancher Kranke siechte durch die verabreichten Tinkturen, den beliebten Aderlass oder eingenommene Substanzen erst recht qualvoll dahin.

Lasset Euch ein, auf die Erlebnisse der Menschen, die jene Zeit überstanden haben und den Grundstein dafür legten, dass wir, als die Nachfahren jener Zeit, heute etwas bequemer und sicherer durch den Alltag gehen dürfen.

**Roman Schmidt   (M.M.X.VI.)**

# Hargan Kapitel 1
## (Das Ende von Tugend und Moral)

Der einsam gelegene Gutshof wurde von bestialisch stinkenden Rauchschwaden und der aufziehenden Dunkelheit eingehüllt. In dieser Nacht hatte sich bitter gerächt, dass die Arbeiten an der Befestigungsmauer so lange verzögert hatten. Der Mond zeigte sich als weißglänzende, seitlich abgeflachte Scheibe, die hier und da von kleineren Wolkenfetzen kurz verdeckt wurde. An verschiedenen Stellen loderten noch vereinzelte Flammen. Sie hatten sich durch die Schuppen und Stallungen gefressen und glühten nun langsam aus. Nur das, aus Bruchsteinen robust aufgeschichtete Haupthaus hatte den willkürlich gelegten Brandherden diesmal noch widerstehen können. „Kommt, wir gehen. Wir werden hier nichts Brauchbares mehr finden!" Ließ ein etwa zwanzig Lenze zählender Jüngling verlauten, der gemächlich über den Hof schlenderte und seinen Spieß hinter sich her zog. „Das sehen wir auch so!" war die Antwort der anderen, die gerade ihre erbeuteten Lederwesten, Stiefel und Umhänge auf eine Karre am Wegrand warfen. Die Männer stießen hier und da in die leblosen, gefledderten Körpern, die wahllos dahingemetzelt im Innenhof herumlagen. Einige von ihnen hatten abgetrennte Gliedmaßen und waren als menschliche Wesen kaum zu erkennen. Blutverschmiert und grässlich verstümmelte Frauen, Kinder, Männer und Greise, allesamt waren sie unbewaffnet diesem hinterlistigen und fürchterlichen Überfall ausgesetzt gewesen. Mit Gewalt hatte man sie alle im Hof zusammen getrieben. Dann war die Horde über ihre wehrlose Beute hergefallen. Die wilden Ritter fanden keinen Lebenden mehr vor. „Ihr habt eure Arbeit zur besten Zufriedenheit erfüllt, obwohl der Ertrag doch ziemlich dürftig ausgefallen ist. Seid ihr euch absolut sicher, dass es keine Zeugen gibt? Ist uns auch wirklich keiner entwichen?"

„Nein Gernot! Wir haben alle Scheunen und Hütten durchsucht, bevor wir dem Feuerteufel freien Lauf ließen. Lebende waren nicht mehr darunter. Wenn sich doch einer unerkannt dorthin verschanzt hatte, so war es dann seine letzte, sehr heiße Nacht gewesen." Die Männer lachten sarkastisch und teilnahmslos auf. Der Anführer dieser wilden Gruppe zog den fremden, roten Waffenrock über den Kopf und warf ihn mit auf den Wagen. Die Männer banden zwei abgemagerte Kühe, die sie als lebenden Proviant aus dem umzäunten Gatter geführt hatten, an die gleiche, hoch beladene Karre. „Wir haben nur diesen alten Gaul hinter der Scheune gefunden!" Zwei Männer hoben die Deichsel des Wagens an und spannten den Klepper vor ihre Beutekarre. „Zieht euch wieder um, wir reiten zurück zur Burg!" Die anderen Männer taten es ihm gleich und bald saßen sie, nun mit ihren eigenen. unterschiedlichsten Kitteln und Beinkleidern gewandet, in den Sätteln ihrer Pferde und Maultiere. Einheitliche Uniformen hatten sie schon lange nicht mehr, denn es war eine Horde von unterschiedlichen Männern: Ritter, Knappen und Vogelfreie. Sie hatten sich aus Not zusammengeschlossen. Gernot der Kühne, wie er von den anderen genannt wurde, trabte voran, als sich die Gruppe in Bewegung setzte und mit dem erbeuteten Wagen und den abgemagerten, angebundenen Rindviechern langsam zurückritt.

„Ward ihr endlich einmal erfolgreich?" wollte ihr Anführer, der selbsternannte „Burgherr" der verruchten Bande wissen, der die Reiterschar schon an der Zugbrücke empfing. Mit zwei brennenden Fackeln in den Händen war er nervös im Vorhof herumgegangen, seitdem seine Männer mit dem Auftrag fortgeritten waren.

Er entschuldigte vor seinem Gewissen das harte Vorgehen mit den schlechten Zeiten, in denen man lebte. „Wovon sollen wir denn satt werden, wenn die Lehnsherren keine Arbeit mehr für uns haben?" Die Ritterschaft wurde nicht mehr benötigt und war nun auf sich alleine gestellt. Daraufhin hatten sie sich aus der Not und dem Hunger heraus, in kleineren und größeren Gruppen zusammengerauft. Plündernd und mordend zogen nun die ehemaligen, Ritter und Beschützer der Grafschaften und Herzogtümer über Land, um sich an den unfreien Bauern, Marktbesuchern und Geschäftsleuten der Adeligen schadlos zu halten. Sie hatten sich in einer alten, verfallenen Burgruine zurückgezogen und diese notdürftig zu ihrer neuen Unterkunft hergerichtet. Die morschen Tore hatten sie mit gestohlenen Brettern und Ästen notdürftig verstärkt, die zerborstenen Burgmauern mit Schutt und Steinen wieder angehäuft und die offenen Dächer mit Stroh und gewachsten Planen abgedichtet. Das Waldstück verbarg den maroden Unterschlupf, der gut eine Meile von der Zuwegung der Stadt und des Schlosses entfernt lag. Die überraschenden Überfälle auf die Fuhrwerke der Kaufleute, die innerhalb der Stadtmauern Markt halten wollten, wurden immer weit entfernt von ihrem neuen

Schlupfnest in offenem Gelände durchgeführt. Der Zulauf war groß und mit der Zeit hatte sich ihre Mitgliederzahl auf fünfundzwanzig Mann erhöht. Die Weiber hatten sie von ihren Raubzügen mitgebracht und durften solange bei ihnen bleiben, wie sie sich in allen Belangen als gefügig erwiesen.

Manch trotziges Frauenzimmer war als Warnung zur fortgeschrittenen Stunde schon von den Zinnen in den Burggraben gestoßen worden. Das hatte seine Wirkung nicht verfehlt, denn nun war schon seit geraumer Zeit kein einziges widerspenstiges Weib mehr aufmüpfig geworden. Wo sollten die armen Geschöpfe denn auch hin, nachdem man ihre Brüder, Väter und Männer wahllos gemeuchelt hatten? Die Weibsbilder wären ohnehin alleine und schutzlos in diesen wirren Zeiten verhungert. So fügten sie sich dann zwangsläufig in ihr vorbestimmtes Schicksal. Die meisten Weiber waren harte Fronarbeit gewohnt. „Es gibt keine Zeugen, Hauptmann. Außerdem hatten wir wieder die roten Röcke an." Der selbsternannte Anführer dieser zusammengewürfelten Räuberbande stocherte mit einer Pike in der Ladung der Karre herum: „Plunder! Nichts als Plunder! Was sollen wir damit? Gab es denn nichts Brauchbares auf dem Gut? Ich habe mir da mehr von versprochen!" Gernot, der den heutigen Überfall angeführt hatte, sprang vom Pferd und brachte ihm eine kleine, blechverstärkte Holzkassette: „Die habe ich unter seiner Bettstall gefunden. Sie ist sehr schwer, aber ich konnte sie nicht öffnen. Dieses kleine Loch unter dem Deckel ist wohl für den Öffnungsriegel gedacht. Du erinnerst Dich doch noch an diese Eichentruhe, die wir aus dem Schloss geholt hatten? Das sind diese neumodischen Halterungen, die mit einem besonderen Eisenstift entriegelt werden können. Der Herr Vogt hatte einen solchen Stift nicht dabei. Ich habe extra seine Bluse zerrissen, denn die hohen Herren tragen wichtige Sachen erfahrungsgemäß an einem Lederriemen um den Hals!"

Ihr Anführer war noch vor sechs Monden ein angesehener Ritter gewesen. Auf Burg Felsenstein hatte er die ganze Reiterschar befohlen und wurde doch über Nacht aus seinen Diensten entlassen: „Feuerrohre werden benötigt, Ritter Argo! Ihr habt die Kriegskunst mit Lanze, Schwert, Morgenstern und Streitaxt gelernt, dass war auch ausreichend. Was aber könnt ihr einem Angreifer entgegensetzen, der Euch mit einem solchen Vorderlader schon aus zwanzig Schritt Entfernung aus dem Sattel reißt? Aus Brabant und Lothringen kommt die

9

Kunde, dass Reiter mit feuerspuckenden Rohren jeden Angreifer niedermachen. Sie lassen sogar von den Pferden große Rohre ziehen, die sie auf ein Balkengerüst montiert haben. Damit können auf Entfernung ganze Befestigungsmauern eingerissen werden!" Argo von Falken hatte noch nie von solchen Reitern gehört. Der Graf gab ihm einen Beutel Gulden und sein Streitross: „Lebt wohl und sucht Euch andere Arbeit. Erlernt die Kunst der Feuerrohre und geht in die Stadt, dort könnt Ihr die Tore bewachen. Stadttore und Mauern wird es immer geben!" Argo hatte vier Männer dazu bewogen, einfach mitzugehen. Er war der Meinung, dass die Burgherren sich diese Mähr von den Wunderwaffen ausgedacht hatten, um die kostspielige Reiterschar einzusparen. Argo herrschte den Mann an: „Gib mir Deinen Dolch, Du Trottel und leg den Kasten auf den Boden!" Er schob die dünne Klinge in den schmalen Schlitz, der den Deckel vom Gehäuse trennte und drückte mit einem kräftigen Ruck den Dolch hinein. Klirrend tanzte die abgebrochene Eisenspitze auf den Steinen. „Muss ja recht wertvoll sein, der Inhalt!" Damit nahm er den Kasten hoch und rief nach Eric. Ein Raufbold mit feuerroten Haaren und einem hellblonden, borstigen Bart von gut einer Elle Länge, kam aus einem Schuppen. In der Linken hielt er ein glühendes Stück Eisen mit einer Zange, in der anderen hatte er einen schweren Hammer.

Aus dem Norden war der Hühne zu ihnen gestoßen, weil angeblich die Nordmänner mit ihren Drachenbooten seiner überdrüssig geworden waren. Was wirklich passiert war, verschwieg er sorgsam. Er ging in seine Schmiede und kam alsbald zurück, den Hammer immer noch in Händen.

„Öffne dies Kästchen!" Der Riese nahm es, zerschlug den Deckel mit einem gezielten Hieb, überreichte wortlos die Sachen, drehte sich um und war schon wieder in seinem Schuppen verschwunden. Vorsichtig entfernte der Anführer die Holzsplitter und ließ sie achtlos fallen. Unterschiedliche Münzen, Ringe und Ketten lagen ungeordnet in dem, mit Stoff ausgeschlagenen Fach.

„Gut gemacht!" rief er dem Rothaarigen hinterher und wandte sich an seine Männer: „Schlachtet eins dieser Rindviecher und führt das zweite in den Stall. Verkeilt die Tore für die Nacht, wir werden morgen teilen!" Er presste den Schatz unter den Arm und stakste in seinen klobigen Stiefeln auf eine morsche Tür zu. Er würde sich von der Karre ein paar andere Füßlinge nehmen, denn seine jetzigen waren ihm ein wenig zu groß.

„Weib! Ein Humpen Wein!" er umfasste die Taille der angesprochenen Alten und fügte hinzu: „Hunger hab ich auch!" er kniff sie in den Allerwertesten: „Nicht nur auf den Braten, den Du mir gleich bringen wirst!"

Sein schallendes Gelächter hallte durch die marode Ruine, in der es nach Unrat und Jauche stank. Welch einen gesellschaftlichen Absturz hatte er da erlebt. Er schaute wehmütig durch die halbzerfallenen, zugigen Fenster in die Dunkelheit des angrenzenden Waldes. Die Holzladen waren schon vor einiger Zeit ein Opfer der Flammen geworden. Hätte man doch besser nachgedacht und das wertlose Mobiliar, wie Schränke und Anrichten zum Heizen in die Feuerkörbe gelegt. Man müsste dick gewebte Teppiche vor jedes zugige Loch stopfen, denn einen solchen Winter wie den vergangenen wollte er frierend nicht noch einmal erleben. Was für ein Unterschied zu seinem feudalen Leben in der Veste! Mit adeligen Damen und netten Zofen hatte er Minne gehalten, in feinem Tuch genächtigt und musste nun in einem dreckigen Loch mit zahnlosen Weibern seine primitive Bettlade teilen. In einer windgeschützten Ecke hatte er sich mit Teppichen ein dürftiges Nest gebaut und erwartete das Weib, dass ihm die heutige Nacht zu versüßen hatte.

## Schreckliches Erwachen

Keiner hatte den verletzten Jüngling bemerkt, der diesem entsetzlichen Gemetzel knapp entkommen war und sich die Gesichter der Männer hatte gut einprägen können. Als die Stimmen verstummt und die Männer vom Hof geritten waren, schwanden ihm die Sinne. Die Dunkelheit der Nacht legte eine schwarze Decke über das Anwesen. Ein Schütteln an seinen Beinen weckte den jungen Mann, der verletzt zwischen den Toten lag. Vorsichtig versuchte er, seine Augen zu öffnen. Seine Schläfen pochten und drohten, den Kopf zum Platzen zu bringen. Wieder wurde an ihm herumgezerrt und er strengte sich an, den Oberkörper ein wenig zur Seite zu drehen und sich halb aufzurichten. Jaulend ließen zwei Schatten von ihm ab. Es schienen junge Wölfe, streunende Hunde oder Füchse gewesen zu sein. Sie hatten sein offenes Bein attackiert und die Wunde vergrößert. Dieser Schmerz hatte ihn in die Gegenwart zurückgeholt. Wäre er aus seiner Ohnmacht nicht aufgewacht, wer weiß, ob sie ihn nicht bei lebendigem Leib noch weiter angeknabbert oder sogar letztendlich aus Futterneid zerrissen hätten. Er musste sich irgendwie ins Haus oder in einen der halb verbrannten Schuppen schleppen. Es war immer noch diesig, oder schon wieder? Er hatte kein Zeitgefühl, spürte aber, dass er schon sehr lange hier gelegen haben musste, denn die Magd, die tot neben ihm lag, hatte ihren verdrehten Arm immer noch abwehrend vor ihrem Gesicht. Ihr Körper fühlte sich eiskalt an.

Mühsam versuchte er, sich umzudrehen und aufzustehen. Außer der verkrusteten Wunde an der linken Wade, die nun erneut blutete, spürte er immer noch den dumpfen Kopfschmerz. Er musste sich anlehnen, um nicht wieder umzufallen. Vor Erschöpfung, Hunger und Blutverlust sah er seine Umgebung nur schemenhaft verschwommen. Er tastete sich an der Wand entlang und fand endlich den ersehnten Eingang ins Haus. Er drückte mit Gewalt die angelehnte Tür auf, die nur noch von dem unteren Scharnier gehalten wurde. Nun schleppte er sich hinein und verkeilte den Eingang hinter sich mit einem zerbrochenen Schemel. Das Riegelschloss hing ebenfalls durch das brachiale Eindringen dieser Horde verbogen, nur noch an zwei Stiftnägeln nutzlos baumelnd an der Holztür. Der Mond schien schwach durch das kleine Fenster in die Diele. Auch hier fand er geschundene, tote Leiber. Drei Bedienstete hatten hier unten den Tod gefunden. Unmöglich konnte er sich hier verstecken, wenn die Seelen hier die ganze Nacht umhergeistern würden. Er nahm den verkeilten Schemel wieder von der Tür, hob sie leicht an und stellte den Flügel an die seitliche Wand. Der Flur lag lichtdurchflutet und die armen Kreaturen mit ihren erstarrten Gesichtern flößten ihm zum ersten Mal Angst ein. Er musste sich überwinden, sein offenes, schmerzenden Bein für einen Augenblick vergessen und die Körper einzeln an den Kleidern, Armen oder Beinen in den Hof zerren. Als diese Arbeit getan und die Tür wieder verkeilt war, wurde ihm wieder schwarz vor Augen. Er schleppte sich zu der seitlich angebrachten, breiten Stiege die in obere Gemächer führte. In Halbdunkel, auf der Hälfte der Treppe lag der Torso eines Mannes. Zu schwach, um den ganzen Aufwand noch einmal zu starten, kroch er an ihm vorbei und erreichte ein Schlafgemach, in dem ein leeres Bett stand. Hier würde er vor den Tieren der Nacht einigermaßen sicher sein. Erschöpft ließ er sich auf die Strohmatte fallen. Er dachte an sein spärliches Hab und Gut, dass auf dem Lager neben den Stallungen der Pferde verbrannt war. Er hatte alles zurücklassen müssen, als er vor diesen Barbaren geflüchtet war. Der Lärm, das Knistern der gefräßigen Flammen und die Schreie der Bewohner hatten ihn früh genug aus seinem Schlaf gerissen. So konnte er sich neben dem Schweinetrog verstecken und musste mit ansehen, wie die Männer nach Belieben ihre Mordlust stillten. Als sie eine junge Maid verschleppen wollten, dachte er nicht mehr nach, sondern verließ sein Versteck und sprang die Männer von hinten an. So brachte er zwei dieser überraschten Schergen zu Fall. Das befreite Mädchen rannte mit zerrissenem Hemd in Panik weiter, während er von den Männern ergriffen und niedergeknüppelt wurde. Er blieb bewusstlos mitten auf dem Hof liegen. Dadurch wurde er von den Männern zwischen den anderen Toten auch nicht mehr beachtet. Als er wieder zu sich gekommen war, standen die Scheunen und Ställe in hellen Flammen. Die Männer versammelten sich wieder und er wagte es nicht, auch nur einen Finger zu krümmen. Endlich trat gespenstische Stille ein. Die Horde dieser wilden Reiter war fortgeritten und der Hof lag wieder verlassen und leer. Dann waren die wilden Hunde oder Wölfe gekommen und hatten ihn geweckt. So war er nun in ein richtiges Bett im Haus gekommen. „Hatte die Maid entfliehen können?" waren seine letzten Gedanken, als er endlich in einen traumlosen Schlaf fiel. Der Sonnenstrahl, der durch das zerborstene Fenster auf seine Stirn schien, hatte ihn aufgeweckt. Oder war es das Scharren und Kratzen gewesen, das er jetzt deutlich aus dem unteren Geschoß hörte. Er musste sich Klarheit verschaffen. Vorsichtig setzte er sich auf und erhob sich aus der Bettlade. Sein Aufstehen wurde von lautem Knarren begleitet. Hoffentlich hatte dieses Geräusch ihn nicht verraten. Wenn diese Männer zurückgekommen waren, gab es von hier oben kein Entkommen mehr für ihn. In seinem erbärmlichen Zustand konnte er unmöglich aus dem Fenster springen, ohne sich dabei noch schlimmer zu verletzen. Außerdem musste er einem menschlichen, dringenden Bedürfnis nachgehen. Die Latrinen waren neben den Stallungen. Hoffentlich hatten sie die nicht auch mit abgefackelt. Er öffnete die Tür und schlich über den Flur. Als er oben an der Treppe angekommen war, schaute er vorsichtig nach unten. In der Diele belauerten sich zwei streunende Katzen, die sich um einen Knochen stritten. Sie hockten voreinander, fixierten sich und fauchten mit angelegten Ohren. Erleichtert atmete er auf, denn die waren keine Gefahr für ihn. Er ging in die andere Richtung an den zerschlagenen, offenen Türen vorbei und sah am Ende des Ganges eine Holztruhe, in der Form eines hohen Kirchenstuhles. Das einzige Stück

Möbel, das die Stirnwand im Flur schmückte.
Die Sitzfläche hatte eine Klappe, die er
neugierig öffnete. Ein Segen! Er hatte wider
Erwarten, hier oben einen Abort gefunden! Er
stellte die Klappe aufrecht, setzte sich auf den
Rand und fand die ersehnte Erleichterung. Auf
der Fensterbank lagen abgerissene Vorhänge,
mit denen er sich notdürftig säuberte. Er
entnahm der Holzverkleidung den gefüllten
Eimer, öffnete ein Fenster und entsorgte die
Fäkalien, wie es üblich war, im Hof. Danach
durchsuchte er die restlichen Zimmer. Regale
waren von den Wänden gerissen. Kleidung,
Stoffe und Decken lagen verstreut auf dem
Boden. Er legte sich flach auf den Fußboden
und schaute unter die Betten und Schränke,
fand aber nichts, was für ihn hätte von Nutzen
sein können. Schließlich stieg er die Stufen
wieder herunter und die Katzen stoben in
verschiedene Richtungen davon. Den Torso
auf der Treppe würde er noch im Hof
entsorgen müssen, aber sein Bein schmerzte
wieder und der Magen rebellierte. Er musste
endlich etwas Essbares zwischen seine Rippen
bekommen. Im unteren Bereich fand er
endlich auch die ersehnte Küche. Hier
herrschte die gleiche Unordnung. In einer
Ecke lag versteckt unter altem Gemüse und
Körben ein Holzklotz, mit mehreren

Öffnungen, in denen verschieden große Messer steckten. Für ihn ein wahrer Glückstreffer in dieser Zeit. Er nahm eine kleine und eine mittlere Klinge an sich, die würden ihm mit Sicherheit noch gute Dienste tun. Ein gewachster Kutschermantel, ein Lederbeutel und mehrere Wolldecken gingen ebenfalls in seinen Besitz über. Der Gutsherr und seine gesamte Sippe waren tot, also wem nahm er diese Sachen weg? Die ehemaligen Eigentümer benötigten sie in der Hölle oder im Himmel, wo immer sie jetzt auch waren, nicht mehr. Er legte seine gesamte Beute auf ein großes Tuch und schlug es zusammen. Über Kreuz verknotete er die vier Enden und legte das geschnürte Bündel neben die Tür. Nun suchte er in der Stube nach irgendetwas Essbarem, denn er musste seinen knurrenden Magen beruhigen. In einem Korb fand er noch ein paar Eier, die nicht zerbrochen waren. Das Feuer im offenen Kamin war längst erloschen und der aufsteigende Rauch einer neu entfachten Glut hätte ihn verraten können, denn die Feuersbrunst in den Stallungen und auf dem Hof war längst verloschen. Er nahm einen Holzbecher vom Bord, tauchte ihn mehrfach in den Wasserbottich und trank endlich daraus, um seinen unendlichen Durst zu stillen. Das Wasser schmeckte abgestanden und faul, aber sein Durst hatte gegen den Verstand gesiegt. Normalerweise wurde gewürztes Bier oder saurer Wein getrunken, denn das war für den Darm bekömmlicher. Er schlug die Eier am Rand des Bechers auf und schüttete den Inhalt hinein. Der Becher war halb voll mit der schleimigen Flüssigkeit, die er genussvoll in mehreren Zügen verschlang. Vom angeschimmelten Brot kratze er grob die grünlichen Stellen ab, kaute die harte Kruste, die er erneut mit Wasser verdünnte, um dann alles als breiige Masse herunterschluckte. Er verspürte die langsam wiederkehrende Kraft, die ihm sein Frühstück beschert hatte, als er leise Geräusche vom Hof her hörte. Er bewaffnete sich mit einem langen Küchenmesser und schlich durch den Flur. Die seltsamen Geräusche wurden immer lauter. Eine menschliche Stimme, verbunden mit einem erschöpften Atmen sagte ihm, dass die Männer wieder da waren. Er tastete sich zurück und schaute vorsichtig durch ein Fenster, dessen Schlagladen ausgerissen und verbogen von der Öffnung abstanden. Es beugte sich eine Gestalt zu den Leichen herunter, drehte sie auf den Rücken und ging zur nächsten. Zweifellos suchte dieser Mensch eine bestimmte Person. Er schaute sich um und erkannte, dass es sich nur um diese eine

Person handelte, die sich auf dem Hof zwischen den Toten bewegte. Er kletterte auf die Fensterbank und sprang, ungeachtet seines verletzten Beines, nach draußen. Erschrocken drehte sich die Gestalt um und er sah nur die freien Augen, die ihn aus dem, mit Lumpen vermummten Gesicht anstarrten: „Du lebst?" sagte die Stimme und er erkannte die geflüchtete Küchenmagd, die nun ihr Tuch vom Gesicht nahm. „Ich habe mir Sorgen gemacht, dass Du es nicht geschafft haben könntest, diesen Schurken zu entkommen. Komm mit ins Haus!" erwiderte er, stieg auf eine Holzbank und zog sich ins Fenster hoch. Die Maid war nicht so gelenkig und konnte ihm nicht folgen. „Geh zur Tür, ich werde sie von innen öffnen!" Er ging wieder durch den Flur, entfernte zum Öffnen den zerbrochenen, eingeklemmten Schemel und wuchtete die schleifende Tür einen Spalt weit auf. Die wartende junge Frau schlüpfte hinein und die Tür wurde hinter ihr wieder verkeilt. Jetzt betrachtete er das junge Ding ausführlicher. Wobei jung wohl relativ war, denn die Maid war wohl an die zwanzig Lenze und der Jüngling, der als Page seinen Dienst beendet hatte, gerade einmal vierzehn. Er sollte nach dem Willen seines Vaters Robert, als Knappe zur Veste nach Burgund und befand sich auf der Durchreise. Er hatte in den letzten zwei Nächten vor dem verheerenden Überfall in der Küche ausgeholfen. Da hatte er dieses hübsche Weibsbild auch zum ersten Mal gesehen. Sie hatte in ihm nur den kleinen Bruder gesehen, bei ihm waren da schon eher pubertäre Gedanken gekommen, als sie sich mit ihren kräftigen Rundungen über das Feuer gebeugt hatte. Er verwarf seine Gedanken. Sie schaute ihn ängstlich an: „Wir müssen schnell von hier verschwinden! Wenn die wiederkommen sind wir verloren!" sagte sie und nahm das lange Tuch von ihren Schultern. Sie war barfuß und trug nur das dünne Linnen, mit dem sie im Bett gelegen hatte, als die Barbaren ihren Angriff gestartet hatten: „Frierst Du nicht?" fragte er unschuldig und starrte auf ihren Busen, der sich deutlich unter dem Tuch abzeichnete. Sie lachte und wickelte das Tuch fester um ihren Körper. Sie ging nicht auf seine Frage ein und er deutete zur Küche: „Iss etwas, dann kannst Du Dir in den oberen Räumen Kleidung suchen. Ich rate Dir dringend, die Haare abzuschneiden und Deine Brust zu wickeln. Du solltest Dich wie ein Bursche kleiden, dann bleiben wir eher unbehelligt, wenn wir von hier fortgehen." Sie nickte und zweifelte, dass der Kleine noch so jung sein sollte, denn sein Verstand war recht

weit entwickelt. Sie schaute ihn bewundernd von der Seite an. Wie ein Wolf hatte er sie verteidigt und vor den Männern gerettet. Die letzten zwei Nächte hatte sie auf der Weide bei den Pferden im Unterstand zugebracht, das Wasser aus dem Trog getrunken und dementsprechend sah sie auch aus. Nun machte sie sich aber erst einmal über die Reste her, die in der verwüsteten Küche noch zu finden waren. „Wir müssen hier verschwinden. Es wir bald vor Gestank nicht mehr auszuhalten sein, denn es ist unmöglich, all diese armen Kreaturen in den Gottesacker zu legen." Wieder stimmte sie ihm wortlos zu, während sie aus einem Steinkrug saure Milch trank. Dann nahm sie sich eines der Messer und kroch gebückt in den offenen Kamin. Als sie sich aufstellte, waren nur noch ihre Beine zu sehen. „Was machst Du da? Willst Du da hochklettern?" fragte der Junge, doch ein beherztes Lachen, das wie ein Echo aus einer Kathedrale klang, war die Antwort. Sie bückte sich erneut und nun musste der Jüngling lachen, denn ihr Hemd und ihre Haare waren schwarz. Dunkle Streifen gaben ihrem Gesicht ein lustiges Aussehen und ihre Augen stachen noch mehr hervor. Die Gaukler auf dem Markt färbten manchmal ihre Wangen ähnlich.
„Und? Was sollte das?" fragte der Junker.

Sie hob einen kopfdicken, schwarzen Ball hoch und schaute ihn an: „Na, bekomme ich kein Lob?" Unverständlich musterte er die Maid, die daraufhin mit dem Messer ein Stück abschnitt. Sie hatte einen geräucherten Schinken aus der Esse geholt. Nun stand er mit geöffnetem Mund da und das Mädchen lachte. Sie legte den Schinken auf den leergeräumten Tisch und streifte ungeniert ihr Hemd ab, nahm den Bottich und schüttete das Wasser über ihren Kopf. Nun drehte sich das Mädchen wieder zurück und schaute ihm in die Augen: „Ist der Ruß ab?" Der Jüngling sah zum ersten Mal in seinem Leben ein nacktes, weibliches Wesen. Sprachlos schaute er dieses Weib an. Völlig unbekleidet stand sie vor ihm und seine Wangen nahmen eine starke, rote Färbung an. Sie schaute ihn naiv an: „Na, na. Dazu bist Du noch viel zu jung! Werde erst einmal erwachsen!" kokett und aufreizend raffte sie ihre verschmutzten Sachen vom Boden und zwängte sich extra eng an ihm vorbei. Der arme Junge wusste nicht, wohin er hätte schauen sollen. Das Weib brachte ihn um den Verstand. Sie lief durch den Flur und er stand wie versteinert noch eine Weile in der Küche. Ein lauter Schrei ließ ihn ernüchtert in die Gegenwart zurückkehren und er rannte hinter ihr her, die Diele entlang. Zur Salzsäule erstarrt stand die Maid vor der Treppe und schaute nach oben, die verschmutze Kleidung vor ihren Leib gepresst. Er schaute ebenfalls hinauf und sah den Torso des Mannes, auf dem sich die Fliegen niedergelassen hatten und genüsslich ihr Abendbrot einnahmen.

„Ich sagte doch, wir müssen hier schleunigst weg!" Vorsichtig ging sie voran und zögerte ängstlich, als könnte der halbe Körper doch noch nach ihr greifen. Surrend schwirrten die Insekten auf, um sich sofort wieder auf dem Leichnam niederzulassen. Er drückte fest seine Finger auf die Nasenflügel, denn ein bestialischer, süßlicher Gestank verbreitete sich auf der Treppe. Ich hätte den besser sofort auch in den Hof geworfen, sagte er sich. Aber nun konnte er sich nicht mehr überwinden, diesen aufgedunsenen Rest eines menschlichen Körpers noch einmal anzufassen. Die junge Frau stand immer noch bewegungslos am Geländer und schaute den Kleinen an. „Eil Dich, Du wirst Dich noch erkälten. Im Zimmer habe ich die Kleidung der Knechte gefunden. Willst Du Dir nicht besser das Haar kürzen?" Er schob sie in das Zimmer, in dem er die letzte Nacht verbracht hatte und plötzlich drehte sie sich unvermittelt zu ihm um. Sie ging auf seine Frage nicht ein, ließ die Sachen, die sie an den Leib gepresst mit hierher gebracht hatte nun achtlos auf den Boden fallen. „Mir ist kalt!" sagte sie mit einer unschuldigen Mine, die den Junker noch mehr verwirrte. Dann nahm sie ihn in die Arme. Als sie sich an ihn drückte, merkte er sofort, dass sie eben gelogen hatte, denn ihr heißer Körper strahlte angenehm die wonnige Wärme durch seine Sachen hindurch. Vorsichtig zog sie den unschuldigen Jüngling mit zu sich auf das Bett.

Er wusste nicht, wie ihm geschah, kannte diese Art der Zärtlichkeit nicht. Behutsam und vorsichtig befasste sich die erfahrene Maid mit ihm und er reifte in dieser Nacht zum Mann.

## Am nächsten Morgen

„Wie ruft man Dich?" war seine erste Frage, als ihn die Sonnenstrahlen am Mittag weckten. „Elsa!" kam die verschlafene Antwort aus den Strohkissen. Er fuhr fort: „Ich heiße Hargan, Hargan von . . ." er stockte und erschrak über seine Offenheit. Sollte er seinen wahren, adeligen Namen preisgeben? Eine Niedere hatte ihn verführt, eine Magd! „Hargan von Sachsen. Also ich komme aus Sachsen." Er atmete tief durch. Hoffentlich hatte sie nichts bemerkt. Sie hatte nichts bemerkt, denn sie war schon auf dem Flur verschwunden. Er sprang auf und schaute ihr nach. Sie ging zum Ende des Ganges und setzte sich auf den Abort und erleichterte sich. Hargan ging ins Zimmer zurück, zog seine Hose sowie das Hemd an und streifte gerade den Kittel über den Kopf, als sie wieder das Zimmer betrat. „Dein Bein! Wie sieht Deine Wade denn aus?" Hargan schaute an sich herab. Seine Verletzung hatte er arglos einfach so hingenommen. „Du wirst es verlieren, wenn wir nichts unternehmen, es eitert schon. Warte hier, ich muss etwas holen." Schon war sie nach unten gelaufen und er wartete, auf dem Bett sitzend. Sie war in der Küche angekommen und schaute gezielt in jeden Steintrog und murmelte dabei: „Ich weiß genau, dass wir noch etwas hatten, das wird seinem verletzten Bein Linderung der Schmerzen und Heilung verschaffen." Sie hob die runden Holzbrettchen hoch und roch jeweils hinein. Dann hatte sie offenbar endlich das Richtige gefunden: „Endlich, das ist es!" Sie packte den Trog und schleppte ihn in das obere Geschoss. „Ich muss einen Verband anlegen, mach Dein Bein frei!" Während sie mit einer Hand in den Trog langte, streifte er sein Hosenbein hoch: „Was willst Du da machen? Bist Du eine Hexe?" Sie lachte ihn aus: „Angst, starker Jüngling?" Dann nahm sie eine Handvoll und legte den milchigen Brei auf die schlecht verkrustete, eitrige Wunde.

Zu seiner Verwunderung tat diese kalte Masse seinem Bein gut und er verspürte keinen Schmerz. Sie riss ein weißes Linnen in Streifen und umwickelte damit schützend seine Wade. Dann erklärte sie, was sie da aufgetragen hatte: „Sauermilch! Die verwenden wir bei offenen Wunden." Er schaute sie verwundert an: „Woher weißt Du das?" „Der Knecht hat es mir gezeigt. Wenn sich ein Tier arg verletzt hat, dann wird ein Wickel mit der geronnenen Milch gemacht. Das zieht die giftigen Stoffe aus der Wunde, so hat er gesagt und das hat immer geklappt." „Ja, bei Tieren!" Hargan schaute misstrauisch auf sein verbundenes Bein. „Hör auf mich! Das muss sein, lass das jetzt einwirken und denk nicht mehr daran." Sie stand auf und schaute ihn an: „Ich habe Hunger, Du nicht?" Er hatte ihr nicht zugehört und starrte nachdenklich auf das zerwühlte Bett und dachte an die vergangene Nacht. Sie merkte seine Veränderung und nahm ihn in den Arm: „Was ist? War es nicht schön für Dich?" Er wich aus: „Woher weißt Du von dem Abort? Die Küche und die Räume für das Gesinde sind doch im Untergeschoss." Sie lachte auf: „Dummchen, meinst Du der Vogt hätte die kalten Nächte nur mit seinem dicken Weib verbracht? So naiv kannst Du doch gar nicht sein. Dass ich sein Bett teilen durfte war doch nur von Vorteil für mich. Ich hatte immer genug zu essen und ein warmes Bett. Was will ich mehr?" Hargan war irritiert: „Hast Du ihn denn lieb gehabt?" Elsa lachte ihn an und schüttelte den Kopf. „Ich wollte ein warmes Bett und genug zu essen. Dafür konnte ich gut die paar Minuten ertragen, die er sich abmühte. Mir war das nur recht, dass er immer so schnell müde wurde. Komm, ich hab Hunger!" „Wieso durftest Du so lange Haare tragen? Ist das den Niederen nicht verwehrt?" Sie hört kaum hin und erwiderte nur: „Es schert mich nicht, was ich darf und was nicht.

Wer bestimmt das? Du doch nicht." Er fragte nichts mehr, denn er wollte sie nicht verärgern. Sie kleidete sich tatsächlich mit den Beinkleidern und dem Kittel, den sie im Nebenzimmer gefunden hatte. Sie sah nun, bis auf den hochgesteckten Haarschopf aus, als wäre sie der große Bruder von Hargan. Sie ging im Flur wieder in Richtung der Sitzlatrine und Hargan rief ihr hinterher: „Andere Richtung! Hier geht's runter!" Sie ging ruhig weiter und lächelte: „Woher willst Du das denn wissen?" Schon war sie in einem der letzten Zimmer verschwunden. Er ging hinter ihr her und kam in einen kleinen Abstellraum, in dem zwar Mobiliar und Sachen herumlagen, von Elsa war aber keine Spur. „Wo bleibst Du?" hörte er von unten, ihre Stimme. Er drehte sich um, lief den langen Flur zurück und ging die vordere Treppe herunter. Sie stand in der Küche, hatte den Kamin angezündet und ein Kessel mit Wasser baumelte über dem Feuer an dem gezackten Flacheisen. „Kannst Du hexen?" fragte Hargan. Sie schüttelte den Kopf: „Was meinst Du wohl, wie ich des Nachts in das Bett des Vogtes kam? Sollte ich an der neugierigen Herrin vorbeischleichen? Nein, im letzten Zimmer ist eine Geheimtür im Schrank. Da geht eine Stiege hierher nach unten." Hargan war überrascht, wie gleichgültig sie über das Verhältnis mit dem Hausherrn plauderte. Ihr schien es nicht das Geringste auszumachen, ihre Tugend so weggegeben zu haben. Er hatte seine schönste Erfahrung gemacht und war doch verzweifelt, ob die Gefühle von ihrer Seite nur gespielt oder echt gewesen waren. Nun erst bemerkte er das Feuer. „Wenn die den Rauch sehen, kommen sie zurück!" „Ein richtiger Angsthase bist Du, ich hab Hunger!" Sie legte mit einem Holzlöffel fünf Eier in das siedende Wasser und schnitt mehrere Scheiben von dem schwarzen Schinken ab. „Hilf mir, den Pott etwas tiefer zu hängen, wir müssen einen Zahn zulegen, damit das Wasser kocht!" Hargan schaute sie von der Seite an. Sie war ein prachtvolles Weib. „Hat Dir das nichts ausgemacht?" hakte er noch ein letztes Mal nach. Elsa sah ihn verblüfft an. „Was meinst Du damit, ausgemacht? Ich wollte heiraten und wurde in der Hochzeitsnacht dem Vogt ins Bett gelegt. Das war sein Recht. Jus primae noctis. Weh getan hat er mir, in dieser Nacht und mein Bräutigam hat mich angespuckt, als ich total verstört am nächsten Morgen zu ihm zurückkam. Da er nun offiziell mit mir verheiratet war, bediente er sich meines Körpers regelmäßig und stieß mich danach verächtlich von sich. Ich konnte das nicht ertragen und ging als Küchenhilfe zurück an den Hof des Vogtes. Der schien überglücklich, seine Frau jedoch war aus verständlichen Gründen weniger entzückt, hatte als sein Weib aber nichts zu sagen. Ich hatte ein wunderbares Leben. Er hat mir nie wieder wehgetan." Fassungslos hatte Hargan zugehört und doch nichts davon verstanden. Seine Eltern liebten sich, hatten drei Kinder und lebten auf Burg Hochwald in Sachsen. Seine zwei Schwestern, drei und fünf Lenze älter als er, kokettierten mit den adligen Rittern. Sie würden auch einmal in einem so hübschen Schloss oder in einer Burg leben, genau wie er. Auf der Veste Nid de Aigle im Burgunder Land, sollte er seine sieben Jahre als Knappe überstehen. Er war von seinem Vater Robert aus Sachsen, hierher befohlen worden und sah sich nun diesen wilden, veränderten Zeiten schon im Frankenland ausgeliefert. Seine erste Erfahrung mit einem Weibsbild hatte er sich auch anders vorgestellt. Derb und unwirklich zerstörte die Bauernmagd jegliche Illusion, die er sich von der alles erfüllenden Minne gemacht hatte. Edel und ruhmreich sollten die Ritter das gemeine Volk schützen und was hatte er erlebt? Gab es hier, außerhalb der Grenzen Sachsens, andere Sitten? Andere Gepflogenheiten? War es im Burgund ähnlich oder noch schlimmer? Hargan war unschlüssig geworden. Die letzten Ereignisse hatten sein Hirn zerrissen. Er war fest entschlossen, nun kein Ritter mehr zu werden! Er wollte keine wehrlosen Kinder und Greise überfallen und abschlachten! Er war doch als Mensch und nicht als eine wilde Bestie, als Wolf geboren. Weshalb hatten diese groben Ritter den ungeschützten Gutshof des Dorpvogtes überfallen? Gab es eine Fehde? Machtansprüche oder nicht getilgte Pacht? Hatte sich der Gutsherr mit fremden Mächten angelegt? Der Jüngling, der hier eine vorübergehende Bleibe gefunden hatte, konnte nicht ahnen, dass die Ritterschaft nicht mehr benötigt wurde und sich gesamt in Auflösung befand. Durch die Erfindung und den Einsatz des schwarzen Pulvers hatte sich die Kriegsführung radikal verändert. Bei feindlichen Auseinandersetzungen waren die Rüstungen der berittenen Eisenmänner schutzlos den langläufigen Flinten mit Lunten Zündungen und den Feuerrohren der Bombarden ausgesetzt. Ausgerechnet jetzt, wo ihn sein Vater, ein Herzog aus dem Sachsenland, als Knappe an den befreundeten Hof empfohlen hatte. Er sollte noch vor Beginn der Wintermonate auf der Veste in Burgund sein. Diese Zeitvorgabe konnte er nun unmöglich schaffen, da sein ganzes Hab und Gut ein Opfer der gefräßigen Flammen geworden war und er den Namen des Duc auch nicht mehr wusste. Vielleicht nannte er sich nach seiner Burg ganz einfach Duc Nid de Aigle? Es kam ihm nicht bekannt vor! Er hatte es vergessen! Verwirrt stellte er sein Vorhaben hinten an und ging in den Hof. Die aufgedunsenen Leiber der Menschen und Tiere, die seit dem Überfall den spätherbstlichen Sonnenstrahlen ausgesetzt waren, verursachten einen süßlich, herben Geruch, der schon längst die Wölfe und Füchse aus den umliegenden Wäldern angelockt hatte. Es schien ihm unmöglich, noch länger hier zu verweilen. Er musste sich mit Elsa, der Bauerndirn irgendwie durchbringen. Zurück nach Sachsen, an den Hof seiner Eltern, die würden ihm einen anderen Rat geben müssen. Doch sie hatte andere Pläne: „Wir gehen zu meinem Mann!" Elsa kam aus der Küche und hielt sich ein Tuch vor Mund und Nase. „Er war zwar ungestüm zu mir aber in diesen Zeiten werden wir nicht ohne männlichen Schutz überleben." Hargan war fassungslos. Was redete Elsa da? Gedemütigt war sie doch zu dem Vogt zurückgegangen, weil sie es angeblich bei ihrem Mann nicht mehr ausgehalten hatte.

Versteh einer die Weiber. „Was willst Du ihm sagen, wer ich bin?" wagte er einen Einwand, aber sie lachte nur: „Wer du bist? Eine Jungfer die ich zum Mann machte? Du bist keine Konkurrenz für ihn, aber ich will seinen Jähzorn auch nicht unnötig wecken!" Sie schaute ihn an: „Was ist? Es ist doch nichts geschehen. Ich sage einfach, dass ich Dich unterwegs eingesammelt habe, mehr braucht er nicht zu wissen. Lass uns gehen, denn der Weg ist weit und die Wölfe und Schakale werden ihr grausames Werk bald vollendet haben." Sie hob ihr geschnürtes Bündel auf und ging zur Tür. Er war nicht damit einverstanden, Elsa mit zu diesem Grobian zu begleiten. Er ging zögernd in die Küche, nahm seine zusammengelegte Decke mit dem gewachsten Mantel und den Sachen, die er später mit Sicherheit noch würde gebrauchen können.

## Im Unterschlupf der Raubritter

„Wir müssen etwas unternehmen, Argo!" Gernot stand mit ein paar Getreuen in dem notdürftig wieder hergerichteten ehemaligen Rittersaal. Er hatte achtlos die Teppiche beiseite geschlagen und den selbsternannten Hauptmann in seinem Schlaf gestört. Ein Frevel, den sogar die Wölfe im Rudel nicht duldeten. Argo rieb sich die Augen und schaute empört die Männer an, die es gewagt hatten, ihn zu stören. Er raffte sein Hemd und stand unbeholfen auf. Dann stieg er in die wollenen Beinlinge und befestigte sie am Gürtel. „Geh! Die Nacht ist vorbei!" sagte er zu seiner Gespielin, die neben ihm gelegen hatte. Während sie sich bedeckte und barfuß durch die Ruine lief, wandte er sich um. Seine Augen hatten sich zu gefährlich, schmalen Schlitzen verengt. Er ging zurück zu seinem Lager, hob einen Dolch samt Lederscheide hoch. Mit einer gekonnten Bewegung, so als würde er mit einer Peitsche ausholen, schleuderte er die schützende Hülle beiseite. Der angerostete Dolch lag sicher in seiner Rechten. „Wer bist Du, dass Du Dich erdreistest, mir einen Rat geben zu wollen? Weckst mich auf dem Schlaflager und willst mich belehren?" Er senkte die Klinge und legte brüderlich den linken Arm um die Schultern von Gernot. Dann flüsterte er ihm leise ins Ohr: „Ich, und nur ich führe Euch an und gebe Befehle, schon vergessen?" Unvorbereitet durchzuckte es den Angesprochenen und er sank langsam in die Knie. Er röchelte, wollte Luft holen und spie nur Blut. Argo zog mit einem Ruck den Dolch aus Gernots Unterleib und schaute die übrigen Männer an: „Was wollte er mir sagen? Jetzt bin ich wach." Die Männer drehten sich angeekelt um und verließen wortlos die zugige Halle. „Schickt mir Eric!" rief er hinter ihnen her. „Ein feiges Pack umgibt mich hier!" ergänzte er leise und ging zu einem zerborstenen Fenster. Schräg gegenüber hatten die Weiber neben dem Stall die Küche wieder hergerichtet. „Mich hungert und dürstet! Hurtig ihr Weiber, bringt mir eine Stärkung!" Er nahm seine Lederstiefel, die neben dem bereits erloschenen Kamin standen und zog sie an. Wams und Kittel folgten und die Weiber schleppten ein Brett herein, das sie auf ein leeres Fass stellten. Er stellte den einzigen Lehnsessel, den sie hier oben noch gefunden hatten, vor seinen „gedeckten" Tisch und dann schlürfte er gierig die Schüssel mit der zähen Tunke. Als er gerade einen Humpen mit gewürztem Bier leerte, stand Eric vor ihm. Der sonst immer schweigsame Nordmann schaute auf den verkrümmten Toten und sagte: „Argo, Du verlierst die Kontrolle! Was sollte das? Eine Demonstration Deiner Macht? Deiner Stärke? Hüte Dich sonst wirst Du eines Morgens Mühe haben, Deinen abgetrennten Kopf wiederzufinden! Was willst Du von mir? Du hast mich rufen lassen." Argo schaute den Hünen an und wusste, dass er sich nicht mit jedem überwerfen konnte. Er zeigte ihm den Dolch: „Ich bitte Dich, kannst Du ihn wieder herrichten? Er setzt Rost an und müsste geschärft werden!" Eric nahm den Dolch an sich, schaute nochmals auf den toten Gernot und sagte: „Aber dafür hat es doch noch gereicht!" dann verließ er den Rittersaal, während Argo weiter speiste, ungeachtet des toten Körpers, der da ein paar Ellen entfernt vor ihm lag. Nach dem Frühstück nahm er dem leblosen Körper seine Kleidung und Waffen. Dann warf er den unbekleideten Torso aus einem der rahmenlosen Öffnungen in den ausgetrockneten Burggraben. Als er in den Burghof kam, wichen ihm die Männer aus. Die Weibsbilder trauten sich nicht mehr, ihm in die Augen zu schauen. Er trug ein Schwert an seiner linken Seite und ging zu Eric in den Schuppen. Der Nordmann stand an der Esse und pumpte Frischluft aus dem Blasebalg in die weiße Glut, indem er die lange Eisenstange hob und senkte, die den Ledersack mit der Umluft füllte und in die Brennkammer blies. Das Zischen und Knistern der Flammen war nicht allzu laut, aber die Hitze, die abgestrahlt wurde, war unerträglich. Eric hatte einen Lederschutz vor seinen Körper gebunden und hob abwehrend den Arm vors Gesicht, als er das flache Eisen mit der Zange wendete und wieder in die weiße Glut tauchte. Er wartete einen kurzen Augenblick und zog das glühende Flacheisen ein wenig nach vorne, um an der Farbe die Temperatur einzuschätzen. Als der richtige Zeitpunkt gekommen war, zog er das Eisen auf den Amboss und schlug mit dem Hammer gezielt auf sein Werkstück ein. Er betrachtete das bearbeitete Eisen und schob es erneut in die Flammen. Jetzt bemerkte er, dass er nicht mehr alleine war und drehte sich zu Argo um: „Dein Dolch liegt da hinten!" Mit der Hand machte er eine fahrige Bewegung zu einem stabilen Eichentisch und wollte weiterarbeiten. „Eine Frage!" Argo war neugierig geworden, was ihm hatte Gernot raten wollen, nur der Zeitpunkt und das überfallartige Wecken, hatte den Unmut des jähzornigen Mannes heraufbeschworen. "Was munkeln die Männer? Was muss unternommen werden?" Eric schaute Argo lange an, er würde niemals Respekt vor dem ehemaligen Ritter haben, der sich als vermeintlicher Anführer aufgespielt hatte: „Der überfallene Gutshof des Vogtes stinkt zum Himmel. Wir müssen die Leichen verbrennen, es wimmelt da von Bestien, Wölfe und wilden Hunden. Sie teilen sich das Aas und Krankheiten werden von dort schnell verbreitet werden. Angus der Kelte warnt davor, weil wir bei dem Überfall die Toten nicht sofort begraben hatten. Er erzählte von einem Druiden, der einen ähnlichen Fall im Königreich Alba erlebt hatte. Angus ist bereit, mit ein paar Männern die Angelegenheit zu vollenden. Er schlägt vor, die restlichen Toten mit Hellebarden in das steinerne Haus zu verbringen und mit Öl übergossen, anzuzünden. Die entstehende Hitze würde auch das Gemäuer zerstören und es bliebe nichts übrig, was auf einen Überfall schließen würde." Er drehte sich wieder um: „Das Eisen muss bearbeitet werden, sonst kann ich es wegschmeißen!" Argo nahm den Dolch vom Tisch und ging aus der düsteren Schmiede zurück in den Hof. Hier musterte er den Dolch, der nun einer Waffe glich, die neu auf dem Markt erworben werden konnte. Die Männer saßen in einem Schuppen zusammen und tranken Bier, das sie aus dem Schloss erbeutet hatten. Als er die Tür geöffnet hatte, verstummte die angeregte Unterhaltung und die Männer starrten stumm vor sich hin. „Erzählt ruhig weiter, ich weiß, dass ihr mein Tun nicht versteht!" sagte er und ergänzte: „Wenn ich schlafe, so will ich nicht gestört werden, von Niemandem!" Er schaute erwartungsvoll in die Runde: „Harald, Wolf, Garwin was ist los? Ich bin einer von euch! Gernot hat gegen Regeln verstoßen! Haben wir jemals so gewütet und die Seelen dem Teufel überlassen? Ihr alle, die ihr dabei ward, ihr hättet die Leiber in die Jauchegruben schmeißen können. Ihr hättet sie in den brennenden Häusern entsorgen können. Denkt an die Lederschläuche mit dem Öl, wir benötigen zwei Maultiere für die Last. Nun haben wir die lästige Arbeit, zu verhindern, dass der Graf von unseren Taten erfährt. Er wird Boten aussenden wenn vom Vogt die Pacht nicht bezahlt wird. Er wird sehr schnell dahinter kommen, dass es sich um einen Überfall gehandelt hatte und uns als die Schuldigen überführen. Dieser Gernot erdreistet sich, mich zu wecken, im schönsten Schlaf zu stören? Er hat das Dilemma verursacht. Er hat seine Strafe verdient. Wer hierbleiben will fügt sich unseren Regeln oder kann gehen!" Er schaute in die Runde aber keiner der Männer wagte nach dieser Rede, das Wort zu ergreifen: „Ich warte!" Murrend schlugen erst zwei Männer, dann vier und anschließend alle an der Tafel mit den Fäusten anerkennend auf die derbe Holzplatte. „Wir sind uns einig?" Wieder ertönte das Gepolter und Argo teilte seine Leute ein: „Angus hat sich bereit erklärt, den angefangenen Fehler von Gernot zu korrigieren. Wer meldet sich freiwillig?" Argo hob als erster den Arm um zu zeigen, dass er die Gruppe führen und die Arbeit leiten würde. Zehn Freiwillige waren schnell gefunden. Die Männer folgten schweigend, nahmen ihre Waffen und banden sich vorsorglich Tücher vor ihre Gesichter, die sie mit Kräutern getränkt hatten. Sie wussten, dass ihnen ein bestialischer Gestank das Atmen schwer machen würde.

Nach einer guten halben Stunde waren sie am Waldrand und ritten beherzt in die Ebene. Der verlassene Gutshof lag in Trümmern, nur das steinerne Haus hatte der Feuersbrunst widerstanden. Sie banden ihre Pferde, Maultiere und Esel gute hundert Schritt vor dem Hof fest und Artur wurde als Wache eingeteilt. Dann gingen sie den befestigten Weg zu dem Anwesen hoch und kontrollierten noch einmal die Halstücher, denn der Gestank der armen Seelen, die der Verwesung preisgegeben waren, hatte schon eingesetzt.

Sie waren fertig gerüstet für die anstehende, weite Reise. Hargan steckte die beiden Messer hinter seinen Gürtel auf den Rücken und folgte Elsa. Er wollte ihr erklären, dass er zu seinen Eltern zurückgehen würde und nicht davon erbaut war, sie zum Ehemann zu begleiten. Da hörte er ein wildes Gemenge auf dem Hof. Kreischen und Lachen vermischten sich: „Eine Maid! Wo kommt die denn her?" hörte er und rannte zurück in die Küche. Hier hatte er schnell den Schrank gefunden, der den Weg in das obere Stockwerk verbarg. Er kroch hinein und versperrte von innen die Tür. Dann stieg er die steile Leiter empor und zwängte sich in den engen Schacht. Er öffnete vorsichtig die beiden Holztüren und schon stand im letzten Zimmer, schlich über den Flur und war schon bald wieder in dem Raum, das ihm und später auch Elsa als Schlafstätte gedient hatte. Langsam spähte er über den Fenstersims in den Hof. Unterhalb des Fensters stand Elsa vor einer Gruppe von Männern, provokativ beide Fäuste in die Hüften abgestützt: „Wenn ich Speis und Trank und eine warme Bettlade bekomme, gehe ich freiwillig mit. Ihr braucht nicht so zu schreien." Über so viel Dreistigkeit mussten die Männer laut lachen und einer schlug Elsa unvermittelt ins Gesicht. „Wir nehmen uns, was wir wollen. Merk Dir das, dann wirst Du etwas länger leben!" Er wollte ihre Hände binden: „Wozu? Bist Du taub und hast meine Worte nicht vernommen?" Er ließ von ihr ab. „Fügst Du Dich, so wirst Du es nicht bereuen!" Dreist erwiderte sie: „Und dann schlägst Du mich, wenn Du Dir sicher bist? Verstehst Du das als Freundlichkeit?" damit holte sie unerwartet aus und schlug Garwin ihre flache Hand klatschend ins Gesicht. Der Mann war überrascht, zuckte kurz und umfasste ihre Taille. „Du gefällst mir! Dich nehme ich mit!" Die anderen Ritter taten unbeteiligt und kamen auf das Haus zu. Hargan konnte diese dreiste Art von der Bauerndirn nicht verstehen, aber er war ja auch kein Weib. Er hatte einige der Kerle deutlich wiedererkannt, die den Hof vor Tagen verwüstet und die Bewohner hingemetzelt hatten. Er rannte zurück in die Küche und versteckte sich im Schrank. Man konnte Elsa nicht mehr helfen. Wollte sie diesmal überhaupt, dass man ihr half? Sie schien sich mit den rauen Burschen arrangiert zu haben und er wollte zurück nach Sachsen. Zurück zu seinen Eltern, die er all die Jahre nicht mehr gesehen hatte. Auf der Burg seines Oheims hatte er sieben Jahre als Page gedient. Ein Herold hatte von seiner väterlichen Burg unter anderem auch den Willen seines Vaters überbracht nun nach Burgund zu gehen, um dort zum Knappen ausgebildet zu werden. Er hatte viel gelernt bei ihm, aber nun wollte er lieber wieder zurück nach Sachsen gehen. Jetzt hatte sich alles geändert. Seine Mutter und seine Schwestern warteten bestimmt schon auf ihn. Er freute sich zwar auf die Reise, musste sich aber auch eingestehen, dass er die Richtung nicht wusste, die er zu gehen hatte. Er horchte vorsichtig an der Holztür des Schrankes, hörte aber keine verdächtigen Geräusche mehr. Noch eine kleine Pause würde er sich gönnen und seine Erlebnisse verarbeiten. Langsam rutsche er etwas tiefer und legte den Kopf auf sein geschnürtes Bündel. Mit den Kleidern, die im Schrank gelegen hatten deckte er sich zu und döste langsam vor sich hin, bis der Schlaf ihn endgültig übermannte. Im Traum fielen die Reiter über ihn her und er stürzte einen steilen Abhang herunter. Trotzdem dauerte es nicht lange und er schlief doch erschöpft ein. Vor dem Steinhaus draußen kamen die restlichen Männer im Hof zusammen, der einem zerstörten, aufgewühlten Gottesacker glich. Sie schlugen brachial die Eingangstür des Hauses ein und zogen mit Äxten und Hellebarden die aufgedunsenen Leiber in den Flur. Es stank bestialisch nach verfaulter, abgestandenen Sud, vermischt mit dem süß, - säuerlichen Geruch der Leichen. Bald stapelten sich dort die Toten. Sie mussten die restlichen Körper durch die zerbrochenen Fenster in die Räume hieven. Die mitgebrachten Lederschläuche, prall mit Öl und Pech gefüllt, wurden um die Toten verteilt und anschließend mit dem Dolch mehrfach zerstochen. Die schmierige Brühe ergoss sich zäh im ganzen unteren Stockwerk. Von alledem bekam der Jüngling in seinem Versteck nichts mehr mit. Die vielen Erlebnisse der letzten Tage hatten ihn zu sehr erschöpft. Er war zu müde geworden und sein Schlaf war so tief, man hätte ihn forttragen können. Im Flur waren die wilden Ritter immer noch dabei, die verabredeten Vorbereitungen zu treffen. Als dann endlich ihre schändliche Arbeit vollbracht und der Hof notdürftig von den noch verbliebenen Spuren beseitigt war, warfen die Männer brennende Fackeln sowohl durch die offene Eingangstür in den Flur, als auch durch die aufgebrochenen Fenster in die unteren Räume. Gespenstisch zuckten bläulich-gelbe Fähnchen über die Holzdielen und schwarzer Rauch stieg kräuselnd aus allen undichten Fugen des Hauses in den wolkenverhangenen Himmel. Eine ganze Weile dachten sie, ihre Arbeit wäre

sinnlos gewesen, denn nur die brennenden
Lunten flackerten bis jetzt und gaben ihr
spärliches Licht ab. Nach etlichen Minuten
gab es dann doch puffende Geräusche, die
plötzlich von stechend grellen Flammen
begleitet wurden. Jetzt breitete sich das
entfachte Feuer im Haus rasend schnell aus
und bald darauf war die Hitze so stark, dass sie
zufrieden den Hof verließen. Alle Spuren
würden so beseitigt werden.

## Der Alptraum kehrt zurück

Hargan hatte einen wilden Traum. Er fiel und
flog durch die Luft, ohne irgendwo
aufzuschlagen, öffnete seine Augen und sah
sich durch die Lüfte gleiten, einem Vogel
gleich. Von oben gesehen, empfand er die Erde
friedlich und frei. Plötzlich sah er einen
großen, brennenden Adler, der sich auf ihn
stürzte. Er schlug mit seinen Flügeln nach ihm
und Hargan duckte sich instinktiv, aber
vergebens ab. Der Vogel war über ihm und
Qualm stieg aus seinem Gefieder. Er erschrak
und wurde durch diesen Alptraum endlich
wach. Seine Sinne waren völlig durcheinander.
Sein Hals schmerzte, denn der Kopf hatte
abgeknickt in dem engen Schrank auf seinem
geschnürten Bündel gelegen. Wo war er? Die

Enge und Dunkelheit machte ihm Angst. Langsam kam seine Erinnerung zurück. Der Überfall, die Maid und schließlich die Rückkehr der wilden Ritter! Wo war Elsa? Jetzt erinnerte er sich auch daran, dass sich dieses Weib wohl mit den Raufbolden arrangiert hatte. War es zu seinem Schutz gewesen? Wollte Elsa etwa die Männer davon abhalten, weiter im Haus nach ihm zu suchen? Er würde es nie mehr erfahren. Er wusste nur noch, dass er vor ihnen geflüchtet und in den Schrank gekrochen war. Als er sich endlich aufgerichtet hatte und versuchte, die Schranktür wieder von innen zu öffnen, begann sein erlebter Alptraum erneut. Er hörte wieder dieses gleiche Knistern, Rauch zog in die Ritzen des Verstecks und helles, flackerndes Licht von züngelnden Flammen griff erneut gierig um sich. Der offene Kamin musste sich entzündet haben! Er brach mit Gewalt den Schrank auf und sah die Feuersbrunst, die im Flur tobte, sich allerdings noch nicht in die Küche gewagt hatte. Das ganze Haus brannte lichterloh. Er überlegte nicht lange, nahm sein Bündel und kroch in die hinterste Ecke der Küche. Der Kamin war schwarz und verrußt, aber er brannte nicht. Das Feuer musste woanders hergekommen sein. Er stand auf und trat das, mit Brettern versperrte Fenster auf. Dann stieg er schnell auf den Sims und konnte herausspringen, da ihn hier im Untergeschoß nur ein paar Meter vom rettenden Boden trennten. Durch das zerstörte Fenster fegte nun ein unerwarteter Luftzug, der bald auch die Küche in ein gelb – rotes Flammenmeer verwandelte. In einiger Entfernung sah er eine feine Staubwolke, die eine kleine Reiterschar auf den trockenen Wegen aufwirbelte. Nun ahnte er, wie das Feuer erneut mit einer solch gewaltigen Wucht entfacht worden war. Man hatte die verräterischen Spuren beseitigt und wohl anscheinend angenommen, dass Elsa die einzige, überlebende Zeugin gewesen war. Von welcher Burg die Männer stammten, war ihm nicht bekannt. Aber ein zweiter Auftrag, den Hof völlig zu zerstören und alle Spuren zu beseitigen, musste wohl von einem Anführer ausgegangen sein. „Wie kann ein Landesfürst seine eigenen Unfreien einer solchen Vernichtung preisgeben?" dachte er bei sich und verwarf den absurden Gedanken gleich wieder. Es musste ein feindlicher Anschlag dahinter stecken. Kein Herzog, noch Graf würde seine Leibeigenen, die ihm Verpflegung in die Burg brachten, samt Hof dem Erdboden gleich machen. Diese wilde Horde war wohl ein räuberischer Haufen von Vogelfreien und

Dieben. Er schaute noch einmal hinter der Staubwolke her, die in der Ferne verweht war, als die Reiter in ein Waldstück einbogen. Hargan wusste, dass das niemals der Weg zu einer Burg oder einem befestigten Hof sein konnte, denn er hatte vor Tagen genau diesen Weg genommen. Der Wald war dicht mit hohen Bäumen bewachsen. Dort irgendwo musste der Unterschlupf dieser Männer sein. Eine Höhle vielleicht, oder ein verlassener Hof aus vergangenen Tagen. Sollte er zum hiesigen Grafen gehen und ihm von der wilden Horde berichten, die sein Land verwüstet hatte? Würde er Gehör finden als fremder Page, der den Dienst zum Knappen nun nicht mehr anzutreten gewillt war? Er entschloss sich, als Sohn eines sächsischen Herzogs und Burgherrn sein düster, traumhaftes Erlebnis dem hiesigen Grafen zu erzählen. Mit Sicherheit würde er dann vorübergehend sogar dort für diese Nachricht eine Bleibe finden, bis er endgültig nach Sachsen zurückkehren konnte. Die hiesigen Ritter wüssten dort bestimmt, welchen Handelsweg er einschlagen musste. Vielleicht konnte er sich sogar fahrenden Rittern, Kaufleuten oder Händlern anschließen. So würde er wesentlich sicherer reisen können, als alleine und nur auf sich gestellt den beschwerlichen Weg zu versuchen.

Wie unsicher das Leben in den letzten Monden geworden war, hatte er ja deutlich die letzten Tage auf dem Hof erfahren müssen. Hoffentlich wusste sich Elsa ihrer Haut zu erwehren. Sie musste doch gesehen haben, worauf sie sich da einließ und dass das die gleichen Männer gewesen waren, die so wild gehaust hatten. Warum war sie denn beim ersten Mal weggelaufen, wenn sie sich nun aus freien Stücken zu ihnen gesellte? Er verstand nichts mehr. Unschlüssig stand er noch eine Weile in gebührendem Abstand zu der Flammenhölle. Das Knarren und Kreischen der hell flackernden Holzbalken hörte sich an, wie eine letzte, verzweifelte und dennoch sinnlose Gegenwehr. Die Feuersbrunst war so stark, dass er einige Schritte zurückgewichen war und immer noch spürte er die heiße Glut, die ihm entgegenschlug.

Er prüfte seine Sachen, legte erleichtert seine Hand auf den Messergriff, der auf seiner Linken halb aus dem Gürtel lugte, hob sein Bündel auf die Schulter und ging los. Er hatte bald das kleine Waldstück hinter sich gelassen und stand jetzt auf einer Anhöhe und blickte zurück ins Tal. Der Gutshof oder das, was davon übrig war, lag in einer dunkelroten, schwarz glänzenden Glut. Vereinzelte Flammen schossen etliche Ellen höher, als der

Giebel des Steinhauses. Die Leute würden von einer Katastrophe, einem Blitzschlag oder Unachtsamkeit mit dem Feuer sprechen, nicht von einem schändlichen Verbrechen, denn es hatte ja keine Überlebenden gegeben, außer Elsa . . . meinte man! Als sich die Sonne dem Horizont näherte und damit die bevorstehende Nacht ankündigte, suchte der Jüngling in einem Unterstand von Weidetieren Zuflucht vor den Schrecken der Nacht. Er hatte schon als kleines Kind Angst vor der Dunkelheit gehabt, wenn er nicht hinter verschlossenen Türen schlafen konnte. Aber die letzten Tage hatten ihm auch gezeigt, dass selbst in der Unterkunft und im Schutz eines Hauses schreckliche Sachen passieren konnten. Er wollte kein Ritter mehr werden. Die Männer hatten seinen Glauben an ein edles Leben, ritterliche Tugend und Gerechtigkeit zerstört. Er musste herausfinden, welcher Landesherr für den zerstörten Gutshof zuständig war. Den ganzen Tag versuchte er, eine östliche Richtung einzuhalten. Bei seiner Hinfahrt hatten einige Kaufleute Markt in einem Dorp gehalten und ihn danach eine Tagesreise weiter gen Süden mitgenommen. Man nannte die Ortschaft die Furt der Franken, weil man über einen befestigten Damm fast trockenen Fußes durch die feuchten Niederungen des Rhenus gehen konnte. Dort war er in dem, nun völlig zerstörten Hof des Vogtes untergekommen, der sein Schicksal radikal verändert hatte. Er musste sich also im Land der Franken befunden haben, das weiter südlich vom Mainus Fluvius durchschlängelt wird. In östlicher Richtung lag das Königreich Böhmen und darüber das Kurfürstentum Sachsen.

Auch am zweiten Tag ging er immer in die Richtung, aus der morgens die Sonne aufgegangen war. Es zahlte sich aus, dass er manche Stunde bei dem Alchemisten in der Heimatburg gelehrig dessen Worten gelauscht hatte. Die knapp vier Jahrzehnte vorher erfundene Presse Gutenbergs hatte schon zahlreiche Schriften vervielfältigt und einige Blätter hatte auch Hargan schon zu Gesicht bekommen. Er konnte die erlernten Buchstaben auch selber so aneinandergereiht malen, dass ein ebenfalls Kundiger diese Zeichen zu deuten, zu lesen vermochte. Von seinem Vater hatte er Kunde erhalten, dass seit geraumer Zeit ein Buch verbreitet wurde, dessen Tragweite sie sich am Anfang noch nicht bewusst waren. Der Hexenhammer! Malleus maleficarum. Sein Vater maß dem keinerlei Bedeutung zu: „Vor hundertdreißig Jahren gab es schon einmal solche Verfolgungen der Weiber. Hexen und

Teufelskram, so einen Blödsinn gab es auch damals nicht! Frag unseren Alchemisten, der müsste doch davon wissen." So hatte er seinem Sohn noch gesagt, bevor er in die Fremde aufbrach, um Knappe zu werden. Die Zahlen beherrschte er bis C. (100) Der Alte, der ihm die Rechenkunst beigebracht hatte, war der römischen Zahlen kundig. So wusste er, dass man das Jahr 1492 schrieb, was in römischen Zahlen MCDXCII hieß. Das Jahr neigte sich seinem Ende und die Nächte wurden empfindlich kalt. Im zehnten Mond des Jahres 1478 war er in Sachsen geboren worden. Noch war sein Alter XIV. Bald würde der Strich in der Mitte wegfallen, dann hatte er das fünfzehnte Lebensjahr vollendet. Es nieselte nun schon den zweiten Tag und so trug er über seinem dicken Hemd und dem Lederwams den gewachsten Mantel vom Gutshof und einen Filzhut mit breiter Krempe. Vom Schinken war nur noch die Hälfte übrig und der Weg zurück schien endlos zu sein. Am Mittag kamen ihm üble Gerüche in die Nase, die sich jedoch schnell verflüchtigten. Als die Sonne ihren Zenit schon lange überschritten hatte, wurde daraus dann doch noch ein leichter Gestank. Auch wenn noch nichts zu sehen war, es musste eine größere Ansiedlung, ein Dorp oder eine Siedlung in der Nähe sein.

Links und rechts erstreckten sich Tierweiden, mit geflochtenen Ästen und Holzpfählen eingesäumt. Darin befanden sich Kühe, Pferde und Ziegen, die den dürftigen Bewuchs abfraßen. Er kramte seinen Holzbecher hervor und wollte sich einen stärkenden Milchtrunk von einer Kuh holen. „Hey, scher Dich weiter. Das sind die Viecher meines Herrn! Geh außen herum und mach mir die Tiere nicht scheu." Ein Junge seines Alters hatte oberhalb der Wiese im Gras gelegen und fühlte sich verantwortlich und stark. Er war aufgestanden und hielt ihm drohend einen ellenlangen Stecken in seiner Rechten entgegen. „Einen kleinen Becher Milch wird Dein Herr doch wohl verkraften können, meinst Du nicht auch?" „Es sind nicht Deine Tiere, schleich Dich!" der Junge schien entschlossen, das ihm anvertraute Vieh zu verteidigen, denn er kam jetzt auf Hargan zu. Der legte seine Tasse in den Beutel zurück und hielt dem Fremden die ausgestreckte Hand entgegen: „Hargan! Wie nennt man Dich?" Der Hüter war irritiert und verweigerte zunächst den freundlich gemeinten Handschlag, der nur zeigen sollte, dass der Wanderer keinen Dolch in der Hand führte. „Was ist? Warum bist Du so argwöhnisch? Ich bin seit zwei Tagen auf der Rückreise, hungrig und durstig." Er schaute in die Weite: „Ist das der rechte Weg nach Sachsen?" Der Junge wurde gesprächiger, als er vor ihm stand: „Du bist in meinem Alter, stimmt`s?" Hargan nickte. „Ich habe fünfzehn Lenze und Du? Wie viele zählst Du?" Sie setzten sich ins Gras und gaben sich die Hände. Der Hirte zählte achtzehn, war aber abgemagert und klein. Er schien nicht oft das Vergnügen zu haben, seinen Magen füllen zu dürfen. „Wo bin ich hier? Hat euer Dorp einen Namen?" Der Jüngling betrachtete ihn von der Seite: „Wozu sollte ein Dorp einen Namen tragen?" Das war keine befriedigende Antwort. „Wer ist euer Landesherr? Weißt Du das wenigstens?" Der junge Mann lachte laut auf: „Du willst zum Grafen Bodo auf seine Burg gehen? Wenn wir nicht dorthin bestellt werden, geht von uns niemand freiwillig dorthin." Hargan nickte bestätigend: „Ich geh trotzdem, pass auf Dich auf!" Er musste zur Grafenburg und zwar noch bevor sich die schwarze Decke der Nacht über das Land gelegt hatte. Mit Sicherheit würde er bei Anbruch der Dunkelheit keinen Einlass mehr bekommen. Er hatte einmal die Knechte des Vogtes mit einer Karre zur Burg begleitet, musste aber damals vor den Mauern warten und auf die Ochsen aufpassen. Sie hatten damals einen anderen Weg genommen, aber als er die große Handelsstraße gefunden hatte, erinnerte er sich wieder und machte sich zügig auf den Weg, indem er querfeldein über die Wiesen und Äcker die viel weitere Wegstrecke umging. Als sich der Tag neigte und die Dämmerung einbrach, stand er vor dem Burgtor. „Ihr braucht mir nichts zu berichten! Das habt ihr gut gemacht! Wir konnten die Rauchsäule bis hierher sehen und den Brandgeruch haben wir noch in der Nase." Zufrieden mit seinen Männern hatte Argo am Tor auf die Rückkehr gewartet. Nun konnte man ihm und seinen Männern nichts mehr nachweisen. Er drehte sich herum, nahm zwei junge Weiber um die Hüfte und ging zu seiner Schlafstätte: „Man möge mir Wein bringen und ein Braten wäre auch nicht schlecht. Aber eilt euch! Ich habe etwas Wichtiges vor, in dieser Nacht!" Er kniff seine Begleiterinnen in die Hüften und die sprangen vor ihm die verdreckten Stufen der Steintreppe empor in den ehemaligen Rittersaal. Als nach einer Weile der Kelte mit einer gebratenen Hammelkeule und einem weingefüllten Lederschlauch zu ihm kam, wurde er von Argo beiseite genommen: „Wir haben doch keine Zeugen hinterlassen, die dem, nun sagen wir einmal, Besorgen von dringenden Mitteln vom Hof des Vogtes beigewohnt haben? Du hast mir versprochen, dass es keine lebenden Zeugen gibt!" Angus wusste, dass jetzt ein Donnerwetter folgen würde. Er hätte es dem Jähzornigen schon irgendwann schonend beigebracht. Aber nun wusste er doch davon. „Es gab doch eine Überlebende! So sagte mir eines der Weiber." „So ist es, Argo. Die Küchenmagd Elsa. Garwin hat sie als seine Gespielin gewählt und mit hierher gebracht. Sie ist fürwahr ein widerspenstiges Weib, er hat sie aber im Griff!" „Das will ich hoffen!" damit wandte er sich den Speisen zu. „Gefährdet dieses Weib uns oder den Schlupfwinkel, so kostet es seinen Kopf und die Dirn wird erfahren, was es heißt, sich mit Argo anzulegen. Bedenkt alle, ob sich das Risiko lohnt."

## Hargan´s Aussage

„Halt! Wer da?" die Wachen hatten soeben die Tore geschlossen und wollten die Zugbrücke hochziehen, die über dem tiefen Burggraben lag. Die schwarze Brühe, die die Burgmauern umgab, funkelte geheimnisvoll und spiegelte die Fackeln auf den Zinnen wieder, die wie kleine Schiffchen glänzten. „Hargan von Hochwald, mein Name. Ich habe wichtige Kunde für Euren Herrn, den Grafen Bodo!" „Zu so später Stunde können wir Euch nicht mehr einlassen! Zieht weiter!" Hargan hörte erneut das Rasseln der Ketten, die sich strafften und die Brücke anhoben. Mutig, fast schon verzweifelt, sprang Hargan auf die Holzbohlen, schwang sich hoch und rutschte die Schräge hinab. Dann rannte er zum Tor: „Ihr müsst mich noch einlassen oder wollt Ihr, dass mich die Wölfe in der Nacht holen und Ihr nie erfahrt, was sich in den letzten Tagen auf dem Gut des Vogtes zugetragen hat?" Das Rasseln verstummte und wildes Diskutieren folgte. Endlich lockerten sich die Ketten und eine kleine Luke wurde im Haupttor geöffnet. Zwei Wachen kamen heraus und schauten auf den Jüngling, schüttelten ihre Köpfe und deuteten zur Tür. „Geh schon rein! Von da oben dachten wir, Du wärest ein Ritter oder wenigstens ein Junker. Aber zu unserem Erstaunen müssen wir nun sehen, dass Du eher eine Amme brauchst, als das eine Gefahr von Dir ausgehen könnte!" Hargan ballte seine Fäuste und dachte sich: Wenn Wachen so urteilen und dummschwätzen, so ist es nicht verwunderlich, dass Lehn - Höfe abgebrannt und Menschen geschändet werden! Handeln sollten die Männer, nicht dumm daher schwatzen! Er trat ein und die Männer folgten ihm. Er sah sich in einem engen Vorhof und musste hier warten, bis man die Luke wieder verschlossen und mit zwei schweren Balken gesichert hatte. Nun wurde mit den beiden Drehkreuzen die Kette der Zugbrücke bis zum Anschlag aufgerollt. Das Räderwerk wurde mit zwei Eisenstangen gesichert und die Burg war für die bevorstehende Nacht gerüstet. „Hier entlang!" Einer der Burgwachen brachte ihn durch eine eiserne Tür in den großen Innenhof und rief nach einem Knappen: „Bring ihn zum Palas und melde einen Junker aus Sachsen!" Zu ihm gewandt ergänzte er: „Dort kannst Du Dein Anliegen vortragen. Man wird sich Deiner annehmen!" Er nickte und verschwand wieder unterhalb der Mauer. „Wie nennt man Dich?" wollte der Knappe wissen und Hargan sagte seinen Namen und folgte ihm in das Herrenhaus. Wenig später wurde er in den großen Speisesaal geführt, wo ein lautes Lärmen schon auf dem Gang ankündigte, dass die Ritter an der gemeinsamen Tafel versammelt saßen und das Abendbrot einnahmen. Während er höflich an der Tür wartete, ging der Knappe zur Stirnwand und beugte sich zu einem bärtigen Mann herunter, der an einer gebratenen Keule kaute. Er nickte mehrfach, ohne das Gesicht zu heben. Endlich warf er den abgenagten Knochen hinter sich, wo die Jagdhunde sich knurrend um das Essen zankten. Der Mann nahm seinen Becher und trank so hastig daraus, dass der rote Rebensaft seitlich durch den Bart auf sein Lederwams tropfte. Nun schaute er zu Hargan herüber und winkte ihm, näher zu treten. Der Burgherr deutete auf einen leeren Sessel neben sich und forderte Hargan auf, mit ihnen zu speisen: „Reden können wir danach! Iss erst einmal und trink. Du bist unser Gast! Du hast Dich ja selber eingeladen!" Sein lautes Lachen verunsicherte den Jüngling. Wurde er nicht für voll genommen? Es war ihm im Augenblick egal. Er griff in die große Eisenschale, die ein üppiges Mahl aus Braten, Brotlaiben, Zwiebeln und Käse feilbot. Ihm wurde ein voller Becher gereicht. Nach einer Stunde der Völlerei, die er bis zu diesem Zeitpunkt nur aus der väterlichen Burg und seiner Kindheit kannte, löste sich die Gemeinschaft langsam auf und der Burgherr forderte den jungen Mann auf, mit ihm in einen angrenzenden kleineren Raum zu gehen. Ein paar Männer saßen in den Holzsesseln, die mit ihrer runden, lederbezogenen Rückenlehne dem Körper einen äußerst bequemen Sitz gestatteten. Als sich der Junker in einen ebensolchen Sitz niederließ, merkte er erstaunt, wie weich und angenehm er hier ruhen konnte. „Nun, dass Ihr Hargan genannt werdet und aus Sachsen stammt wird nicht der einzige Grund sein, weswegen Ihr zu so später Stunde zu uns hierhergekommen seid, oder?" Der Angesprochene nickte und wischte sich die Essensreste mit dem Unterarm aus dem Gesicht. „Graf Bodo, edle Herren, ich komme soeben von dem Hofgut in der Nähe der Furt, zwei Tagesmärsche westlich von hier, das bis vorige Woche noch von Eurem Landvogt bewirtschaftet wurde!" Ein unsicheres Murmeln war die Antwort und der Graf fragte erstaunt: „Wieso redet Ihr in der Vergangenheit? Er bewirtschaftet das Gut immer noch! Ihr meint doch das große Steinhaus mit den Stallungen. Das wird vom Landvogt geführt, das ist richtig." Hargan schüttelte den Kopf: „Im Himmel vielleicht, wenn er schon das Fegefeuer hinter sich hat, denn der Hof wurde überfallen und dem Erdboden gleichgemacht! Es hat nur die Küchenmagd und meine Wenigkeit mit viel Glück dies ungeheuerliche Gemetzel überlebt!" Wild sprangen einige Ritter auf und schrien durcheinander: „Lüge! Nichts als Lüge! Wer seid Ihr, dass Ihr Euch erdreistet, uns mit einer solchen Mähr zu schocken?" „Glaubt dem Junker kein Wort! Der Vogt hat einige, unserer Ritter zu seinem Schutz auf dem Lehn – Hof." Hargan wartete einen Augenblick, bis sich das Lärmen etwas beruhigt hatte und stellte eine einfache Frage: „Wann war das letzte Mal einer von den Edlen auf dem Hof und kann bezeugen, dass jetzt noch alle leben?" Er schaute in die Runde. Da sich keiner meldete stand er auf und entblößte seine Wade. „Hier haben mich wilde Tiere gerissen, als ich ohne Bewusstsein im Hof lag." Ein Raunen lag in dem kleinen Saal und Hargan erzählte seine Erlebnisse. Die amourösen Nächte mit Elsa ließ er unerwähnt, nur die Taten der roten Waffenröcke musste er loswerden und ergänzte zum Schluss: „Wenn Ihr mir ein Pferd gestattet, so bin ich morgen früh bereit, Euch zu begleiten und von der Wahrheit meiner Worte zu überzeugen!" Nun war es im Saal still. Nur der Graf schaute

63

grübelnd auf den Boden und murmelte: „Argo! Das war dieser Argo. Er war in meinen Diensten und hat gebettelt wie ein Hund, dass er nicht wüsste, wohin er gehen sollte. Ich habe ihm mehrfach erklärt, dass die Ritterschaft keinen Schutz mehr bietet. Den Umgang mit dem Feuerrohr wollten wir ihn lehren, aber er hat nur verächtlich gelacht und mir unterstellt, auf Kosten seiner Männer sparen zu wollen. Ich beschäftige keine Ritter mehr! Ihre Zeit ist abgelaufen. Die Zukunft gehört den Männern, die den Gebrauch der Feuerrohre kennen und damit gut umzugehen versteht. Argo hat nur gelacht und ist von mir mit einem Batzen Geld und seiner Rüstung und dem Streitross entlassen worden. Mehrere Ritter haben sich ihm angeschlossen. Hat er also doch seine Drohungen wahrgemacht und hält sich noch hier auf. Wisst Ihr woher die Männer gekommen sind?" „Ich sah sie in den Wald reiten, der neben dem Versorgungsweg gut zwei Meilen südlich von dem Hof des ehemaligen Vogtes liegt. Dort halten sie sich wohl verborgen." Der Graf rieb sein Kinn: „Da ist keine Möglichkeit, sich zu verstecken oder zu nächtigen!" „Doch, Herr!" meldete sich ein Ritter, der in der Ecke des Saales aufmerksam zugehört hatte: „Die Burgruine in dem besagten Sumpfgebiet mitten im Wald gehörte

64

Eurem Großvater. Sie ist zwar total verfallen, aber das ist die einzige Stelle, die ich mir vorstelle, wo man einigermaßen geschützt nächtigen kann. Ihr wusstet selbst nichts mehr von dieser Ruine, Graf Bodo?" „Das alte Gemäuer hatte ich tatsächlich aus meinen Gedanken verbannt. Aber Ihr habt Recht, das ist in der Tat die einzige Möglichkeit. Morgen früh brechen wir auf. Eine Gruppe von zehn Reitern soll nachschauen, ob es doch noch Überlebende gibt, oder ob sich die traurige Kunde des sächsischen Junkers bewahrheitet. Dann kommt ihr sofort zurück und meldet mir, was sich zugetragen hat. Erst dann werden wir unsere Feuerkraft einsetzen und das Waldstück durchkämmen." Früh am nächsten Morgen brachen die Ritter auf und waren am späten Abend wieder zurück. Die Schilderungen und Erlebnisse Hargans hatten sich als richtig erwiesen. Er blieb noch ein paar Tage zur Erholung als Gast auf der Burg des Grafen. Dankbar ob der schnellen Kunde stattete er den Jüngling mit genügend Proviant aus. Dann machte der sich auf den Weg, um vorübergehend bei seinen Oheim in Dienst genommen zu werden, denn man riet ihm dringend ab, zu dieser Jahreszeit alleine den gefährlichen Heimweg anzutreten. Am Nachmittag suchte er einen Gasthof, der ihm für eine Nacht Schutz und ein warmes Mahl bieten konnte.

Er hatte sehr unruhig geschlafen. Zu viele Dinge waren ihm durch den Kopf gegangen und hatten ein tiefes Einschlafen verhindert. Entsprechend nervös und aufgekratzt setzte er sich auf den Rand seiner nächtlichen Ruhestätte. Es war immer noch stockfinster. Oder schon wieder? Er tastete nach der Talgschale, die neben ihm auf dem Fußboden gestanden hatte. Daneben fand er den Zunderstein und schon bald flackerte ein spärliches Licht auf. Er nahm die Schale und schaute auf seine Liege. Ein Bett hätte man das wahrlich nicht nennen können, aber er war froh gewesen in den unsicheren Zeiten überhaupt noch zu so später Stunde ein einigermaßen trockenes Quartier bekommen zu haben. Im Haus war es noch recht still und er fragte sich, ob die sechste Stunde schon vollendet war. Er ging zum Fenster und öffnete den Bretterverschlag. Im Hof brannten noch die letzten Reste der Öllampen, die an den Hausecken in vergitterten Eisenkästen als notdürftige Beleuchtung spärlich flackerten. Nach dem kleinen, dürftigen Licht zu urteilen, mussten sie schon sehr lange gebrannt haben. Er schätzte die fünfte Stunde, höchstens. Da hörte er von weitem das rhythmische

Trommeln von Hufen, die den lehmigen Weg bearbeiteten. Reiter näherten sich dem einsamen Gasthaus. Er trat etwas vom Fenster zurück, denn der Schein einer Lampe erhellte sein Gesicht und er wollte nicht bemerkt werden, denn ein unruhiges Gefühl kam in ihm hoch. Seit jener Nacht, in der er auf dem Gut dieser Brandschatzung nur knapp entkommen war, ließ er nicht nur bei Dunkelheit größte Vorsicht walten. Ein zweites Mal wollte er nicht mit seinem angesengten Plunder das Weite suchen müssen. Der Galopp der Reiter hatte sich verlangsamt und nun trabten vier Männer am oberen Ende des Weges in seine Richtung. Sie trugen lange, gewachste Mäntel, die hochgeknöpft das untere Gesicht verbargen. Dreieckige Hüte krönten ihre Häupter und glänzten im Mondlicht. Es musste in der Nacht geregnet haben. Sie schienen sich hier gut auszukennen, denn sie hielten auf den gegenüberliegenden Stall zu. Flink sprang einer der Männer aus dem Sattel und öffnete das große Scheunentor. Nun kam er zurück und führte die Reitpferde in den Stall. Die anderen Männer waren kurz nach ihm auch aus dem Sattel gestiegen. Keiner sprach ein Wort. Die drei Männer schauten an der Fassade des Quartiers entlang und Hargan wich noch weiter in den Raum zurück. Er hörte, wie sie sich den Regen von den Mänteln schlugen. „Bist Du Dir sicher?" hörte er eine leise, aber resolute Stimme von unten. „Absolut! Alle Spuren führen immer wieder in diese Spelunke. Ihr wisst, was zu tun ist!" Der vierte Mann schien wieder dazu gekommen zu sein, denn er hörte nun, wie einer sagte: „Die gesuchten Pferde stehen tatsächlich im Stall, Ihr hattet Recht!" Offensichtlich wurden da irgendwelche Männer gesucht. Hargan trat die Flucht nach vorn an. Er wollte nicht schon wieder zwischen die Fronten geraten. Schnell kleidete er sich an, schnürte sein Rapier um und ergriff die lederne Satteltasche mit den wenigen Habseligkeiten. Er wollte gerade sein Dachzimmer verlassen, als es laut wurde und ihm ein Poltern und Rumoren zeigte, dass die Männer schon fündig geworden waren. „Flucht ist zwecklos, ergebt euch!" hörte er rufen, jedoch gleichzeitig auch die lauten Schritte von Menschen, die gehetzt die Holzstufen herunterrannten. Hargan schloss seine Tür wieder und ging zurück zum offenen Fenster. Drei Gestalten rannten quer über den Weg in den Stall. Sie hatten ihre Kleidung teilweise noch in den Armen und flüchteten auf nackten Füßen. Die verfolgenden Männer konnte er nicht sehen, denn er wagte es nicht, sich zu weit aus dem Fenster zu beugen.

Zweifellos warteten sie vor dem Haus. Da galoppierte der erste Mann aus dem Stall und er hörte einen ohrenbetäubenden, scharfen Knall. Eine helle Stichflamme leuchtete auf und eine Qualm Wolke zog an seinem Fenster vorbei. Unten im Hof war es ruhig geworden. Zwei Pferde bäumten sich auf und schlugen wild mit ihren Köpfen. Sie wollten sich wohl von ihrem Zaumzeug befreien. Da dieses Unterfangen zwecklos war, standen sie nun ängstlich wiehernd vor dem Stall. Zwei halb angekleideten Männer standen mit erhobenen Armen vor dem geöffneten Scheunentor. Die Sättel ihrer Reittiere waren seitlich verrutscht und die ängstlichen Tiere schlugen verzweifelt mit ihren Hufen aus. Hargan beugte sich vor und sah erst jetzt, dass der erste Reiter oberhalb des Weges verkrümmt im Graben lag. Sein Gaul stand ruhig neben ihm und graste. „Ende der Flucht. Euer Galgen wartet!" Die Männer wurden gefesselt, den Toten banden sie quer auf seinen Gaul und verbrachten alles zurück in den Stall. Nun war es höchste Zeit für ihn, diesen Ort zu verlassen. Er fand schnell die Etagenlatrine und verschaffte sich Erleichterung, danach ging er entschlossen die Stufen herunter, denn er war der festen Überzeugung, dass die Männer mit ihrer Beute schon fortgeritten waren. Zu seiner

Überraschung saßen zwei von ihnen mit weiteren Gästen im Schankraum. Der Wirt zeigte ein zufriedenes Lächeln und zog seinen Mantel aus. Die anderen taten es ihm gleich. Nun widmete man sich dem jungen Mann, der soeben aus seinem Dachzimmer gekommen war. „Entschuldigt das laute Wecken, Herr. Wollt Ihr Eier mit Speck oder eine Grießsuppe zum Frühstück?" Hargan stand mit offenem Mund auf der halben Treppe und schaute verblüfft in den Raum. Der Wirt bemerkte seine Unsicherheit und erklärte: „Ihr habt nichts zu befürchten, Herr. Das ist die Miliz des Herzogs, die ich in der Nacht hierher holte, nachdem mir bewusst geworden war, wen ich seit einer Woche beherbergt hatte. - Eier oder Suppe?" Hargan setzte sich in eine Ecke und legte seine Sachen auf die Bank neben sich: „Beides, Wirt. Ich verspüre jetzt einen Riesenhunger und mich dürstet." Die Anwesenden lachten und einer der Uniformierten wandte sich ihm zu: „Es sah schlimmer aus, als ihr das mitbekommen habt, Herr. Das waren böse Strauchdiebe. Ehemalige Ritter, die keinem Herrn mehr dienen und nun verwegen der irrigen Meinung sind, sich alles nehmen zu dürfen. Wir müssen mit aller Härte dagegen vorgehen, denn Gewalt und Willkür duldet unser adeliger Herr nicht. Wo wollt Ihr denn hin?" Hargan hatte aufmerksam zugehört und entgegnete: „Wie kann ich denn sicher sein, dass Ihr im herzoglichen Auftrag handelt? Habt ihr eine Depesche Eures Herrn, die Euch erlaubt, gleich der Burgmiliz zu handeln? Wenn ja, so stehe ich Rede und Antwort, wenn nicht, so lasst mich in Ruhe mein Essen genießen!" Der Angesprochene griff zornig an seinen Hosenbund und hatte alsbald ein kurzes Feuerrohr mit zwei fingerdicken Läufen in der Faust. Sein Nebenmann schob mit der flachen Hand die gefährliche, neue Waffe herunter: „Lasst den Mann! Wenn er nicht aus dieser Gegend kommt, woher soll er uns kennen?" Er wandte sich dem Junker zu: „Seid Ihr der Schrift mächtig?" Hargan nickte: „Ja, Herr. Wenn die Lettern deutlich in unserer Sprache oder im Latinum aufgemalt sind, schon!" Der Mann zog seine Stirn hoch und kramte in der Brusttasche seiner Lederweste ein gerolltes Pergament hervor und gab es Hargan. Er rollte das Schriftstück auf und sah als erstes den ähnlichen Siegelabdruck, der in kleiner Abänderung auch seinen Ring zierte. Ungeachtet dessen las er die verfassten Sätze, die gut zu verstehen waren. Es war ein Orderbrief, der den Inhaber dieses Schreibens bevollmächtigte, im Namen und Auftrag des

Herzogs, Walram vom Grautal im Frankenland, zu handeln. Hargan nickte anerkennend und hielt dem Mann seine geschlossene Faust entgegen, damit er gut den Siegelring erkennen konnte. „Ihr seid mit dem Landesherrn verwandt?" fragte der Ritter vorsichtig. „Ja, wie Ihr seht! Es ist mein Oheim. Ich bin auf dem Weg zu ihm, denn mein Vater hat eine wichtige Kunde für seinen Bruder Walram!" Der Angesprochene verbeugte sich förmlich und schaute vorwurfsvoll seinen Begleiter an. „Hitzkopf! Erst fragen, dann bedrohen. Dummkopf!" Hargan beugte sich ein wenig vor, denn der neugierige Wirt hatte so große Ohren bekommen, dass sie offenen Burgtoren glichen. Was ist das für ein Feuerrohr, das Ihr da mit Euch führt?" „Nicht jetzt und hier, Herr. Bevor man damit erfolgreich zu Werke gehen kann, muss es zuerst gestopft werden. So einfach bringt man keine Flamme zustande, die samt Inhalt jedes Wams, ja sogar eiserne Harnische zerschlägt. Beizeiten werde ich Euch den Gebrauch erklären. Wollt Ihr uns begleiten? Wenn wir uns gestärkt haben, reiten wir los." Hargan nickte und der zweite Reiter, der seinen Teller schon geleert hatte, stand auf und ging. Kurze Zeit später war der dritte Kurier im Raum, schüttelte seinen Mantel aus und hing ihn an den Haken neben sich. Er setzte sich wortlos und löffelte seine dicke Suppe. Man hatte sich wohl mit der Bewachung der Männer im Stall abgewechselt. Hargan bezahlte Quartier und Verpflegung und kam zum Tisch zurück. „Wie spreche ich Euch an, Herr?" „Hargan! Nennt mich einfach nur Hargan." „Im Namen des Herzogs, vielen Dank. So ist diese Gegend ein wenig mehr von diesen Strolchen befreit, aber seid auf der Hut. Man erzählt von dreißig Männern, die der Bande schon angehören sollen. Zweifelsfrei werden die übrigen nach den Vermissten suchen. Gebt also Acht und ruft uns, sobald sie sich bei Euch melden. Was sind wir schuldig?" „Nichts, Hauptmann. Ich bin froh, dass ich von dem Pack befreit bin. Ich behalte ihre Sachen, die sie hiergelassen haben!" Wortlos schloss sich Hargan den Männern an, die nun hintereinander in den Stall gingen. Die Gefangenen waren geknebelt und saßen fest an Händen und Füßen verschnürt auf alten, klapprigen Gäulen. Die Männer waren fast nackt und ihre Körper zeigten blaue Flecken und blutige Striemen. Sie waren ohne Zweifel geschlagen worden. Hargan befestigte sein Hab und Gut auf dem Rücken seines Packpferdes, bestieg seinen schwarzen Hengst und ritt hinter den Männern aus dem Stall.

Schweigsam ritt die kleine Gruppe zurück und nach gut zwei Stunden sah Hargan in der Ferne die vertraute Burg seines Verwandten. Eine weitere Stunde schlängelte sich der Weg um kleine Wäldchen und Felder und bei jedem Mal rückte die Veste näher, bis sie endlich den steilen Weg nahmen und die Zugbrücke erreichten. Oheim Walram erwartete seine Männer im Vorhof und zeigte sich erstaunt, als er seinen Neffen unter den Reitern erkannte: „Hargan! Welch traurige Eskorte hat Dich hierher begleitet. Er nahm den kleinen Sohn seines Bruders in die Arme, küsste abwechselnd seine linke und rechte Wange und deutete zum Haupthaus. „Geh schon vor, Du kennst Dich ja aus. Goffredo ist soeben angekommen. Wir haben viel zu bereden."
Hargan ging über den Hof und öffnete die eisenbeschlagene Tür des Palas. Er hatte die Burg in ganz anderer Erinnerung. Alles hier kam ihm so klein vor. Der erste Raum maß höchstens sechs Klafter in Länge und Breite. Es lag wohl an seiner kindlichen Erinnerung. Im Alter von fünf, sechs Jahren schien alles viel mächtiger und größer gewesen zu sein. „Hargan! Wie schön, Dich hier zu sehen! Bist ein stattlicher Mann geworden. Bald hätte ich Dich nicht wiedererkannt, aber der Gang, die Gesten, genau wie Dein Vater." Seine Tante

kam mit ausgebreiteten Armen auf ihn zu. „Ein Echter von Hochwald. Sag, stimmt es, dass Du Dich der Ritterschaft verweigert hast?" Die Herzogin schaute ihn ängstlich an, dann drückte sie ihn erst einmal kräftig an ihren voluminösen Körper, sie mochte wohl noch dicker geworden sein, in den letzten Jahren. Hargan verschwand förmlich, als sie ihn mit ihren fetten Armen umschlug. Er wandte den Kopf etwas zur Seite, denn sowohl ihre Ausdünstungen, als auch die Kraft der Arme verschlugen ihm den Atem. „Tante Walburga, halte ein! Ich bekomme keine Luft! Ich ersticke!" Sie entließ ihn aus ihren Armen, verschränkte sie vor der Brust und lachte auf. Hätte sie nicht dieses lange Gewand und die Hauben - Kappe getragen, man hätte sie glatt für einen Kerl halten können. Was für ein Weib! So riesig hatte er sie nicht in Erinnerung gehabt. „Das mit der Ritterschaft ist schnell erklärt. Schaut Euch nur die Feuerrohre Eurer eigenen Ritter an. Was nütz da noch der Eisenpanzer, das Schwert und die Hellebarde. Reiter, wie sie früher waren, werden nicht mehr gebraucht!" Damit schaute er seinen Oheim an, der soeben den Raum betrat. Er hatte die letzten Worte seines Neffen wohl vernommen und nickte ihm bejahend zu: „Warum erlernst Du nicht die Kunst des

Feuerrohres? Ich werde Dich unterrichten lassen. Zuerst aber musst Du Ritter werden und nach der Schwertleite wirst Du dann selber eine solche Waffe führen dürfen." Der Oheim konnte wohl Gedanken lesen, denn eine so fürchterliche Waffe zu beherrschen wäre in diesen Zeiten nur von Vorteil. Neugierig fragte er: „Euer Ritter hatte eine solche Waffe eingesetzt und mir kurz gezeigt. Welche satanische Kraft steckt dahinter?" „Später, Hargan. Zuerst werden wir uns stärken. Danach kannst Du in den Hof gehen und meinen Leuten zusehen, wenn sie diese Rohre laden. Oben auf den Zinnen steht die neuste Errungenschaft! Zwei Ellen lange Bombarden. Sie verschießen Steinkugeln mit zerstörerischer Kraft. Es ist nicht ungefährlich, das sage ich Dir schon jetzt. Manch einer hat schon Teile seiner Hand dabei verloren, wenn er das Rohr falsch gestopft oder es beim Abfeuern nicht richtig festgehalten hat. Beide Waffen werden mit demselben Pulver gefüllt." Er nickte bekräftigend und ging vor in den kleinen Rittersaal. Die Diener und Pagen hatten einen langen Tisch mit allerlei Köstlichkeiten aus Flur und Wald gedeckt und Hargan verspürte einen gesunden Hunger. Als alle ihren Platz eingenommen hatten, griff er ungeniert zu. Er war so in seine gebratene

Hühnerkeule vertieft, dass er erst jetzt die vorwurfsvollen Blicke seiner Tischnachbarn bemerkte. Ein Mönch murmelte ein Tischgebet und die Männer saßen andächtig und schweigend vor ihren leeren Tellern. Nun legte auch Hargan die angeknabberte Keule zurück auf seinen Holzteller, flüsterte eine Entschuldigung und wartete ab, bis endlich das Schweigen beendet wurde und das Mahl beginnen konnte.

## Ausbildung an der Feuerwaffe

Sein Oheim Walram behielt den Neffen an seinem Hof. Er würde ihn überreden können, doch noch als Knappe die nächsten fünf bis sechs Jahre bei ihm zu verweilen. Der verschmitzte Alte hatte schnell erkannt, dass Hargan seine Begeisterung für die Feuerrohre nicht mehr verhehlen konnte. Die lange Zeit als Knappe hatte er sich viel romantischer vorgestellt. Er kam sich teilweise wie ein Weibsbild vor: Stube und Hof fegen, Gemüse putzen, Bedienung der fremden Gäste im Rittersaal, er stellte sich oft die Frage, was das alles mit einem Ritter und dem Umgang mit Waffen zu tun hatte. Um zu lernen wie man ein Feuerrohr bedient, benötigt man keine Hofmanieren, man sollte ja auch nicht mit dem Handfeger in eine Schlacht ziehen. Seine Ungeduld gipfelte dann logischerweise auch bald in Missmut und Verweigerung der, in seinen Augen nieder zu bewertenden Arbeiten. Mürrisch schmiss er den Reisigbesen in den Hof und belauschte lieber die Männer, die im Vorhof nebenan ihre Feuerrohre luden. Sie stellten die mannshohen, dünnen Waffen mit dem holzverstärkten Ende neben sich auf den Boden und zogen aus dem Schaft eine lange, dünne Eisenstange. Aus dem Pulverhorn, das sie seitlich an der Hüfte trugen, schütteten sie eine vorab bestimmte Menge des feinen Staubes in das Rohr. Dann nahmen sie eine kleine, fingerdicke Kugel und legten einen kleinen Stofflappen oben auf die Mündung. Mit dem Daumen drückten sie die Kugel samt dem Läppchen in das Rohr. Mit der dünnen Eisenstange stopften sie, kräftig pumpend den eingebrachten Inhalt fest. Die lange Stange wurde unter dem Lauf wieder in den Schaft geschoben und ein kleiner Metallwinkel, in dem ein Stein eingeschraubt war, am verdickten, hinteren Ende hochgeklappt. Nun schütteten die Männer eine kleine Menge des Pulvers auf eine seitlich angebrachte Pfanne. Vorsichtig verriegelten sie ein kleines Schutzschild und legten den langen Lauf zum Zielen auf eine mitgeführte Stützgabel. Sie schauten zu ihrem Ausbilder und riefen: „Fertig!" Der Vorgesetzte trat einen Schritt zurück und wartete, bis die vorderste Reihe der Männer gleichfalls ihre Büchsen gestopft hatten. Sein Kommando: „Feuer frei!" wurde mit einem lauten Getöse beantwortet. Oft hatte er schon diesen Übungen zugeschaut. Manchmal stürzte ein Schütze im Pulverqualm mit aufgerissenem Rohr und abgerissener Hand schreiend auf den Boden, ein anderes Mal ließ die Waffe nur ein leises Zischen ertönen. „Das liegt an der richtigen Menge des schwarzen Pulvers!" versicherte der Hauptmann. „Zu wenig und es passiert nicht genug, denn es zischt nur. Zu viel und das Rohr zerreißt und fliegt Euch um die Ohren!" Hargan war begeistert. Er hatte inzwischen auch die dicken, mit Eisenringen verstärkten Rohre gesehen, die auf einem Holzbock geschnallt oben auf den Zinnen stand. Das waren also Bombarden oder, wie ihm die Männer gesagt hatten, die neuartigen Mauerbrecher, die in der Lage waren, 5 - 8 Pfund schwere Eisenkugeln über mindestens zweihundert Schritte vernichtend auf Angreifer zu lenken. Er durfte sie nur betrachten. Wie sie geladen wurden, oder ob sie schon feuerbereit waren, das wurde ihm nicht gesagt. Obwohl er in letzter Zeit immer öfter dabei erwischt wurde, wenn er den Rittern bei den Übungen zuschaute und man ihm dann sein Ohr schmerzhaft verdrehte, ließ er sich nicht davon abbringen. „Noch seid Ihr nur Knappe! Ihr solltet doch zuerst die ritterlichen Tugenden erlernen, danach erst den Einsatz des Feuerrohres!" So schnell als möglich musste er solch eine Feuerwaffe bedienen können. Er freundete sich mit dem Schmied an und beide tüftelten in ihrer Freizeit an einer Verbesserung dieses fürchterlich, gefährlichen Rohres. Man konnte, wenn man genug Übung darin hatte, alle drei bis fünf Minuten einen Schuss abfeuern, eine gewaltige Leistung! Der Schmied hatte eine solche Waffe, ein Feuerrohr, besorgt. Gut, das Rohr war zerfranst, da es durch zu starke Ladung zerrissen war, aber der Mechanismus war interessant. „Zu oft wird das Pulver auf der Pfanne nass und zündet nicht. Dann kann man das Rohr nur noch als Schlagstock benutzen!" Hargan hatte den Schmied schon auf die Idee gebracht, ein stärkeres Rohr zu bauen. So könnte auch eine größere Menge des gefährlichen Pulvers verwendet werden, die Reichweite würde zudem erheblich vergrößert. Eines Tages zeigte der Schmied sein neustes Werk. Er hatte ein wesentlich kürzeres Rohr genommen, welches aber doppelt so dick wie die gebräuchlichen war. Verstärkt hatte er die Waffe mit mehreren Ringen. Sie sah nun ähnlich aus wie eine kleine, tragbare Bombarde. Den kleinen Metallwinkel mit der eingelassenen Pulverpfanne suchte Hargan vergeblich: „Wie wollt Ihr denn das Rohr zünden?" wollte er von dem neuen Freund wissen, denn er fand nur ein winziges Loch an der Stelle, wo normalerweise der Feuerstein auf das Metall schlug, um funkensprühend die Ladung zu entzünden, die sich im Inneren des

Rohres befand. Er hatte stattdessen eine Hebelvorrichtung angebracht, in der eine dünne Lunte mit zwei Ringen festgehalten wurde. Mit einem Griff konnte man so das glimmende Ende auf das oberhalb gebohrte Loch bringen. So wurde die eingebrachte Ladung viel schneller gezündet. „Das hat den Vorteil, dass es ruhig regnen darf, denn die Hanfschnur glimmt sehr langsam weiter, auch wenn sie etwas nass wird. Die kleinen Steinkugeln, die die Männer verwenden, sind nicht geeignet und zerkratzen auf Dauer das Innere des Rohres oder sie zerplatzen beim Abfeuern." Er beugte sich zu Hargan herunter und flüsterte: „Ich habe eine Zange geschmiedet, die weicheres Metall immer in der gleichen Stärke zusammenpresst und so ohne Lappen diese Treibladung genug verdichtet. In der kleinen Halterung unter dem Rohr befestige ich den Ladestock, mit dem Ihr das eingefüllte Pulver verdichtet und die fertige Kugel einpressen könnt. Ich schieße damit gut dreißig Schritte weit und durchschlage, wenn ich es auf diese Distanz zu treffen vermag, trotzdem noch ein fingerdickes Holzbrett, was die Ritter mit ihren Rohren nicht schaffen, denn bei ihnen kratzen die abgefeuerten Steinchen gerade einmal an der Oberfläche, wenn sie im hohen Bogen die

Entfernung überbrücken konnten." Hargan hatte den Mund vor Staunen weit offen und betrachtete diese kurze Waffe voller Ehrfurcht. „Könnt Ihr mir ein solches Rohr fertigen?" Der verschlagene Schmied lachte: „Das wusste ich, dass Ihr das verlangen würdet. Es ist für Euch reserviert, aber wartet den Sommer ab, denn es ist noch nicht fertig. Ich habe mir etwas überlegt, wenn ich einfach ein zweites Rohr direkt damit verbinde, so kann man mit der Apparatur beide Rohre gleichzeitig oder kurz hintereinander zünden." Er zeigte sein verschmitztes Lächeln und ergänzte: „Die Überraschung wird auf Eurer Seite sein, denn die normalen Rohre feuern einmal und müssen danach neu gestopft werden. Diese Zeit erspart Ihr Euch, wenn Ihr die Waffe überlegt einsetzt. Ich habe gehört, Eure Schwertleite ist in ein paar Monaten. Dann dürft Ihr, von der Obrigkeit geduldet, eine solche Feuerwaffe führen. Vorher würden wir uns beide strafbar machen, denn Ihr werdet noch an der Waffe ausgebildet!" Widerwillig musste Hargan einwilligen und seine Zeit abwarten. Im darauf folgenden Winter wurde Hargan mit dem mannshohen Rohr vertraut gemacht und unterrichtet. In Erwartung seiner wesentlich besseren, und vor allem handlicheren, kleineren Waffe erduldete er die mühsamen

Handgriffe. Der geschickte Waffenschmied hatte durch die glimmende Lunte den gesamten Ladevorgang mit seinen Hilfsmitteln so stark verkürzt, dass Hargan mit der neuen Waffe in der Lage war, jede Minute zwei Schüsse abzufeuern. Genau zielen konnte man auch mit dieser Waffe nicht, jedoch war die Errungenschaft mehr wert, als drei Männer mit Schwertern, denn auch die Tiere waren nicht an das laute Knallen gewöhnt und versagten bei dem Donner der Explosion aus Angst jedem Reiter sofort ihren Dienst. So konnte er alleine mit der Zündung eine Unruhe unter den Berittenen stiften, die dann größte Mühe damit hatten, ihre Schlachtgäule unter Kontrolle zu halten. Ein Durcheinander wie beim Buhurt, wo auf dem Turnierplatz jeder gegen jeden kämpft und wahllos aufeinander eingeschlagen wurde. Ein Teufelswerk war dieses Rohr, besser als jede Armbrust. Jetzt war er bereit, den Weg zurück in die väterliche Veste anzutreten.

## Eine heikle Begegnung

Auf seinem Heimweg machte er Halt und wollte sich frisches Obst auf dem Markt kaufen, als er durch ein lautes Geschrei abgelenkt wurde. Mehrere Reiter zerrten ein junges Weibsbild an den Haaren hinter sich her. Sie stolperte mehrfach und wurde grob bedrängt. Hargan rief den Männern zu: „Was hat sie angestellt, dass ihr sie zu dritt so schinden müsst?" Die Angesprochenen lachten und riefen zurück: „Macht Platz! Sie wird dem Inquisitor vorgeführt! Er hält in der Kanterburg Gericht über sie." Ihr Anführer kam auf Hargan zu: „Meint Ihr ernsthaft, dass wir sie schinden? Dann solltet Ihr sie einmal nach der peinlichen Befragung sehen! Sie ist der Hexerei anklagt und muss sich dafür verantworten! Und nun geht aus dem Weg, Ihr stört!" Sie drängten die Dirn in einen geschlossenen Kastenwagen und verschlossen die Tür aufwendig. Dann stellten sich zwei Männer mit ihren Hellebarden neben den Wagen, während sich die anderen in einer Schänke stärkten. Hier konnte Hargan nichts für die Maid tun. Er drehte sich um und fragte ein altes Weib: „Sagt mir, wie komme ich nach Kanterburg?" Sie schaute ihn missmutig an: „Gehört Ihr auch zu diesen Quälern, die uns zu

85

martern gedenken?" „Oh, nein. Ich habe mit diesen Männern nichts gemein. Ich will nur in diese Richtung. Mein Weg führt mich weiter, ich muss nach Sachsen." Sie schien mit der Antwort zufrieden und deutete die Gasse entlang: „Nehmt das hintere Tor. Die Straße führt gut zweihundert Schritte über freies Feld, dann geht es in dichte Bewaldung über. Ihr müsst diesen Weg nehmen, denn eine andere Strecke gibt es nicht!" Der Junker nickte und machte sich auf. Schnell hatte ihn der Wald verschluckt und er versteckte sich im Unterholz. Er hätte nicht gedacht, dass er solange warten musste. Zweifel überkamen ihn, ob ihm die Alte wirklich den wahren Weg gewiesen hatte. Die Sonne hatte den Zenit gerade erreicht, als er endlich die Pferdehufe und das Rattern des schweren Wagens hörte. Endlich kam der Tross, begleitet von bewaffneten Reitern, den holprigen Waldweg entlang. In einer Entfernung von gut zwanzig Schritten sprang er behände aus dem Dickicht und hielt sichtbar für alle sein Feuerrohr vor der Brust. „Seid Ihr Eures Lebens überdrüssig? Macht den Weg frei und trollt Euch, bevor ich mich vergesse!" Der Tross, bestehend aus fünf hochbeladenen Fuhrwerken, darunter auch dem geschlossenen Kastenwagen und begleitet von zwanzig Reitern, war in dem Hohlweg zum Stehen gekommen. Hargan versperrte ihnen trotzig den Weg: „Gebt die Maid frei, die ihr gegen ihren Willen festhaltet!" Ein müdes Lächeln war die Antwort des vorausreitenden Ritters, der stolz seine glänzende Rüstung präsentierte. „Genug der Worte!" Er zog sein Langschwert und schloss mit einer gekonnten Handbewegung seinen Gesichtsschutz. Dann gab er dem Pferd die Sporen und galoppierte, wild sein Schwert über dem Kopf kreisend auf Hargan zu. Ruhig wartete der auf die richtige Distanz zwischen ihnen. Dann, kurz bevor er gut zehn Schritte Entfernung überschritten hatte, legte er sein doppelläufiges Feuerrohr über den angewinkelten linken Unterarm und zündete. Er hatte dabei nur grob auf den anstürmenden Reiter gezielt. Der Gaul erschrak, bäumte sich auf und rannte mit donnerndem Hufschlag zurück an der Wagenkolonne vorbei. Der eiserne Mann hatte sein Schwert verloren und saß wie eine hilflose Puppe steif im Holzsattel des galoppierenden Rosses, bis ihm ein herabhängender Ast die Balance nahm. Er rutschte seitlich vom Pferd und sein linker Eisenschuh verhakte sich dabei unglücklich im Steigbügel. Der aufgescheuchte Gaul, panisch vor Angst immer wieder zur Seite springend, stampfte weiter den Waldweg entlang.

Während die Blechplatten in weiter Entfernung leiser werdend, immer wieder auf dem Weg aufschlugen, hatte sich der zerschundene, leblose Körper mehr und mehr verdreht. Die gezündete, dicke Qualm Wolke verzog sich langsam und Hargan hatte die Schrecksekunde genutzt und das entleerte Rohr seiner Doppelwaffe wieder mit dem schwarzen Pulver gestopft. Auf eine harte, todbringende Füllung hatte er verzichtet, denn die Wirkung des Knalls alleine reichte völlig aus, diese verunsicherte Bande im Zaum zu halten. Beide Feuerrohre warteten erneut auf ihren feurigen Einsatz: „Die Maid! Sagte ich. Wird's bald?" Unruhe kam auf und zwei Ritter lenkten ihre Rösser vorsichtig auf Hargan zu. „Nicht so wild, Fremder. Was schert Euch das niedere Weib. Ihr müsst Euch eine andere aussuchen. Sie hat sich versündigt und muss deshalb bestraft werden." „Was ist ihr Vergehen? Was werft Ihr dieser Maid vor?" „Ich rede nicht mit Euch darüber! Macht sofort den Weg frei! Der Inquisitor wartet nicht gerne. Sie wird der peinlichen Befragung unterworfen, das haben wir Euch doch schon im Dorp gesagt. Wenn sie unschuldig ist, so könnt Ihr sie danach haben. Wenn sie dann als Weib noch etwas taugt!" Nun war das Lächeln des Ritters vorsichtiger und etwas verhaltener, denn ihm wurde soeben von einem Begleiter zugetragen, dass ihr Anführer diesen letzten Ritt nicht überlebt hatte. „Ihr hattet nur diesen einen Schuss. Ergebt Euch und gesellt Euch zu Eurer Maid. Auch Ihr habt Euch zu verantworten, denn Ihr habt einen, meiner Männer, der einen Auftrag auszuführen hatte, soeben gemeuchelt. Es gibt dafür genügend Zeugen!" Zur Bestätigung schaute er zufrieden in die Runde und die begleitenden Männer nickten ihm zu. „Ich habe keinen Streit mit euch Männern. Gebt das Weib frei und ihr werdet überleben. Haltet ihr jedoch an eurer Meinung fest, so wird dies gefährliche Rohr euch alle zum Schöpfer schicken!" Sie schauten sich verdutzt an: „Das Pulver ist verbraucht, Ihr versucht eine Gaukelei!" Die beiden Ritter ließen sich nicht einschüchtern und trabten los. Zwei fürchterliche Feuerblitze, kurz hintereinander ließen auch diese unerfahrenen Pferde aufschrecken. Sie bäumten sich auf und widersetzten sich den Reitern. Sie buckelten und traten aus. Dann, völlig unerwartet, galoppierten sie in entgegengesetzter Richtung den Weg entlang. Auf diese abrupten Wendungen waren die Reiter nicht vorbereitet. Sie wurden augenblicklich aus ihren Sätteln geschleudert und bleiben regungslos in einiger Entfernung verletzt auf dem Boden liegen. Der Pulverqualm hatte eine Nebelwand gebildet und breitete sich auf dem Weg aus. Als man wieder klar sehen konnte, war Hargan verschwunden. Er hatte sich diesmal hinter die Böschung geflüchtet und lud in der Deckung seine Doppelflinte erneut. Diesmal benutzte er die geformten Kugeln aus gepresstem Weichmetall, die er mit dem Ladestock in die Rohre presste. Er lehnte sich gegen die Böschung und wartete ab „Wo ist dieser Teufel? Wie oft kann er den Feuerstrahl schicken?" Ein Reiter aus den hinteren Reihen hatte sein Pferd beruhigt und führte es vorsichtig an die Spitze des kleinen Zuges. Dann drehte er sich in seinem Sattel um und rief den Männern zu: „Ihr habt gesagt, dass diese Rohre nur einmal aufblitzen und dann minutenlang schweigen!" „Das ist auch richtig. So hat man uns das zugetragen. Nun sehen wir auch, dass diese Aussage falsch war!" Hargan stand nun auf dem Wall, der den Weg einengte und zielte erneut auf die Reiter: „Wie lange soll ich warten und wie viele Männer wollen den Abend nicht mehr erleben? Ist das alles dieses Weib wert?" Die Tür des Kastenwagens wurde entriegelt und ein Mann zerrte barsch das Mädchen mit gefesselten Armen auf den Weg. Sie war barfuß und blutete an Kopf und Schulter. Man hatte sie zweifellos schon misshandelt. „Tretet zurück und lasst die Maid zu mir kommen!" Das geknebelte Mädchen blieb stehen und schüttelte wild mit ihrem Kopf. Sie wollte Hargan warnen, denn das war zweifellos eine Falle. Gerade noch rechtzeitig hörte er die beiden Männer, die sich schon hinter dem Wall auf seiner Seite befanden und auf ihn zu schlichen. Sie nutzen geschickt die Baumstämme als Tarnung und wollten so in Reichweite ihrer Armbrüste kommen. Hargan rannte auf das Mädchen zu, bückte sich und legte sie über seine Schulter, bevor die Männer reagierten. Dann war er auch schon auf der gegenüber liegenden Seite im Wald verschwunden. Die Männer wagten nicht, ihm dahin zu folgen, denn sie vermuteten mehrere Schützen, die nun ein Blutbad unter ihnen anrichten würden. Wildes Geschrei und Befehle schallten durch den Wald. Vorsichtig spähte er zurück auf den Weg und sah, wie sie ihre Toten und Verletzten auf den ersten Wagen hoben. Dann ließen sie die Armbrustschützen vorreiten. Der Treck war bald im Dickicht verschwunden und Hargan konnte dem Mädchen endlich den Knebel aus dem Mund nehmen und ihre Fesseln lösen. Sie schaute ihn verwundert von der Seite an. Kein

Klagen oder Wimmern kam über ihre Lippen, als er mehr aus Versehen, die vereiterten Krusten mit den verdreckten Tüchern abriss. Erneut begannen die Stellen wieder zu bluten. Sie schien das nicht zu stören und sprach nun endlich zu ihm: „Ich weiß nicht, wer Ihr seid, Herr. Doch wenn Ihr vorhabt, mir wirklich zu helfen, so besorgt mir Ringelblumen, Sauerklee und Eichenblätter, aber frische müssen es sein!" Erwartungsvoll schaute sie ihn an, aber der Junker wich entsetzt zurück: „Seid Ihr doch eine Hexe?" Das junge Weib ging nicht darauf ein und wiederholte ihre Bitte: „Wieso rettet Ihr mich, wenn Ihr nicht die Absicht verspürt, mir wirklich zu helfen? Ich habe lange bei meinem Oheim gelebt und die Kraft solcher Heilmittel erlernt. Die Nachfahren der Salier, Alemannen, Chatten und selbst die der Ubier auf der anderen Rhenusseite vertrauen auf diese natürlichen Mittel. Das hat nichts mit Hexerei oder Alchemie zu tun." Zur Bestätigung ergänzte sie: „Der Bruder meiner Mutter ist der Druide dieser Gegend und hat schon vielen Menschenkindern großes Leid erspart! Ist er deshalb ein Hexenmeister, weil er heilende Sachen aus der Natur kennt die Euch verborgen sind? Wo in Wotans Namen kommt Ihr her, dass Ihr nichts davon wisst?" Sie zwang ihn an der Hand, stehen zu bleiben: „Ich will Euch etwas zutragen, was mein Oheim selbst erlebt hat. Er war schon einmal bei einem dieser Hexenprozess anwesend. Da hat er die irrige, verdrehte Meinung des Klerus gehört. Sie rechtfertigen ihr Tun mit folgenden Sprüchen: Von alters her hat es nur männliche Heiler gegeben. Es steht ausdrücklich in dem Buch der Bücher: Das Weib soll dem Manne untertan sein und unter Schmerzen gebären. Also, wenn das so aufgezeichnet ist, warum versündigen sich die Engelmacherinnen daran und verabreichen Tinkturen und Säfte, die dem widersprechen." Sie schaute den Junker an. „Glaub mir, sie haben auf alles eine Antwort. Weißt du, was ihre feste Überzeugung ist? Sie sagen weiter, dass es uns Weibern nicht zustehen würde, die Weltordnung auf den Kopf zu stellen! Weibsbilder wären schon immer daran interessiert, dem Manne eben zu sein. Es wird ihnen nie gelingen, denn allzu schnell gehen sie ein Bündnis mit dem Diabolo ein und versündigen sich der Hexerei. Wir, der Klerus, werden das zu verhindern wissen. Unser Richter, der Inquisitor hat eine Auflistung der Torturen, die man anzuwenden gewohnt ist. Noch keine dieser satanischen Helferinnen, denen wir habhaft wurden, hat diesen peinlichen Befragungen widerstehen können. Die erste Stufe vielleicht noch, da kam ihnen des Nachts noch Diabolo zu Hilfe, um ihre Schmerzen zu lindern. Aber mit dem zweiten und dritten Grad bröckelte der Widerstand und die Geständnisse jedweder Art sprudelten förmlich aus ihnen heraus. Gar manches Mannsbild ist den Verlockungen der Weiber erlegen, doch unsere Diener sind standhaft vor dem Herrn und wissen sich mit dem Kreuz zu wehren. Wir, die gläubigen Anhänger unserer Kirche, die wir mit großen Schiffen aufbrechen, um auch die armen Kreaturen in „Terra incognita" von unserem Heiland zu berichten und sie zu bekehren, wir werden nicht länger dulden, dass heruntergekommene, verdorbene Weibsbilder unsere Ernten vernichten und die Männer zur Walpurgisnacht mit mancherlei unflätigem Werk in ihren Bann ziehen." Sie sah traurig vor sich auf den Boden und fuhr fort: „Ihr habt mich vor schändlichem Tun dieser heiligen Männer bewahrt. Ich erinnere mich an ein armes Weib, das man in unserem Dorp der Hexerei bezichtigt hatte. Ich sehe sie noch vor mir: Ihre langen Haare flatterten im Wind und es sah von weitem aus, als würde sie einen Feuerkorb auf ihren Schultern tragen. Die helle, fast schneeweiße Haut und das rotglühende Haar waren schon von jeher das erste Zeichen, dass es sich um eine Gespielin des Satans handeln musste. Bei der peinlichen Befragung und Untersuchung ihres schändlichen Leibes fand man schnell schwarze Flecken auf ihrem Körper, die ein jeder von uns hat. Sie verrieten denen aber eindeutig, dem schwefelstinkenden Höllenfürst untertan zu sein. Nach der Anhörung wurde sie blutbeschmiert und mit Schaum vor dem Mund in den Gerichtssaal gezerrt. Sie schrie und klagte, man habe ihr die ganze Nacht über schändlich mitgespielt. Die drei Kerkerburschen wären über sie hergefallen. Man hat ihr natürlich keinen Glauben geschenkt und sich empört abgewandt. Was für ein frevelhaftes Weibsbild! Trieb sie es mit dem Satan, so sollten es die eigenen, braven Männer gewesen sein? Schreibe er das Urteil: schrie der Vorsitzende, sie soll mit gebundenen Armen und Beinen in den Teich geworfen werden. Sollte der Gehörnte von ihr ablassen, so wird sie unter Wasser bleiben und ihre Seele muss sich dem jüngsten Gericht stellen. Hilft ihr jedoch der Diabolo, nicht zu ertrinken, so soll sie am Schandpfahl den Feuertod erleiden." Sie schaute ihn erschöpft und eindringlich an: „Ist das alles nicht abscheulich? So nun wisst Ihr, was man mit einer Hexe anzustellen vermag!" Der Junker hatte sie vor den Schergen retten wollen, das stimmte. Aber das war geschehen, weil er die Brutalität der Männer ihr gegenüber nicht verstanden hatte. Das sie noch weit Schlimmeres hätte durchleiden müssen und sie auch so schändlich misshandelt worden wäre, wie sie ihm soeben geschildert hatte, davon hatte er keine Ahnung gehabt. Er war nun betrübt und versuchte sich an seine Kindheit zu erinnern. An die glücklichen, ersten Jahre, als er noch unbeschwert auf der Burg seiner Eltern war und dem Schmied bei seiner glühenden Arbeit zugesehen hatte. Jetzt erst erkannte er, wie einsam und weltfremd er innerhalb der schützenden Mauer diese Zeit seines Lebens verbracht hatte. Dann war da dieser Überfall auf den Gutshof, der sein Leben drastisch verändert hatte. Sein Weg zu der befreundeten Burg hatte dort ein jähes Ende gefunden und damit fast auch seinen Wunsch zerstört, ein Ritter werden zu wollen. Er musste noch viel lernen, auf seinem Weg nach Hause. Es war seine Pflicht, diesem jungen und zudem hübschen Weib weiterhin zu helfen. „Ringblumen sagtet Ihr? Wie sehen die aus?" Die Maid verdrehte die Augen und verband ihre Verletzung: „Begleitet mich. Wir müssen auf freies Feld, da wo die heilenden Kräuter in Blüte stehen." Hargan nickte und sie unterhielten sich über dies und das, während die Maid sich mal hier, mal dort bückte, an den Blüten roch und vereinzelte Pflanzen einsammelte. Vorsichtig fragte er: „Ist das der Grund, warum man Euch dem Inquisitor zuführen wollte?" Sie nickte: „Alles, was die Menschen nicht kennen oder verstehen, empfinden sie als eine Bedrohung! Bedrohung ihrer Macht und ihres Ansehens." In dem Lederbeutel an ihrem Gürtel sammelte sie Bärentraube und Knötrich, Rhabarber und Löwenzahn, Hasenwurz und Ginster. Dann fand sie endlich auch ein paar Ringelblumen und Sauerklee. Sie machte sofort daraus einen Brei, indem sie die Blüten zerkaute und mit ihrem Speichel auf ein frisches Tuch spuckte. Nachdem sie auch Eichenblätter in der Hand zerrieben hatte, legte sie diesen Verband vorsichtig auf ihre offenen Wunden. „Zwei Tage, Ihr werdet sehen, dann ist der gelbe Eiter aufgelöst und die Haut kann abheilen! Wer seid Ihr?" Er überlegte nur kurz. Was sollte falsch daran sein, ihr seinen richtigen Namen zu nennen? „Hargan! Hargan von Hochwald!" Sie nickte und humpelte ruhig neben ihm. Auf dem gefährlichen Weg zurück nach Sachsen wollte er seine verletzte Freundin nicht mitnehmen. „Ihr bleibt bei meinem Oheim auf der Burg. Wenn meine Eltern sehen, dass ich

97

unverletzt bin und mich meiner Haut erwehren kann, so hole ich Euch an unseren Hof, abgemacht?" Die junge Maid strahlte ihn an. Sie verstanden sich gut und in gut zwei Monden würde er ja wieder zurück sein. Er nahm seine doppelläufige Feuerwaffe, die Dolche und bestieg sein Pferd. „Wie ruft man Euch?" „Adelgunde!" kam die schnelle Antwort und dann ergänzte sie: „Freunde nennen mich Gundi!" Sie schien auf diese Frage gewartet zu haben. Er zog sie hinter sich auf das Pferd und brachte sie zurück in die sichere Veste und damit in die Obhut von Oheim Walram. Hier stand sie unter seinem Schutz und konnte der Genesung ihrer Wunden entgegensehen. Hargan besprach sich mit dem Kastellan und verabschiedete sich lange von der hübschen Maid. Die Minne hatte sich seiner bemächtigt und Gundi schien das gemerkt zu haben, denn auch sie war nicht abgeneigt, mit dem tapferen Adeligen ihren weiteren Lebensweg zu bestreiten. Am frühen Morgen des nächsten Tages ritt Hargan durch das Tor. Er winkte noch von weitem der jungen Maid zu und nahm den Weg, den ihm sorgfältig beschrieben und erklärt worden war.

## Eine böse Überraschung

Er war jetzt den dritten Tag auf dem Weg zurück nach Sachsen. Eine Übernachtung noch, dann müsste er zu Hause angekommen sein. Das kleine Wirtshaus machte keinen guten Eindruck, aber er musste rasten, denn er war die vergangene Nacht durchgeritten, da er sich hier auf dem flachen Land hatte gut orientieren können.

Er musste wohl übermüdet in seiner Stube eingeschlafen sein, sonst hätte er die Männer bemerkt, die in seinen Sachen wühlten. Er war in eine Falle geraten, richtete sich auf und wollte seinen Dolch ergreifen, als er einen Schlag auf den Kopf bekam.

Dass man ihm einen Sack über den Kopf stülpte und dem Wirt zum Dank ein paar Groschen auf die grob gezimmerte Theke warf, all das bekam er nicht mehr mit.

Es dauerte lange, bis er wieder zu sich kam. Eiskalt war es. Weit und breit war nichts zu sehen, als er am Rande eines kleinen Waldes auf dem kargen Boden wach wurde.

Es dämmerte schon und seine Glieder wurden von Krämpfen geschüttelt. Sein Kopf blutete und pochte mit einem unerträglichen Schmerz. Ein dunkler Schatten tanze um ihn herum, den er bald erkannte.

Es war der Mann, der neben seinem Bett gestanden hatte, als er den Schlag bekommen hatte. Dieser gutmütig und trottelig wirkende Mann entpuppte sich als ein gerissener Wolf, der seinen Schafspelz schnell gewendet hatte. „Schön, schön. Also nach Sachsen will der feine Herr? Der Wirt hat uns zugetragen, dass Du nach Hause willst? Was meinst Du denn, was es Deiner Mutter wert ist, wenn sie Dich an einem Stück wohlbehalten wieder zuhause empfangen kann?"

Dem Jungen wurde recht mulmig, da er jetzt von ungestümen, zerlumpten Gestalten umringt wurde. Junge Weiber kamen ihm mit lachenden Gesichtern so nahe, dass er die schwarzen Stumpen in ihren Mäulern gut erkennen konnte. Sie hauchten ihren verfaulten Atem in sein Ohr und flüsterten wilde Sprüche, die er nicht verstehen konnte. Zu sehr war er auf sein Wohlbefinden bedacht und durchwühlte sein Hirn, um einen Ausweg aus dieser Sackgasse zu finden. Wo war er da hineingeraten? Die Männer scheuchten die Weiber zur Seite und dann stand er einem alten, haarlosen Greis gegenüber, der sich als Anführer dieser Räuberschar entpuppte. „Mein Vogt hat Dich etwas gefragt, also antworte! Wie viel Lösegeld können wir erwarten? Bist Du von Adel?" Die Meute johlte auf und der

Mann fuhr fort: „Überleg gut, was Du sagst! Bekommen wir zu wenig, so endest Du am Strick. Teilst Du uns eine Summen mit, so werden wir das Doppelte verlangen!"

Hargan konzentrierte sich, denn er schien einige von ihnen schon einmal gesehen zu haben. Bei Vaters Armbrust, waren das nicht die Bauern ihres Herzogtums? Was hatte sich in den letzten Jahren hier getan? Wie schnell war das Volk verroht und lauerte, den Tieren gleich, jedem Wanderer auf. Er schaute sich um. Die Gruppe hatte ihn an eine Felswand gedrängt und er sah hier mehrere primitiv errichtete Ställe, in denen Menschen zusammengepfercht, an Händen und Beinen gebunden, beieinander lagen. Welche Summe sollte er nennen? „Ich war noch nie zuvor in dieser Gegend. Schaut mich doch an! Ich bin auf der Durchreise. Sieht so ein Junker aus, für den der Herzog etwas zahlt?" Er schaute triumphierend in die makabre Runde. „Woher willst Du wissen, dass dies hier ein Herzogtum ist, wenn Du noch niemals zuvor hier verweilt hast? Vielleicht ist das eine Grafschaft oder eine Kurpfalz?" Die Meute lachte wieder auf. „Oder wir verwalten das Land und diese hohen Herren putzen unsere Stiefel!" damit hob er sein Bein hoch und zeigte der grölenden Horde seine zerschlissenen Beinlinge. Was für ein

Spiel wurde hier mit ihm getrieben? Er musste bei seiner Darstellung bleiben und wiederholte sich: „Hängt ihr einen Jeden, der euren Weg kreuzt? Dann müssen die Raben in dieser Gegend wohl dicke Bäuche haben und können kaum noch fliegen.

Bei solchem Festschmaus werden sie viel zu schwer sein und nicht mehr fliegen können!" Nun murrten manche und andere lachten. Sie wurden sofort von der mürrischen Miene des Alten zurechtgewiesen. Der rieb sein Kinn und überlegte. Wenn das nicht der Sohn des Herzogs war, so würden sie auch keinen Taler für ihn bekommen. Schlagfertig war der Jüngling und könnte ihnen als Gehilfe einen besseren Dienst erweisen, als mit gestrecktem Hals den Krähen und Raben als Futter zu dienen. „Ruhe!" rief der Alte. „Komm zu mir!" Zögernd kam Hargan näher und wurde unerwartet hart von zwei Männern gepackt und gebunden. Mit gefesselten Armen, die sie auf seinem Rücken fest verschnürt hatten, zogen sie ihn zu den Stallungen. Eine Pike wurde durch das Gatter in die Seite eines Mannes gestoßen, der verkrümmt auf dem Boden lag. Ängstlich drehte sich der Verletzte um. Sein Gesicht war blutverkrustet und das linke Auge zugeschwollen. Erfolglos versuchte der Arme, der erneut zustechenden Pike mit seinem gefesselten Körper auszuweichen. „Na, kennst Du den Jüngling, oder müssen wir in der Veste Dein Weib fragen?" Der Anführer beäugte aufmerksam seinen neuen Gefangenen. Hargan erkannte seinen Vater sofort, durfte aber keine Regung zeigen, wenn er sein Leben nicht gefährden wollte. Sein Vater spukte Blut, bevor er leise stöhnte: „Mach doch endlich Schluss! Ein feiger Hund bist Du. Allzu gut ist doch bekannt, dass mir ein männlicher Erbe versagt blieb! Woher soll ich den Knaben da kennen?" Eindringlich schaute der verzweifelte Herzog den jungen Mann an. Ein falsches Wort, eine verräterische Geste und sie wären allesamt dem Tode geweiht. Hargan schaute auf die anderen Personen und erschrak. Da er sich abgewandt hatte, wurden seine Wut und sein Entsetzen nicht erkannt. Seine Schwester und zwei Ritter lagen da hilflos vor ihm im Dreck, den letzten kannte er nicht. „Bindet mich los, was soll der Blödsinn? Ich kenne diese Menschen nicht!" Der Alte zog einen Dolch und durchschnitt seine Fesseln: „Mach nie wieder unbedachte Scherze mit mir!" Während Hargan seine befreiten Handgelenke massierte, ergänzte der Greis noch: „In diesen Zeiten bist Du schneller beim Schöpfer, als Dir lieb ist! Der Wirt hat uns belogen, er wollte wohl nur einen schnellen Taler mit Dir machen. Willst Du bei uns bleiben oder weiterziehen?" Hargan überlegte nur kurz. Wollte er seine Familie retten, so konnte er unmöglich von hier fort. „Es ist zu spät für eine Entscheidung. Ich teile Euch morgen mit, wohin mich mein Weg führt!" damit verließ er diese Stätte des Grauens, die Männer sollten seine Tränen nicht sehen. Er schnäuzte in sein Halstuch und steckte es in die Tasche: „Wo sind meine Sachen?" rief er zurück und erntete nur ein müdes Lächeln. „Wenn Du Hunger hast, so geh zum Feuerspieß und still ihn. Deinen Durst kannst Du an dem Fass laben, das da hinten in der Ecke steht! Alles gehört uns und jedem, so auch Deine Sachen. Sie gehören Dir nicht mehr alleine. Und nun geh und iss!" Hargan trottete langsam zu der Feuerstelle. Zwanzig Männer und fünf Weiber hatte er insgesamt gesehen. Die Örtlichkeit war kein Problem für ihn, denn hier, am Rande des Felsens hatte er mit seinen Schwestern als Kind oft gespielt. Viel hatte sich seitdem nicht verändert. Die Tunnel und Gänge, aus denen man in grauer Vorzeit Edelmetalle aus dem Berg geholt hatte, waren verwaist. Man hatte die Suche seit Jahren aufgegeben, da man immer weniger gefördert hatte. Nun hatte er die Eingänge nur mit Mühe wiedergefunden, denn sie waren halb verschüttet und er betete, dass sie von den Männern nicht gefunden und somit auch nicht genutzt wurden. Am Feuer saßen zwei alte Weiber, die den Jüngling aufmerksam musterten: „Wo schlaft ihr?" fragte er unverhofft: „Ich sehe hier keine Zelte oder Hütten." Die Beiden kicherten: „Willst Du Dich an uns wärmen, in der Nacht?" Hargan sah die schwarzen Zahnstumpen und ihre verklebten Haare, als die Weiber ihn erwartungsvoll ansahen. Hargan nickte trotzdem, denn er wollte nicht den Kältetod. Ein Weib rückte ihm daraufhin auf die Pelle und flüsterte ihm ins Ohr: „Die da ist die Älteste von uns allen, schon dreißig Lenze und viel zu fett! Komm auf meine Decke. Wir haben ein Lager hinter den Büschen. Von den Felsen aus kann uns niemand überraschen, denn der Berg ist zu hoch und von dieser..." „Schwatz nicht Alte! Lass den Jungen in Frieden!" ertönte die scharfe Stimme des Greises, der sich als gar nicht so alt entpuppte. Damit befreite er den Jüngling damit, sich entscheiden zu müssen.

„Kann ich hier am Feuer schlafen? Ihr habt mir meinen Mantel und die Decke genommen!" fragte Hargan unschuldig und die Alte verzog sich missmutig und enttäuscht. Der Anführer ging weg und kam bald mit seinem Bündel wieder. Er ließ es fallen und schaute Hargan an: „Wie ruft man Dich?" „Ha..." bald hätte er sich verraten. „Harald! Man nennt mich Harald, den Kleinen." „Olaf, der Kahle!" der Anführer lachte und zog die Lederkappe vom Haupt. Großflächige, haarlose Stellen zeigten einen verschorften Kopf, der wohl böse Krankheiten erlebt hatte. Hargan nickte und knabberte weiter an dem halb verkohlten Kaninchen. „Du wirst heute Nacht das Feuer hüten, wenn Du schon hier schlafen willst. Lass es nicht ausgehen, sonst nehmen wie Dich als Fackel. Wage nicht uns ohne Abschied zu verlassen. Wir wachen im Lager und über den Berg wirst Du uns nicht entweichen können! Schlaf nicht zu fest!" Die Weiber und Männer zogen sich nach und nach in das Waldstück zurück und bald saß er alleine am Feuer. Auch nach einer weiteren, ausführlichen Durchsuchung seiner Sachen fand er auch diesmal die Dolche nicht. Er wartete, bis sich der Mond hinter den Wolken versteckt hatte, nahm seine Sachen und schlich zurück zum Felsen. Eine Fackel erleuchtete schwach die Gatter, in denen sich die Gefangenen befanden. Zwei Wachen lehnten sitzend an einem Baum und schnarchten, dass man glauben konnte, die Bäume würden zerbersten. Hargan erkannte sofort, dass die

Beiden bewaffnet waren. Einer hatte ein Beil in der Hand. Neben dem Zweiten lagen ein Schwert und eine Pike. Pferde oder anderes Getier hatte er nicht gesehen. Er schlich vorsichtig zu dem Baum und zog eine Pike zu sich. Dann drehte er den langen Stiel herum, damit die Eisenspitze nach vorne zeigte. Mit aller Wucht rammte er die Lanze in den Schlafenden, der nur kurz erstaunt aufschaute und einen Schwall Blut erbrach. Der Zweite wurde dadurch wach und griff nach seinem Schwert. Hargan hatte das Beil in der Hand und schlug ihm damit ins Gesicht. Gespenstische Ruhe war eingekehrt. Hargan nahm die Fackel und ging langsam auf das Gatter zu. Er durchschlug die Umzäunung mit zwei Hieben und stand bald zwischen den armen Geschöpfen. Fünf Kreaturen hatte er am Tage gezählt und bückte sich, um ihre Fesseln zu lösen. Bei zwei Menschen kam er erheblich zu spät.

Sie mussten schon länger tot sein, denn sie waren eiskalt und lagen starr im Dreck. Sein Vater schaute ihn verwundert an und flüsterte: „Wer seid Ihr? Ihr ward doch eben noch am Gatter? Hat der Alte Euch freigelassen?" Hargan nahm ihn fest in die Arme und drückte ihn: „Vater! Was ist passiert?" Der Verletzte befreite sich von seiner Umklammerung und

schaute ihn an: „Was soll diese Vertraulichkeit, ich habe keinen Sohn. Also sagt, wer seid Ihr? Ist das eine Falle, die er uns auferlegt hat?" Hargan konnte jetzt nicht mit ihm diskutieren. Da lagen noch eine Frau und ein Mann, die seiner Hilfe bedurften. Seine Schwester Hedda erkannte ihn sofort und reagierte richtig. Sie widmete sich dem anderen Überlebenden, der sich als ihr Mann Thilo erwies. Hargan schleppte die beiden getöteten Wachen in die Umzäunung und nahm sämtliche Waffen, sein Bündel und verschloss notdürftig das Gatter. „Wohin?" fragte Hedda, nachdem sie ihren Bruder lange und fest gedrückt hatte. „Was ist mit Vater? Warum erkennt er mich nicht?" „Später Hargan, später!" Der Jüngling hatte einen simplen Plan: „Erinnerst Du Dich noch an unsere Perlenhöhle?" Sie hatten früher mit kleinen Kugeln in den Stollen des Berges gespielt und taten so, als würden sie diese hier finden. Die Erz Mine stand schon seit sehr langer Zeit leer und war verfallen, da die geförderten Mineralien ausgeräumt schienen. „Ich erinnere mich, warum?"
„Das ist die einzige Höhle mit einer Abzweigung nach oben. Da ist ein zweiter, hinter Büschen versteckter Ausgang aus dem Berg gewesen. Du erinnerst Dich doch noch?" Seine Schwester nickte. Sie halfen dem

verletzten Vater und Thilo, Hargans Schwager, den etwas abseits liegenden Eingang schnell zu finden. Endlich glaubte er, die richtige Stelle gefunden zu haben. Halb von Geröll bedeckt und total überwuchert, mussten sie zuerst viele Steine beiseiteschaffen. Es wurde allmählich hell, als sie sich endlich hineinzwängen konnten. Abgerissene Sträucher zogen sie in den kleinen Eingang und stopften von innen Lehm und Steine in das Loch. Zunehmend wurde der Gang dunkler und bald erreichte sie das spärliche Morgenlicht in den düsteren Gewölben nicht mehr. Hargan nahm Zunder und wickelte ein paar Stoffstreifen um einen armdicken Ast. Gerade noch rechtzeitig konnten sie im schwachen Licht der Fackel tiefer in den Berg gehen und waren bald in dem oberen Gang verschwunden. Sie waren zwar weit vom Eingang entfernt aber Hargan gebot Ruhe, denn er wusste, dass jedes noch so kleine Geräusch durch den Berg hallte und ihr Versteck hätte verraten können. Sie suchten sich eine trockene Stelle, legten Hargans Wolldecke aus und schmiegten sich wärmend aneinander. Der gewachste Mantel gab ihnen zusätzliche Geborgenheit. So versuchten sie still und ruhig in der Dunkelheit des Stollens zu verharren. Das Lärmen und Schreien war in ihrem Versteck deutlich zu hören, denn der obere Ausgang der Höhle war nicht weit von ihnen entfernt und nun deutlich zu sehen, da die Sonne in ihrem Lauf die wärmenden Strahlen in den Berg schickte. „Elende Hunde! Die sind auch verschwunden, genau wie Harald. Auf Niemanden ist Verlass! Weckt die anderen. Sie können noch nicht weit gekommen sein."

Als es nach Stunden immer noch so ruhig außerhalb der Höhle war, schlich Hargan vorsichtig bis zur Felswand und spähte hinunter. Das Lager war leer. Er ging zurück und erklärte seinen Begleitern, dass sie sich nicht rühren sollten, denn das könnte auch eine Falle sein. Dann schlich er durch die Gänge zurück und bald stand er an dem Platz, wo das Lagerfeuer gewesen war. Jetzt kräuselte sich nur noch eine spärliche Rauchfahne in den Himmel. Alte Felle und leere Kisten standen am Rand des kleinen Waldes. Offenbar hatte sich die wilde Horde tatsächlich aufgemacht, um die verschwundenen Leute wieder einzufangen. Zu seiner größten Überraschung fand er sein Feuerrohr, nebst Lederbeutel neben den Kisten. Die Männer hatten seine gefährliche Waffe nicht als solche erkannt und achtlos zurückgelassen. Er nahm seine Sachen an sich und durchwühlte die alten Kisten. Aber außer Kleidern und Fellen fand er sonst nichts Brauchbares mehr. Schnell eilte er zurück. In der Höhle öffnete er den Lederbeutel. Das Pulver war unbrauchbar geworden, denn es war völlig durchnässt. Die Kugelzange und das Blei, sowie mehrere, vorbereitete Kugeln waren jedoch noch zu verwerten. Er musste zwingend sein Pulver trocknen oder neues im Zeughaus der Stadt erwerben. Vorsichtig machten sie sich auf den beschwerlichen, weiten Weg zurück zu ihrer Burg. Vielleicht würde es ihm gelingen, mit dem Feuerrohr Eindruck zu schinden, wenn er erst einmal durch den Geheimgang, der versteckt unterhalb der rückwärtigen Burgmauern am hinteren Bach endete, zurück in die heimatliche Veste geschlichen war.

## Arn, den man Balg nannte...
## Kapitel 2

Acht Jahre zuvor fand in dem besagten, sächsischen Herzogtum eine öffentliche Folter statt. (Sofern der Delinquent diese brutale Tortur überhaupt bei Sinnen zu überstehen vermochte).
Es war Markttag. Der erste Wochentag des Mondes, der nach der Göttin Freya benannt war, wurde in der Stadt Markt abgehalten. „Achtet auf euer Erspartes! Es sind Beutelschneider gesehen worden!" rief ein Herold in die Menge. Die Weiber drängten sich, das Standgeld im Vorhinein zu entrichten, denn der Reihenfolge nach wurden die besten Plätze verteilt. Ein Weibsbild legte ihren Obolus vorsichtig neben die polierte Steinplatte des Vogtes. Das alleine war schon verdächtig! Galt es doch, mit klingender Münze zu bezahlen. Langsam nahm der Beamte die runden Bleche vom Tisch und ließ sie einzeln auf den Stein springen. Tatsächlich blieben dabei zwei der Metallplättchen dumpf und platt sofort liegen. Die Frau wollte sich abdrehen und entfliehen, aber es war zu spät. Die beiden Gehilfen hielten sie fest gepackt, während der Vogt eine, dieser Münze mit seinen Zähnen zu beißen versuchte. War sie

echt, so würde kein Abdruck auf dem Metall bleiben! In diesem Fall konnte er deutlich seine Eindrücke erkennen. „Du weißt, was das für Dich bedeutet?" Er grinste genugtuend und ließ von den Beiden ihren Kopf seitlich fest auf den Tisch pressen. Die Frau wusste, was nun kommen würde. Sie trat, schrie und wehrte sich verzweifelt. Aber ihre Anstrengungen waren nutzlos, denn die Umherstehenden waren begierig darauf, die sofortige Bestrafung aus nächster Nähe miterleben zu können. Der Vogt nahm sein Messer in die rechte und ihr Ohrläppchen in die andere Hand, zog ein wenig daran und mit einem geübten Schnitt hatte er eine Kerbe hineingeschnitten, nun war sie ein Schlitzohr. Als man die wimmernde Frau losgelassen hatte, rutschte sie auf den Boden. Sie hielte mit beiden Händen ihre stark blutende Seite, während der Vogt ihr gebot, den Markt sofort zu verlassen. Teilnahmslos drehte er sich wieder zu seinem Tisch und tat, als wäre nichts passiert: „Wer ist der Nächste? Ein schöner Platz, direkt am Brunnen, macht zwei Groschen! Aber diesmal möchte ich echte sehen!" dabei schlug er sich auf seinen feisten, dicken Leib und lachte sadistisch auf. Arn, einziger Sohn eines unfreien Leibeigenen war betroffen. Sein Vater und der Oheim waren ebenfalls hierhergekommen. Der Kleine stand fassungslos da. Es war für ihn das erste Mal, dass er Zeuge einer solchen Brutalität geworden war. Aber es sollte noch schlimmer kommen, denn die öffentliche Folter auf dem errichteten Holzpodest sollte noch folgen. Ihr aller Herr, der Herzog, hatte dieses Spektakulum absichtlich auf den Markttag angesetzt, damit alle seine Untertanen diesem grausamen Treiben beiwohnen konnten. Bei vielen von ihnen überwog die Angst, bald der Nächste zu sein, der an diesem Platz sein trauriges Leben beenden würde. Aber es gab tatsächlich auch nicht wenige, die gerade deshalb hierhergekommen waren. Arn und die beiden Männer hatten sich, wie viele andere auch, in die erste Reihe gedrängt, sein Vater wollte das so. Der Oheim war Gunnar, Vaters Bruder. Dann wurden Rufe laut. Der arme Wicht, an Händen und Beinen gebunden und nur mit einem schäbig verdreckten Linnen Hemd bekleidet, wurde auf einem Leiterwagen herangekarrt. Bereitwillig hatte man eine breite Gasse freigelassen. Oben angekommen wurde der Folterknecht schon lüstern von der Menge angefeuert, als er den Mann rücklings auf das Wagenrad band. Die Umherstehenden ergötzten sich an den Schreien des gequälten, armen Mannes, dessen einziges Vergehen darin bestanden hatte, dass er den Pachtzins nicht beizeiten erbracht hatte. Der verregnete Sommer war Schuld an dem drastischen Einbruch der erwarteten Ernte. Als Warnung an alle anderen Bauern wurde nun an dem armen Tölpel ausgelassen, was sich der sadistische Herrscher für ihn ausgedacht hatte. Er wollte seine Macht mit allen Mitteln verteidigen und durchsetzen. Der Bauer vom benachbarten Lehn - Hof lag festgebunden mit unnatürlich verdrehten Gliedmaßen auf dem, sich langsam drehenden Rad. Zwei vermummte Knechte schlugen abwechselnd mit ihren Eisenstangen auf den, sich im Kreis drehenden Körper ein. Schaum und Blut lief dem Gequälten bald darauf aus dem Mund. Sein gesamter Körper war übersäht von aufgeplatzten Stellen. Arn hatte Mitleid mit ihm. Er bettete, dass das alles schnell vorbei sein würde. Ein Gehilfe auf dem erhöhten Podest stoppte immer wieder das sich kreisende Rad, prüfte dann den Zustand des Gequälten und schüttete Wasser über ihm aus. Übermannt von unerträglichen Schmerzen verlor er immer wieder das Bewusstsein.

„Vater, ich kann das nicht ertragen! Lasst uns gehen!" Der hielt ihn fest an der Schulter und herrschte ihn an: „Hier bleibst Du!" Sein Gesicht war angespannt und sein Blick grimmig: „Schau zu, wie es Dir ergehen wird, wenn Du die Pacht nicht aufzubringen vermagst! Öffne die Augen, schau hin!" Arn kannte seinen Vater nicht wieder. Er fügte sich, denn die Umstehenden wurden schon aufmerksam und sahen abwertend zu ihnen herüber. Elf Lenze und ein paar Monde zählte sein bisheriges Leben und er reichte knapp bis an die Schultern des stattlichen Bauern. Die Mutter war bei seiner Geburt gestorben und er musste sich seit jeher die schlimmsten Vorwürfe daheim gefallen lassen. Es dämmerte ihm, dass sein Vater in seiner Geburt die Schuld sah, dass die geliebte Frau zum Schöpfer geholt worden war.

Dann war seinem Vater eines Tages ein Satz herausgerutscht, den er nicht zu deuten verstand: „Schau genau hin, hoffentlich hast Du nicht auch das ekelhafte Wesen von dem hochwohlgeborenen Herrn vererbt bekommen!" Dabei spuckte er vor sich in den Dreck. Gunnar, der Bruder seines Vaters, legte seine Hand auf dessen Schulter und flüsterte: „Was soll Arn von Dir denken! Halt Dich zurück, sonst bist Du der Nächste!" Der verwirrte Jüngling schaute zu seinem Oheim: „Was meint Vater mit ekelhaftem Wesen vererbt?" Gunnar sah ihn nicht an, sondern sprach zu seinem Bruder Adolph: „Nun siehst

Du, was Du angerichtet hast! Seine Neugier ist geweckt. Er wird keine Ruhe geben und euch beide ins Verderben reißen!" Sein Vater packte ihn wieder hart an den Armen und zwang ihn, dem Spektakel weiter zuzuschauen. Die hilflosen Schreie waren jedoch soeben verstummt und selbst die wiederholt über ihm ausgegossene Wasserflut brachte keinen Laut mehr aus dem zerschlagenen Körper. Er hatte es überstanden. Nur die Klagerufe des Weibes, das von zwei Männern gestützt der Verurteilung hatte beiwohnen müssen, waren jetzt noch zu hören. Der Platz leerte sich und bevor der Henker den Toten in den Leinensack gelegt hatte, kamen eilig noch Neugierige zu ihnen auf das Podest und sahen sich dessen grausame Verletzungen aus nächster Nähe an. Der Jüngling drehte den Kopf zur Seite und schaute seinem Vater ins Gesicht. Der ließ ihn nun endlich los und sagte nur knapp: „Wir können gehen!" Schweigend gingen sie nebeneinander den Feldweg zurück zu ihrem bescheidenen, kleinen Hof. Der Bauer hatte es nie verwinden können, dass er seine junge Braut in der Hochzeitsnacht diesem brutalen Adeligen hatte überlassen müssen. Seine, bis zu diesem Tag lebensfrohe Partnerin war danach völlig verändert wieder zum Hof zurückgekehrt. Sie hatte all die Jahre nicht mit ihrem Mann über die Ereignisse in der Burg sprechen können. Körperliche Nähe konnte und wollte sie nicht mehr zulassen. Nach ein paar Monden war es nicht mehr zu verheimlichen. Seine Frau hatte ein recht üppiges Bäuchlein bekommen. Folglich wusste Adolph, dass der Herzog dem adeligen Recht folgend, seine junge Braut geschwängert hatte. Er konnte sich nicht damit abfinden und sah in Arn immer den brutalen Herrscher. Der Jüngling ahnte nichts, noch nichts. Die unbedachte Äußerung seines Vaters und die mahnenden Worte von Oheim Gunnar hatten seine Neugier geweckt.

## Die unbequeme Wahrheit

Sie hatten schon geraume Zeit auf dem Acker verbracht. Adolph zog zusammen mit dem einzigen, ihm noch verbliebenen Ochsen den schweren Pflug. Sein Bruder Gunnar führte mit kräftiger Hand den Holzpflug durch das karge Erdreich. Arn musste die ausgeworfenen Steine an den Rand des Feldes bringen, während ihre Magd mit einer Harke versuchte, die festen Lehmklumpen zu zerschlagen. Auf dem Nachbarfeld mühten sich derweil zwei Jünglinge ab, Unkraut abzureißen und auf einem Haufen für ein späteres Feuer zu sammeln. Das Kichern und Herumalbern der beiden Burschen verstand Arn als Anschmachten ihrer Magd. Als er sich jedoch umschaute, war die Maid weit hinten im Feld und die jungen Männer schienen sich über ihn zu unterhalten. Er kannte sie nicht mit Namen. Er wusste nur, dass es die Söhne des Nachbarn waren. Irgendwann rief einer der Jünglinge etwas Unverständliches zu ihm herüber, was zur Folge hatte, dass der Bauer den Pflug sofort anhielt und sich aus dem Geschirr löste: „Lass sie rufen! Du änderst sie nicht!" rief ihm Gunnar noch hinterher, aber Arns hitzköpfiger Vater kannte kein Halten mehr. Er hob Lehmbrocken vom Acker und warf sie in ihre

Richtung: „Haltet euer Schandmaul, sonst werde ich es mit Dreck stopfen!" Die Angesprochenen lachten nur umso mehr. Jetzt hörte er auch die Worte deutlich, die sie immer wieder riefen: „Prim nocti! Kleiner, halbadeliger Balg!" Sie wiederholten das immer wieder und Gunnar stand bald neben dem verwirrten Jüngling, der kein Wort von dem verstand. Er sagte nur immer wieder: „Hör nicht auf sie!" Adolph hatte sein Vorhaben aufgegeben und saß mitten im Feld. Das Gesicht verbarg er in seinen Händen. Arn ging zu ihm und legte seine kleine Hand auf seine Schulter: „Vater, was ist los?" Der Bauer wischte sich mit dem Ärmel durchs Gesicht: „Das Maß ist voll! Ich werde ihn töten, diesen Hurensohn!" Gunnar erkannte als Einziger, dass die Lage außer Kontrolle geriet und fasste ihn an beiden Schultern: „Du wirst sterben, wenn Du so etwas nur denkst!" Adolph riss sich los, klopfte den Staub von seiner zerschlissenen Jacke und rief: „Ich bin schon tot! Gestorben in der Hochzeitsnacht! Du weißt warum! Jus primae noctis! Ich bringe ihn um! Kümmere Dich um den Bastard, seine Schuld ist es nicht!" Das war das letzte Mal, dass er seinen Vater sah. Drei Tage und Nächte warteten sie vergebens auf dessen Rückkehr. Schließlich kamen Reiter des Herzogs und verteilten das Gesinde auf die anderen Lehn-Höfe. Arn kam zu Vaters kleinerem Bruder, seinem Oheim Gunnar. Der war zwar auch unfrei, jedoch sein Gehöft maß doppelt so viel gepachtetes Land wie das ihrige gehabt hatte. Außerdem hatte er zwanzig Helfer, die ihm bei der schweren Arbeit zur Hand gingen. Ein angetrautes Weib teilte seine Bettlade nicht. Arn kam mit den Jahren dahinter, dass es klüger war, seinen Schatz nicht mit dem Adel teilen zu müssen. Da das Recht der ersten Nacht dem obersten Herrn vorbehalten war, heirateten die klugen Bauern nicht und verheimlichten ihre Liebschaften. Durch eifersüchtige Knechte war dieses Glück natürlich genauso gefährdet. Das alles erfuhr er eines Nachts, als die Schergen des Herzogs an die Tür schlugen und Gunnars Liebchen an den Haaren auf den Hof zogen. Vier berittene Männer schickten sich an, Ida, das arme Weib zu binden und zu verschleppen, als der Oheim im Türrahmen erschien. Seine Augen leuchteten fürchterlich und das Schwert, das er plötzlich über dem Kopf schwang, war den anderen Unfreien vordem noch nie zu Gesicht gekommen. Er schrie wie eine Sau beim Abstechen und stürzte sich auf die völlig überraschten Männer. Sie hatten das am allerwenigsten erwarten und so nutzte er diese

Verwirrung schamlos für sich aus. Er richtete ein Massaker an. Drei Männer lagen bald mit zerschlagenen Gliedern im Hof. Der Letzte hatte das Weib losgelassen und versuchte seinen Gaul zu besteigen. Gunnar hieb dem Tier fürchterlich gegen die Hufe. Das Pferd bäumte sich verletzt auf und fiel zur Seite. Der Mann lag sodann schmerzverzerrt schreiend unter dem zuckenden Tier. Gunnar hob noch einmal seine todbringende Waffe und erlöste den verletzten Gaul von seinen Schmerzen. Für den verletzten Reiter hatte er kein Mitleid und keine Kraft mehr. Seine Gefährtin hatte sich von ihren Fesseln befreit und rannte mit einem Knüppel zurück in den Hof. Sie vollendete sein Werk und bald war wieder die Ruhe eingekehrt, die auch vorher geherrscht hatte. Gunnar saß, auf sein Schwert gestützt, vor der Haustür. Die Knechte und Mägde kamen vorsichtig aus den Stallungen. Zwei Knechte betraten den Hof, sie hatten die verwirrten Pferde wieder eingefangen und standen nun neben dem leibeigenen Bauern. „Wir müssen sie verschwinden lassen, Gunnar. Wir sagen einfach, dass wir hier keine Ritter auf dem Hof gesehen haben!" Der junge Knecht schaute in die Runde: „Wir sind uns doch einig, oder?" Verschämt nickten sie. Nur ein älterer Knecht, Olaf mit Namen, schlich sich heimlich zurück in den Stall. Arn hatte das beobachten können, denn der Kleine wurde seit seiner Ankunft hier nicht sonderlich beachtet. Im Stall versuchte der Knecht einen Maulesel durch die hintere Tür zu führen. „Wo wollt Ihr noch hin, Herr? Es dunkelt schon!" rief ihm Arn zu und der Ertappte griff erschrocken an seinen Gürtel. Er ließ rasch von dem Reittier ab und kam dem Kleinen entgegen. In seiner Faust blitzte eine Klinge auf: „Du Wicht hältst mich nicht davon ab, meinen Plan zu Ende zu bringen! Ich will sie haben! Das Weib gehört mir!" Der Kleine wich dem Anstürmenden zwar geschickt aus, aber der brachte ihm trotzdem an der Schulter einen kräftigen Schnitt bei. Arn rannte um sein Leben. Er verstand dessen gesprochene Worte nicht und, um Hilfe schreiend fiel er bald darauf einer Magd in die Arme. „Olaf will mit dem Maultier fliehen, er sprach wirres Zeug. Von … das Weib gehört mir und so was…" dann wurde ihm schlecht und er wandte sich ab, um sich zu übergeben. Er sah nur noch, wie sich zwei junge Knechte auf die herzoglichen Reitgäule schwangen und dem verräterischen Knecht folgten, dann wurde ihm schwarz vor Augen. Er musste lange im Traumland gewesen sein, denn draußen war es stockdunkel und er sah nur das flackernde

Talglicht auf dem Tisch und hörte das Knistern der brennenden Feuerstelle. „Na, Kleiner? Geht es wieder?" Die Magd Ida, der Grund dieses Scharmützels, schaute besorgt auf ihn herab. Er war bald wieder ganz wach und schaute sich verwirrt um. Wieso lag er in der Stube auf der Holzbank? „Hatten die Knechte Erfolg? Haben sie Olaf noch erwischen können?" Die junge Frau nickte ihm zu. „Wir müssen Dir danken, Arn!" damit machte sie dem Bauern Platz, der hinter ihr gewartet hatte. Gunnar half ihm hoch und setzte sich zu ihm. Arns Füße baumelten kurz über dem Lehmboden. „Woher wusstest Du, dass Olaf in Diensten des Herzogs stand, um unsere Gewohnheiten und Geheimnisse an ihn zu verraten?" Arn schaute verblüfft: „Ich wusste es nicht, Oheim. Ich hatte nur zufällig gesehen, dass er sich in den Stall geschlichen hatte. Zu dieser Zeit und unter dem Eindruck der Ereignisse erschien mir das verdächtig. Sonst nichts!" „Du hast uns vor größerem Übel bewahrt, aber man wird nach den Männern suchen. Sie müssen schon vorher auf der Burg gewusst haben, dass ich Ida zu meinem Weib machte. Meine Leute sind sich darin einig. Sie wollen aussagen, dass die Ritter mit Ida und Olaf den Hof gemeinsam verlassen haben." Er schaute den Kleinen lange an. Dann sagte er:

„Sie werden hier nichts mehr vorfinden! Wir haben die letzten Tage sorgsam genutzt. Wenn die Männer kommen, müssen wir alle dasselbe sagen. Ida muss ihr Haar scheren, die Brust stramm binden und sich wie ein Knecht kleiden, hoffentlich geht der Plan auf!" Arn fand die Idee, den Adeligen an der Nase herumzuführen, gut. „Oheim, warum bist Du so sicher, dass man die toten Reiter nicht findet? Wo hast Du ihre Körper, die Pferde und die Waffen gelassen?" Der Oheim verriet seinem Neffen: „Pferdefleisch schmeckt mir noch besser als Hähnchen. Ich habe mit den Knechten die Gäule verarbeitet. Die Sachen, die uns verraten könnten, Haut, Knochen, das Zaumzeug und die Toten mit ihren Uniformen, liegen, mit Steinen beschwert tief unten in der Jauchegrube. Ich bin jetzt froh darüber, dass wir sie im letzten Sommer so groß ausgehoben hatten." „Aber die Waffen! Hast Du die behalten?" „Ich habe sie vergraben. Mit Schweinefett eingerieben und in Decken gewickelt im Stall. Auf dem Boden unter dem Ochsen." Arn nickte seinem Oheim anerkennend zu und lächelte ihn an: „Aber erkläre mir, warum Du nicht einfach zu den Mönchen gehst und Ida heiratest? Warum müssen wir wegen ihr lügen und sie verstecken?" Jetzt schauten die Beiden sich verliebt an: „Ich glaube, dass Du jetzt alt genug bist. Jeder Unfreie muss die Erlaubnis seines Herrn haben, wenn er eine Maid ehelichen will. In unserem Fall entscheidet der adelige Herzog, ob Ida mein Weib werden darf oder nicht. Das war bei Deinen Eltern nicht anders." Arn schaute den Bauern aufmerksam an: „Und weiter? Was ist daran so schlimm? Kann er ablehnen?" Gunnar nickte seiner Magd zu und die verließ daraufhin die Stube. Er setzte sich dem Knaben gegenüber, fasste seine Schulter und fuhr fort: „Der edle Herr will dafür eine Gegenleistung!" „Er will bezahlt werden? Wie viel kostet Ida?" Gunnar schüttelte mit dem Kopf. Dann erwiderte er: „Den Ehe Zins würde ich ja noch hergeben, aber Ida nicht!" „Was hat sie denn damit zu tun?" Sein Oheim schaute verlegen zur Seite. Wäre es nicht die Pflicht von seinem getöteten Bruder Adolph gewesen, den Kleinen aufzuklären? Aber er selbst hatte ihn bei der Hinrichtung auf dem Marktplatz und den bohrenden Fragen des Jungen davon abgehalten. So war es nun an ihm, Arn von dem unangenehmen Los der leibeigenen Weiber zu erzählen. „Eine Heiratswillige hat es zu ertragen, wenn der Herr darauf besteht, die erste Nacht auf seinem Lager zu verbringen. Er nimmt sich das Weib in seine

Bettlade und gibt sie erst wenn seine Lust gestillt ist, frühestens jedoch am nächsten Morgen wieder frei. Dann darf sie heiraten!" Arn war sprachlos. Er war auf einem Hof groß geworden und er wusste, dass die männlichen Tiere ihrem Trieb nachgingen und danach folgerichtig neue Lebewesen entstanden. Wenn das bei seiner Mutter auch so gewesen war, dann . . . . Mit zerfurchter Stirn schaute er hilfesuchend nach einer Regung in Gunnars Gesicht und der hielt seinem Blick stand und nickte. Er wusste, was in dem Kleinen jetzt vor sich gegangen war, denn der war nicht dumm. Arn schlug beide Hände vor sein Gesicht und flüsterte: „Hat Vater deshalb versucht, den Landesherrn zu töten?" Vorsichtig legte er seine Hände in den Schoß und Gunnar nickte: „Es ist so! Adolph ist nicht Dein leiblicher Vater! Du bist der Sohn des Herzogs. Aber er wird das bestreiten und Dich auslachen, sollte Dir das jemals über die Lippen kommen. Füge Dich dem, was das Leben bestimmt hat. Denk nicht weiter darüber nach!" Der Junge verstand nun seinen Stiefvater und dessen Erregung. Er stand auf und ging in den Stall. Er wollte alleine sein. In der Stube kam Ida auf Gunnar zu: „Wenn er nun, da er es weiß, damit nicht klarkommt? Wenn er genauso reagiert, wie Dein Bruder?" Gunnar senkte den Kopf:

127

„Er ist alt genug und muss wissen, was ihn auf dieser Welt erwartet!" „Du hast Recht! Er hätte es irgendwann einmal doch schmerzlich erfahren.....denn das ganze Dorp, alle wissen davon." „Stimmt, alle und keiner unternimmt etwas dagegen." Seine Geliebte stutzte: „Du willst Dich nicht ernsthaft gegen den Herrn auflehnen? Den Überfall mit seinen Reitern werdet ihr gemeinsam erklären können, aber offene Auflehnung heißt Bestrafung! Und Bestrafung heißt Folter und Tod!" Gunnar nickte und sie gingen zu Bett, denn es war sehr spät geworden und morgen würden sie früh aufstehen müssen, denn es war Erntezeit.

Zwei Tage später, sie hatten bis dahin noch nichts von den Männern des Herzogs gehört, saßen die Beiden wieder in der Stube. „Morgen fahre ich mit dem Ochsengespann zur Burg. Adar und Hasso werden mich begleiten. Wir müssen den Lehn Zins zum Herzog bringen. Drei Säcke Roggen und ein Sack Weizen. Dazu fünf Hühner und dreißig Eier. Der Herr wird zufrieden sein." Gunnar schaute Ida an: „Ich werde nichts mehr unternehmen, ohne es mit Dir abgestimmt zu haben, übrigens, der kahle Kopf steht Dir gut! Du siehst aus wie ein Kutscher, der seinen Dreispitz verloren hat!" Ida nahm ihre Stoffkappe vom Haupt und warf sie in seine

Richtung. Gunnar wich aus und lachte sie an: „Was kann uns auseinanderbringen?" „Nichts!" scherzte Ida. „Nichts? Was meinst Du mit nichts, Bursche?" Zwei Männer des Herzogs hatten soeben fast lautlos die Tür zur Stube geöffnet und die letzten Worte mitgehört. Draußen wieherten Pferde. Sie schienen nicht alleine gekommen zu sein. Erschrocken fuhr Ida herum und senkte ihr Haupt. Mit tiefer Stimme sagte sie: „Der Bauer hat mich gefragt, ob ich schon gegessen habe." „Geh in den Stall und kau auf dem Stroh! Ich habe mit ihm zu reden. Ruf die anderen Burschen und Mägde zusammen. Ihr wartet im Stall! Und nun spute Dich!" Unaufgefordert setzten sich die Männer an den Tisch, während sich Ida schnell nach draußen begab. „Gib uns Fleisch und Brot! Außerdem dürstet uns. Wir hatten einen scharfen Ritt." Gunnar ging wortlos zur Feuerstelle und nahm die Pfanne von dem Gitter, das an drei Ketten befestigt über der Glut schwebte. Darin lag ein Hühnchen, dass sie gerade mit Speck und Zwiebeln angebraten hatten. Er legte die dampfende Eisenplatte auf ein Holzbrett, stellte zwei Steinbecher und einen Krug gewürztes Bier dazu. Dann nahm er den Männern sofort den Wind aus den Segeln: „Meine treue Magd und den alten Knecht habt ihr vor Tagen holen lassen. Ich muss sehen, wie wir die Arbeit neu verteilen. Wollt ihr die fällige Pacht abholen? Ich hätte sie morgen früh mit dem Leiterkarren gebracht!" Die Männer schauten sich verdutzt an. Mit dieser Frage hatten sie nicht gerechnet. „Wann waren unsere Männer hier?" Gunnar hatte seine Antwort mit den Mägden und Knechten schon seit Tagen immer wieder besprochen und zurechtgelegt. Schnell und unerschrocken log er: „Vor fünf Tagen war es. Wir waren gerade vom Feld zurück. Da kamen die vier Männer und verlangten nach der Magd und dem Knecht. Arbeiten sie jetzt auf der Burg bei euch?" Verstört setzten sie die Becher ab: „Vor fünf Tagen?" „So sagte ich doch. Was ist daran denn so ungewöhnlich?" Ohne darauf zu antworten gingen sie, ohne das Essen angerührt zu haben direkt in den Stall. Gunnar stand auf und wollte ihnen nach, denn er war natürlich sehr daran interessiert, ob die Männer die gleiche Auskunft auch von den anderen Unfreien bekommen würde. Als er aus der Tür treten wollte drängten ihn zwei weitere Reiter zurück in die Stube: „Du wartest hier!" Gunnar ging in die Stube zurück, begleitet von einem Schergen des Herzogs. „Ein Becher Bier?" fragte er keck und schüttete zwei Gefäße voll. Eins reichte er dem Mann, das andere hob er zum Mund: „Auf unseren Herzog!" Dann schüttete er in einem Zug den Inhalt in seine Kehle. Bald wurde es laut auf dem Hof. Ein Rufen ließ den Ritter schnell zurück zur Tür eilen. Die Männer stiegen wortlos auf ihre Pferde und galoppierten an dem umzäunten Gatter vorbei ins freie Feld. Ida kam sofort zu ihm: „Das hatten die nicht erwartet! Sie sind überrascht, haben uns aber Glauben geschenkt, da wir allesamt das Gleiche ausgesagt haben. Kopfschüttelnd sind sie im Stall auf und abgegangen. Einer der Männer hat etwas gefaselt von Unzufriedenheit und Aufbegehren der Höflinge und der Ritterschaft. Es scheint etwas im Gang zu sein, auf der Burg. Selbst von der Pacht haben sie nicht mehr gesprochen. Sie werden dem Herzog erklären müssen, dass die Männer von hier fort sind. Es scheint fast, als hätten sie damit gerechnet." Gunnar nickte und rief über den Hof: „Gehen wir wieder an die Arbeit! Adar und Hasso, ihr werdet mich morgen früh zur Burg begleiten. Wir werden die Pacht erbringen, so als wäre nichts passiert! Dann werden wir sehen, welche Unruhen da auf sie eingewirkt haben könnten."

Arn hatte das alles mitgehört und rannte nun zu seinem Oheim: „Darf ich mitfahren morgen in der Früh?" Gunnar schaute ihn an. Arn war noch nie in der Burg gewesen und hatte sich bei der Hinrichtung seltsam benommen. In der Burg würde er Sachen sehen, die ihm womöglich auch nicht gefallen würden. „Warte noch fünf Lenze. Ich will, dass Du weiterhin so gut auf Ida aufpasst!"

Schmollend fügte sich Arn und quälte den Oheim jedes Jahr nach der Ernte erneut, bis die Zeit kam und Gunnar ein Einsehen mit dem stattlich herangewachsenen Jüngling hatte. „Unter einer Bedingung!" antwortete er endlich auf wiederkehrenden Bitten seines Neffen. Arn schaute ihn erwartend an: „Ich werde alles tun, was Du sagst, Oheim!" Gunnar drehte sich um: „Gut, dann wirst Du schweigen, sobald wir der Veste ansichtig werden. Sonst werfe ich Dich von der Karre, glaub mir!" Sein Oheim sah grimmig drein und Arn musste versprechen, nichts Unbedachtes zu machen oder zu sagen. Die ganze Nacht lag er wach. Er würde seinen Oheim Gunnar und die beiden Knechte begleiten dürfen und eine Burg von innen sehen. Sein Bauch fühlte sich an, als hätte er Schmetterlinge verschluckt. Als er am nächsten Morgen noch im Dunklen das Feuer in der Stube entfachte, hörte er leise Stimmen aus dem Stall. Er nahm einen Kienspann, tauchte ihn in die Flammen und ging vorsichtig mit seinem spärlichen Licht zur hinteren Tür. Er zog den Riegel zurück und leuchtete in die Dunkelheit: „Ist da…" er musste sich räuspern, denn es verschlug ihm die Sprache: „Ist da jemand?" Augenblicklich herrschte Stille. Arn drehte sich schnell wieder um, ging in die Stube zurück und verriegelte die Tür. Dann stieg er die breite Holztreppe herauf und klopfte zaghaft an die Tür seines Oheims: „Bist Du schon wach? Oheim Gunnar, ich habe Stimmen im Stall gehört. Wer könnte das sein?" Hinter ihm erschien Ida, sie war ihm nachgeeilt: „Arn, Junge! Was ist los mit Dir? Gunnar ist mit den Knechten dabei, den Wagen zu beladen. Ihr sollt zusammen die Pacht zur Burg bringen. Hast Du das etwa schon vergessen? Wieso schläfst Du nicht mehr? Es wird noch gut eine Stunde dauern. Die Sonne hat sich noch nicht einmal gezeigt." Erleichtert nickte Arn. „Es ist wegen der Aufregung, weißt Du? Ich war vordem noch nie näher als fünfzig Schritt vor einer befestigten Mauer, geschweige denn innerhalb einer solchen." Ida schlug ihre Decke um den Körper und kam auf ihn zu. Sie strich über seinen Kopf: „Du bist jetzt ein Mann. Demnächst wirst Du die Pacht alleine dorthin bringen. Dann kannst Du jeden Mond die Burg von innen sehen. Nun geh zurück in die Stube. Ich kleide mich an und dann richte ich ein Frühstück für euch alle. Ihr werdet den ganzen Vormittag unterwegs sein." Arn drehte sich zur Treppe und ging zurück. Bald nach dem stärkenden Brei und einem Laib Brot saßen Gunnar und die beiden Knechte vorn auf dem beladenen Wagen. Arn lag bäuchlings oben auf den verschnürten Säcken und hatte die beste Aussicht. Gunnar hielt ihn an „Halt Dich nur gut fest. Der Weg hat Schlaglöcher und ich kann nicht allen ausweichen. Fall mir bloß nicht darunter!" Arn musste lächeln, denn sein Oheim behandelte ihn immer noch so, als wäre er ein Kind. Die Sonne kämpfte sich zaghaft durch den Schleier aus Dunst und Nebelschwaden. Die Feuchtigkeit der Nacht wurde von ihr behutsam verdrängt. Das gleichmäßige Schaukeln und die Unruhe der letzten Nacht forderten von Arn nun Tribut. Er hatte gar nicht gemerkt, dass Gunnar eine gewachste Decke über ihn geworfen und seitlich festgezurrt hatte. Arn war wieder eingeschlafen. Plötzlich ruckte der Wagen und kam zum Stehen. Die Männer flüsterten und der Jüngling rieb sich verschlafen die Augen: „Sind wir schon da?" „Pst! Arn verhalte Dich ruhig. Da stimmt etwas nicht! Schau!" Gunnar zeigte mit dem ausgestreckten Arm über die

Felder. Der Junge blinzelte, denn er musste gegen die Sonne schauen. Die flache Hand vor die Stirn gehalten, schirmte das grelle Licht ein wenig ab. Nun sah auch er, was die Männer in der Ferne so in Erstaunen versetzt hatte. Hinter den Feldern, auf einer Anhöhe stand die stolze Burg Hochwald. Wie kleine Ameisen rannten da Menschen scheinbar wild durcheinander, während Rauchfahnen aus dem Haupttor und einem Turm in den Himmel stiegen. „Da stimmt etwas nicht!" wiederholte Gunnar, stieg ab und führte sein Gespann vorsichtig rückwärts bis sie im Schutz der Bäume waren. „Was machen wir nun?" fragte Hasso. „Die Pacht wird heute fällig!" Gunnar nickte: „Bleibt bei dem Wagen! Ich werde nachsehen, was da los ist. Wenn ihr nachkommen sollt, so werde ich mit meiner Joppe winken." Die Männer widersprachen nicht und Arn, der sich so auf die Veste gefreut hatte, blickte traurig auf den Boden. „Du begleitest mich, Arn! Dann werden wir nicht so auffallen. Ich kann sagen, dass wir zum Markt wollen, ich und mein Knecht!" Der Jüngling strahlte. Soeben noch hatte er die Hoffnung aufgegeben, die Burg näher zu sehen und nun sollte er zur Tarnung mitgehen. Gunnar legte die Hand auf seine Schulter und erklärte ihm: „Hör mir gut zu! Wir müssen

135

erkunden, wieso die Leute da so wild durcheinander laufen und schreien, warum es in der Veste brennt und ob wir unter den Umständen überhaupt wagen sollten, die Pacht zu erbringen." Arn nickte. Er würde nichts Unbedachtes unternehmen. Sie gingen quer durch die Felder und erreichten nach kurzer Zeit wieder den befestigten Weg, der sich in vielen Kurven zur Burg hochschlängelte. Da kam die Veste wieder in Sicht. Weiber schrien und Bauern schleppten allerlei Sachen in den angrenzenden, kleinen Wald. Adelsleute oder Ritter waren nirgendwo zu erkennen. Das Eingangstor stand weit auf. Die Zugbrücke war zersplittert und schwarz verkohlt. Als sie dreihundert Schritte von dem stattlichen Anwesen entfernt waren, rief ihnen einer der Männer zu: „Kameraden! Wir haben es den Edlen wahrlich gezeigt! Eine Woche haben wir die Burg belagert. Nun geh und hol Dir, was Du brauchst! Es ist niemand mehr da, der uns hindern könnte! Auf den Sieg!" damit hob er einen Lederbecher und prostete ihnen zu. Arn schaute seinen Begleiter an: „Was bedeutet das, Oheim Gunnar? Wir sollen uns etwas nehmen und nichts abgeben?" Der Bauer nickte: „Ich nehme an, dass der Pöbel rebelliert und aufbegehrt hat. Das wird böse enden! Dies Glück wird nicht von Dauer sein.

Wenn die anderen Herren davon erfahren, so werden sie ihre Miliz entsenden. Dann gibt es ein Schlachtfest für die Edlen und wir werden die Opfertiere sein. Wir müssen zurück zum Hof! Ich will nicht, dass wir noch mehr Ärger bekommen. Es scheint schon sehr lange unter den Leibeigenen hier im Tal zu gären!" Arn schaute traurig auf den Boden: „Nun sehe ich doch die Burg nicht von innen!" „Wenn wir uns nicht sputen, so werden wir schneller in die Veste verschleppt, als uns lieb ist. Laufen wir!" Arn blieb stehen. Trotzig schaute er seinen Oheim an: „Ich bleibe hier! Sie werden mir nichts tun. Ich bin genauso unfrei wie sie selbst." Gunnar stockte: „Bist Du von Sinnen? Wie lange wird dieser Pöbel denn noch eins sein? Wie lange, frag ich Dich? Dann kommt die Miliz! Es wird ein Schlachten geben, ohne Rücksicht darauf, ob Du dabei warst oder nicht. Du bist ein nichts! Nicht mehr wert, als ein Vieh, dass im Stall steht."

„Ich bin von Adel! Das habt ihr doch alle gesagt. Ich habe mit euch gelebt, das stimmt. Aber mein Blut ist rein. Ich bin des Herzogs Sohn!" Gunnar kam auf ihn zu, schaute in seine Augen und schlug zu. Solch eine Ohrfeige hatte der Jüngling bis zu diesem Zeitpunkt noch nie erhalten: „Er wird es abstreiten! Du bist ein Bastard! Ein uneheliches Balg! Sonst nichts. Besinn Dich und komm!" Arn rieb seine Wange, die sich rot verfärbte. Seine Augen tränten vor Wut und Schmerz. Entschlossen drehte er sich um und rannte plötzlich los. „Ich will Dich nie wiedersehen, Oheim! Geh zurück zu den Deinen, ich werde mein Glück hier versuchen." Er war schon bald außer Reichweite und rannte immer noch den Hang hinab, direkt auf die Burgmauern zu. Gunnar musste aufgeben, er hatte verloren. Ida würde traurig sein und ihm nicht glauben, dass Arn im Anblick der Veste plötzlich von wirren Gefühlen heimgesucht worden war.

Langsam ging er durch die Felder zurück zu den beiden wartenden Knechten. „Wo ist Arn?" Wortlos nahm er den Strick, der den Ochsen am Nasenring führte und wendete in zwei Zügen auf dem schmalen Weg das Gespann. „Steigt auf, es geht zurück. Er will alleine weiter und kommt nicht mehr mit uns!" Die Männer schauten sich an, hoben gleichgültig ihre Schultern und stiegen auf. Es dunkelte schon, als sie endlich mit dem voll beladenen Wagen wieder auf dem Hof ankamen.

## Zurück auf Burg Hochwald

Hargan war mit seinem Schwager hinter die Veste gegangen. Ein wilder Haufen von Plünderern, der an ihnen vorbeikam, beachtete sie nicht. Nur unter dem Eingangstor hatten sie abtrünnige Ritter gesehen, die peinlich genau jeden kontrollierten. Die würden sofort Alarm schlagen, wenn sie ihrer ansichtig werden würden. Seine Schwester blieb beim verwirrten Herzog, ihrem Vater, während Hargan und Thilo den Bachlauf entlang gingen. Kurz bevor sie die Stelle erreichten, an der unterhalb der Mauer ein vergitterter Eingang lag, sahen sie im Bach eine Kreatur hocken. Ein etwa gleichalter Jüngling schöpfte Wasser aus dem Bach und trank gierig aus seinen zusammengelegten Händen. „Hey,. wenn Du in die Veste willst, so bist Du hier fehl. Troll Dich!" Arn stand auf und musterte die Beiden. Einen seltsam befehlenden Ton hatte der gleichaltrige Junker an sich. „Das gilt doch wohl auch für euch beide, oder habt ihr ebenfalls den Eingang verfehlt?" Hargan musste den Fremden loswerden, denn es dunkelte bald und sie würden hier außerhalb der Befestigung keine Fackel entzünden können. „Wer bist Du und was willst Du hier, hinter der Veste?" Arn kam mutig näher und schaute die Männer an. Sie trugen zerschlissene, lederne Beinkleider, einer sogar ein Lederwams und Hargan hatte eine kurze Eisenstange bei sich. Sie mussten etwas Bestimmtes vorhaben, das stand für ihn außer Zweifel. Forsch entgegnete er: „Ich verrate euch nicht! Ihr wollt Forellen aus dem Bach stehlen, stimmt's?" Hargan war irritiert. Das dauerte ihm schon jetzt viel zu lange. „Ich frage noch einmal. Wer bist Du und was willst Du hier?" Mutig stellte sich Arn aufrecht hin und warf sich in seine schmale Brust: „Ich bin von Adel! Mich ängstigt der Pöbel, der ungestüm die Veste plündert und warte hier, bis die Miliz zu Hilfe kommt!" Thilo schaute ihn an: „Von Adel bist Du? Wie nennt man Dich denn? Trutz vom Sauenstall?" Die Hochwälder lachten und Arn stand verstört da. „Lacht nicht! Es ist wahr. Ich werde euch meinen wahren Namen sagen, wenn ihr mir helft, in die Veste zu gelangen. Am Tor wird ein Jeder abgewiesen, der nicht von hier ist. Ich komme von weit her, müsst ihr wissen. Ich muss da hinein." Thilo zog seinen Schwager zur Seite und flüsterte ihm ins Ohr: „Er scheint harmlos und einfältig zu sein. Wir schicken ihn vor. Wenn man ihn entdeckt, so wird er an unserer statt zerschlagen." Sie waren sich einig und nickten ihm zu. „Schließ Dich uns an, wir kennen einen anderen Weg in die Veste, aber wir sind nicht alleine. Thilo, hol sie hierher!" Arn schwieg. Er wollte nur in diese Veste. Als die kleine Gruppe zusammen war, bogen sie das Gestrüpp beiseite und standen vor dem kniehohen Loch, versperrt von einem Eisengitter. Arn schaute herunter: „Das ist ein Abfluss von einer Latrine. Riecht ihr das nicht? Wir sind doch keine Ratten, die sich da hindurchzwängen können!" Hargan lächelte. Eben aus diesem Grund war auch niemand darauf gekommen, dass zwei Klafter daneben eine eiserne Falltür war. Versteckt unter einer fußhohen Schicht aus Steinen und Lehmboden. Bald hatten sie den Eisenring freigelegt und mit vereinten Kräften hochgezogen. Sie deuteten dem Fremden an, als erster hinein zu steigen. Hargan nahm einen vertrockneten, armdicken Ast und umwickelte ihn mit trockenem Gras und Stoff, den er einfach von seiner Jacke gerissen hatte. Er schüttete ein wenig von dem schwarzen, getrockneten Pulver aus seinem Lederbeutel auf die primitive, zum Entzünden vorbereitete Fackel. Sechs Steinstufen führten hinab in die Dunkelheit. Sie mussten sich bücken, um in das Loch zu kriechen. Thilo stützte mit seiner breiten Schulter die Eisenplatte bis alle an ihm vorbei in der Tiefe verschwunden waren. Dann senkte er vorsichtig die Platte herab. Bald umgab sie pechschwarze Dunkelheit. Arn wusste nichts von den Begleitern und ängstigte sich, durfte das aber nicht offenbaren. „Pst", meldete er sich: „Wann wollt Ihr die Flamme entzünden? Wir können doch nichts sehen!" Hargan nahm Zunder und entfachte bald mit seiner primitiven Fackel ein helles Feuer. Die feucht glänzenden Wände spiegelten das Licht in kleinen Sternchen vielfach zurück und sie sahen einen halb eingefallenen, niedrigen Gang von gut sechs Klaftern Länge vor sich. Nach einer scharfen Biegung stieg der, mit Steinen und Geröll bis zu den Knien zugefallene Weg an. Dicke Eichenbohlen versperrten oben den Gang. Hargan ging vor: „Wir müssen leise sein. Wir befinden uns hinter der Bretterwand vom Stall. Hier müsste der Riegel sein." Er leuchtete die Holzwand ab und fand schnell den verrosteten Eisenstift, der durch die Bohlen von beiden Seiten geöffnet werden konnte. Er zog daran, jedoch bewegte er sich keinen Zoll. Thilo schlug mit dem Handballen mehrfach dagegen, bis sich kreischend der verrostete Riegel zurückschieben ließ. Hargan legte die Fackel auf den Boden und trat die Flamme aus. Dann warteten sie ein wenig und zogen vorsichtig die hüfthohe Holztür zu sich in den Gang. Im

Halbdunkel fiel ihnen Stroh entgegen. Hargan bückte sich und schlüpfte als Erster in den Stall. Gefolgt von Arn, kamen endlich auch Thilo und die anderen aus der Dunkelheit. Sie zogen die Tür zurück in den Eisenrahmen und verriegelten sie mit dem zweiten, außen angebrachten Riegel wieder. Dann warfen sie erneut Strohballen gegen die versteckte Holztür. Die ganze Wand war mit groben Bohlen bedeckt, sodass die kleine Tür nur auffiel, wenn man wusste, dass da ein Gang versteckt lag. Seltsame Stille herrschte in dem leeren Stall. Die Tiere und sämtliche Gerätschaften waren allesamt verschwunden, die großen Scheunentore weit geöffnet. Es roch nach Verbranntem.

Hargan setzte sich in eine Ecke und säuberte mit dem Ladestock, den er mit einem Lappen umwickelt hatte, seine beiden Feuerrohre. Dann schüttete er frisches Pulver in die beiden Öffnungen und verdichtete sie mit zwei Filzstopfen. Aus dem Beutel entnahm er zwei Kugeln und presste sie mit jeweils einem kleinen Stoffrest in die Rohre. Die Eindringlinge schauten aufmerksam, aber sprachlos auf diese seltsamen, geschäftigen Tätigkeiten des jungen Herzogs. Nun spannte der die Lunte in den, dafür vorgesehenen Klappriegel und entzündete das vordere Ende.

Er blies auf den Dort, der hell aufglimmte. Sein doppeltes Feuerrohr war einsatzbereit. Nun gingen sie durch das Tor in den Innenhof. Kein Mensch war zu sehen. Selbst der Lärm der Plünderer hatte sich gelegt und die Veste schien verlassen. Die Kemenate und der Burgfried lagen jedoch völlig unbeschadet da. Die unteren Leiterstufen waren hochgezogen und oben mit dicken Stricken befestigt. Es mussten also noch Bedienstete mit Hargans Mutter in der Burg sein. Waren sie noch unter den Lebenden?

Als Hargan vor einer Woche seine Familie befreit hatte, erzählte ihm seine Schwester Hedda, dass sie aus der Burg verschleppt worden waren. Der Mutter und weiterer Rittern hatten sie nicht habhaft werden können. „Wie können wir uns bemerkbar machen, ohne dass der Pöbel unserer Gewahr wird?" Arn hatte schon lange gemerkt, dass es sich bei den Männern um Adelige, ja sogar um die Burgherren zu handeln schien und gab zu bedenken: „Wenn da nun der Pöbel wartet und die ansässige Sippe vertrieben ist? Wenn sich da die Bauern und Unfreien Zugang verschafft haben? Was dann? Dann gehen wir in die Falle!" Schweigend schauten sie sich nach einer Lösung oder einer Erklärung um. Hargan war inzwischen vorsichtig im Hof herumgegangen und hatte wohl etwas gefunden, denn er winkte zu ihnen herüber. Er presste dabei seinen Unterarm fest auf Nase und Mund und deutete in eine Ecke, unterhalb der Steigleiter, die auf die Brüstung führte. Langsam kamen Thilo und Arn näher und hatten sogleich diesen süßlichen, beißenden Gestank in der Nase. Auch sie mussten nun Tücher vor ihre Gesichter halten, wenn sie sich die Entdeckung ihres Begleiters näher anschauen wollten. Tausende von Fliegen surrten hier herum und bedeckten den aufgerissenen Hinterleib eines Tierkadavers. Sie nickten Hargan zu und geboten ihm, wieder zurück zu gehen. „Der Brunnen stinkt genauso. Unsere Ritter hatten keine andere Wahl. Sie mussten die Veste aufgeben. Deshalb ist auch keine Menschenseele mehr hier anzutreffen." Thilo hob seinen Arm: „Habt ihr das auch gehört?" Murrend wandte sich Arn ab: „Ich habe nichts gehört. Und eine Burg habe ich mir auch viel schöner vorgestellt!" „Pst!" wiederholte Thilo: „Da war es wieder!" Nun schwiegen sie und lauschten in die Dämmerung. Die Sonne hatte sich bedenklich tief dem weit entfernten Feld genähert und aus Erfahrung wussten sie, dass sie nicht mehr lange ihre wärmende, helle Kraft verteilen würde. Bald würde sie hinter den Wald fallen und den Platz bald mit der silbernen, kleinen, gefleckten Scheibe tauschen, die für die Stunden der Nacht versuchte, ein klägliches Abbild des Tages zu sein. Da war es wieder. Jetzt hörten sie es auch. Ein leises Rufen, ein Klagelied wehte zu ihnen herüber. Sie traten zurück in den Hof und horchten. Der Gesang kam von oben. Hargan lief in den angrenzenden Stall und schleppte bald eine lange, kräftige Stange hierher. Sie war über die ganze Länge von gut zehn Schritten mit Querstäben versehen: Eine Leiter! Sie halfen ihm, diesen Stamm gegen die unteren Mauern der Kemenate aufzurichten. Hargan stieg empor, während die beiden verbliebenen Männer die Steighilfe stützten. Oben hangelte er sich an den Stricken weiter hoch und löste die eigentliche, schwere Treppe, die er vorsichtig mit den Tauen herabließ. Arn und Thilo folgten dem Junker, der sich hier natürlich sehr gut auskannte.

Der Herzog, gestützt von seiner Tochter, folgte den vorauseilenden Männern. Der Gesang war verstummt, aber eindeutig von hier oben gekommen. Die holzgetäfelten Gänge und Räume waren unversehrt. Man hatte hier anscheinend noch nicht gewütet. Dann wurden sie von lauten Rufen und Wehklagen einiger Zofen und Mägde empfangen. Sie erkannten ihren jungen Herrn und begrüßten ihn freundlich: „Eure Mutter hat geahnt, dass Ihr es seid. Sie hat gebetet und gehofft, dass Ihr bald hierher findet und ihr Leid beendet. Habt Ihr Euren Vater, den Herzog verfehlt?" Während sie nun zur Kammer der Herzogin eilten, riefen sie wild durcheinander: „Dieses Plebs, das unnütze Pack! Diese unfreien Tölpel haben revoltiert!" Endlich waren sie angekommen und Hargan öffnete vorsichtig die hohe, zweiflüglige Holztür. Da lag seine Mutter auf ihrem Bett. Sie weinte, als sie die Männer sah: "Gott segne euch! Man hat mich erhört!" Hargan lief zu ihr: „Was ist, Mutter? Seid Ihr malad?" Ein leises Lächeln huschte über ihr Gesicht. „Junge, der Tag ging zur Neige und ich habe mich zur Ruhe begeben. Wenn ich auch nicht recht schlafen kann. Lass Dich anschauen, bist Du groß geworden. Aber was ist mit Vater! Hat man Dir schon berichtet? Hoffentlich lebt er noch!"

Hargan nickte: „Ja Mutter, er lebt! Wir haben ihn mit hierher begleitet!" Freudig schaute die Herzogin an ihm vorbei suchend zur Tür: „Wo ist er? Warum kommt er nicht und beschützt meine traurigen Träume?" Hargan nahm sie in die Arme: „Ich werde ihn holen. Ihn und Hedda. Ich habe sie auf meinem Heimweg befreien könne. Sind wir denn des Nachts hier sicher?" Die Herzogin nickte: „Das Scharmützel ist vorbei. Sie haben den Vorhof geplündert nachdem sie mit dem Dreibock, der Trebuchet, brennende Pechballen und Kadaver hinter die schützenden Mauern geschleudert hatten. Danach war es für die Burgwachen unmöglich, die Veste länger zu halten. So mussten wir uns hierher, in die Kemenate zurückziehen. Ein paar Ritter sind noch im Burgfried und harren dort aus, bis das unsägliche Pack endgültig wieder abgezogen ist. Welch ein Elend in diesen unsicheren Zeiten. Wir werden ihrer habhaft werden. Sie müssen bestraft werden! Gerädert oder geviertteilt! Allesamt!" Hargan rannte zurück, um seine Schwester und den kranken Vater zu holen. Die Herzogin war aufgestanden und hatte sich in einen weiten Umhang gehüllt. Jetzt erst fiel ihr Blick auf Arn, der neben der Tür gewartet hatte. Sie schaute ihren Schwiegersohn an: „Thilo, sag, wer begleitet Euch da?" Sie zeigte mit dem Finger zur Tür. Der Angesprochene verbeugte sich und antwortete: „Er hat uns geholfen. Adelig sei er, hat er gesagt, aber wir wissen nichts vom ihm. Wir haben ihn erst unmittelbar vor den Mauern angetroffen." Alle Blicke waren nun auf Arn gerichtet, er würde sich nun erklären müssen. Man erwartete das jetzt vom ihm. Unruhe stieg in dem Jüngling auf und wiederholt fühlte er die Schikanen und Missachtungen, die er sein Leben lang schon zu erdulden hatte. Jetzt war der Tag da, sich endlich zu offenbaren. Von den Unfreien wurde er gehänselt und beschimpft, da gehörte er also nicht hin! Von denen angezweifelt? Das konnte nicht sein! Er fasste all seinen Mut zusammen und sprach in fast kindlicher Naivität:„ Ich bin einer von euch! Zwar großgeworden auf den Landen, aber mein leiblicher Vater ist" . . . weiter kam er nicht! Diesmal noch nicht, denn im Flur wurden nun Stimmen laut. Rufe von Hargan, dem leiblichen Sohn schallten durch die Halle: „Helft mir, er ist von Sinnen! Diabolo ist seiner habhaft geworden!"

Die angefangene Erklärung war unterbrochen und Thilo rannte aus dem Zimmer, gefolgt von der Herzogin, die Arn einen abschätzenden Blick zuwarf. So als ahnte sie, dass eine Gefahr von ihm ausging. Sie schritt stolz und mit erhobenem Kopf auf ihn zu, dann flüsterte sie im Vorbeigehen: „Wir werden Dich noch entlarven. Ich beobachte Dich genau, Du bist ein Pöbel, ein Nichtsnutz. Schau Deine Kleider an! Du gehörst nicht zu uns. Mir machst Du nichts vor!" Mit freundlichster Stimme ging sie auf ihren Gatten zu: „Liebster! Hat man Dir etwas angetan?" Jetzt sah sich Arn den Herzog

149

zum ersten Mal genauer an. Dieser alte Mann, der sie soeben durch den Geheimgang begleitet hatte war also der Kastellan dieser Veste? Das sollte also sein Vater sein? Dieser schäbige, verwirrte Mann sollte sich seiner Mutter bemächtigt haben? Der Wicht hatte sie in sein Bett befohlen und geschwängert? Wie sehr war er immer darauf bedacht gewesen, ihm endlich zu begegnen: „Knie nieder, " hatte er ihm im Traum zugerufen, „Du Wurm! Du bist Schuld an meinem Elend, denn Du hast meine Eltern auf dem Gewissen!" So hatte er immer wieder geträumt. Und nun war der Augenblick da. Er stand ihm gegenüber und empfand nur Ekel und auch ein wenig Mitleid für diesen gebrochenen Mann. Er lachte albern, wie ein Kind und ließ sich mit kleinen Trippelschritten ins Zimmer führen. Dann plötzlich stieß er seine Helfer weg und schrie los, dass sich alle erschraken: „Nieder mit ihnen! Greift sie, sie sind des Todes. So bindet sie doch, warum gehorcht mir keiner?"

Die Herzogin wandte sich angewidert ab. Es schien außer Zweifel: Der Lehnsherr hatte seinen Verstand verloren! Nach Arn und dessen Herkunft wurde nun nicht mehr gefragt. Nur die Herzogin begleitete seine Schritte mit stechenden Blicken. Die Anwesenden verteilten sich in den Zimmern, nachdem Hargan erklärt hatte, dass er die Leitern wieder zur Sicherheit hochgezogen und an der Brüstung befestigt hatte. Er und Arn fanden ein fensterloses Zimmer, das wohl vordem als Abstellraum gedient hatte. Überall standen unverschlossene Truhen mit edlen Tüchern, Gewändern und Stoffen. Mehrere aufgerollte Teppiche lagen in einer Ecke, nur eine Schlafkiste konnte er nirgendwo erkennen. Thilo zog sich verliebt mit Hargans Schwester in einen anderen Raum zurück, die Kastellane verblieben im großen Saal. Arn tat es dem Junker gleich und bereitete mit den Kleidern, Stoffen und Teppichen einen weichen Untergrund, auf dem man sich kommod und gut für die dunklen Stunden niederlassen konnte. Hargan schaute seinen Begleiter noch einmal an: „Du kannst bei mir bleiben, ich weiß nicht, was Mutter gegen Dich hat, ich mag Dich!" Sie redeten nicht mehr, in jener Nacht. An Schlaf war dennoch nicht zu denken, denn immer wieder wurde Arn von lautem Lärmen geweckt, da der Herzog im Traum wild um sich schlug.

Am frühen Morgen wurden sie sanft geweckt. Die verbliebene Dienerschaft hatte in den vorderen Räumen ein spärliches Frühstück angerichtet. Bis auf den Herzog, den man ans Bett gebunden hatte, waren wieder alle anwesend. Die Bediensteten saßen an den zugigen Fenstern, die notdürftig mit Teppichen und schweren Stoffen verhangen waren. Trotzdem fegte der Wind durch die Räume und Arn war froh, dass er mit den Adeligen in unmittelbarer Nähe der wärmenden, offenen Feuerstelle sitzen durfte. Es war sein Recht! Er war, wenn auch durch widrige Umstände, ein Sohn dieser Veste! Das war er seiner Mutter schuldig, die diesem Mann hatte zu Willen sein müssen. Er musterte den Alten von der Seite. Wenn er so dasaß und seine Speisen herunterschlag, so sah man an seinem Gehabe keinen Unterschied zu den unfreien Bauern. Die edel Geborenen durften sich nur freier bewegen und man traute sich bei der drohenden Strafe nicht, Widerspruch gegen sie zu erheben. Dass sie nun den Zorn des Pöbels erfahren mussten, war aus Sicht der untersten Schicht nur verständlich. Was Recht und Ordnung war und wer dieses anordnete, würde er von diesem adeligen Herzog noch erfahren, ob er nun bei Sinnen war oder nicht! Arn fasste sich ein Herz und stellte ihm eine Frage: „Hatte Ihr vordem niemals Angst vor Euren Untertanen?" Er schaute ihn an, aber auch von den Adligen wollte keiner antworten. Man ignorierte schlicht die dreiste Frage des Junkers. Sie hingen über ihren Holztellern und er musste unwillkürlich an die Fütterung der Schweine auf des Oheims Hof denken, die benahmen sich beim Fressen genauso.

Schweigend verging der Vormittag. Nach etlichen Stunden, sie waren im großen Saal versammelt, gab es unten im Vorhof ein wildes Gebrüll. Abtrünnige Ritter und Bauern waren zurückgekommen und schlugen erneut jede Tür ein. Sie durchsuchten die Stallungen und Gebäude und standen schließlich vor der Kemenate. Vom Burgfried prasselten Pfeile und Steine auf die Angreifer herab. Die treuen Ritter stellten sich dem letzten Gefecht.

Nun mussten sie schnell und zügig handeln. Sie befahlen der Dienerschaft so viel Wasser wie möglich zum Kochen zu bringen. Bald baumelte über den offenen Kaminen mancher Kessel und es dauerte nicht lange, da brodelte und schwappte die kochende Flüssigkeit. Mit Eisenstangen hoben sie die Kessel aus den Ketten und gingen damit zum Fenster. Sie wurden gezielt über die Männer im Hof geschüttet, die sich bald schreiend auf dem Boden wälzten. Vom gegenüberliegenden Turm surrten die Bolzen der Armbrüste und Pfeile der Langbögen zwischen die Männer, die bald ihr Anrennen aufgeben mussten. Thilo, Hargan und Arn hatten die Leiter herabgelassen und brachten sie zum Turm, um die Ritter zur Verstärkung herauszulassen. Die abtrünnigen Ritter, die vorübergehend ihre Macht genossen hatten, lagen bald verletzt und vor Schmerzen stöhnend im Staub der Vorburg, die sie in mühsamen Kämpfen dem Herzog und seiner Sippe vor ein paar Monden erst abgetrotzt hatten. Arn rannte mit gezogenem Schwert zu der zerborstenen, schweren Eichentür und stürmte die Treppe zum Palas empor. Wo war Hargan? Sie hatten sich kurz aus den Augen verloren. Während er von Tür zu Tür lief und in die leeren Räume schaute, rief er immer wieder seinen Namen: „Hargan! Wo steckst Du?" Irgendwann stand er wieder vor der Tür zum Rittersaal. Er wuchtete sie auf und traute seinen Augen nicht. Da kniete Hargan vor dem großen Holzsessel, der an der Stirnwand unter einem riesigen Wandteppich stand.

Auf dem thronartigen Sitz saß dieser verwirrte, gebrechlich wirkende Greis. Seine zitternden Hände fuhren seinem Freund fahrig durch das dichte Kopfhaar. Arn schaute auf die unwirkliche Szene, die sich ihm bot und schrie: „Wäre er nicht von Sinnen, ich würde ihn zum Schöpfer schicken. Ich hasse Deinen Vater." Langsam stand Hargan auf und schaute ihn an: „Was hast Du gegen ihn? Du kennst ihn doch gar nicht. Sein Verstand gehört ihm

nicht mehr. Er weiß nicht mehr, wer er ist." Arn ließ sein Schwert sinken. „Ich habe von ihm nichts Gutes gehört. Dieses Schwein hat meine unfreie Mutter geschwängert und mich gezeugt, er ist auch mein Vater!"
Hargan schaute ihn entsetzt an und schüttelte den Kopf: „Mein Vater ist nicht so! Wer verbreitet solche Lügen? So etwas hätte er niemals getan! Was scherten ihn andere Weiber? Meine Mutter war seine Liebe!" Hargan griff den Alten bei der Schulter und schüttelte ihn: „Ich habe doch recht, Vater, oder? So sag doch was!" Der Greis hob langsam den Kopf und schaute Arn an. Dann, nach einer ganzen Weile flüsterte er: „Es war mein Recht. Ich habe nur genommen, was mir zustand! Die Bräute mussten geschwächt werden, so sagt es das Gesetz!" Arn stand wie versteinert da.
Der Alte wusste genau, was er da von sich gab. Der war nicht verwirrt. Er wandte sich ab und ging zu der Seitenwand. Draußen zwitscherten die Vögel und die Sonne schickte ihre wärmenden Strahlen durch die weit geöffneten Fenster. Hargan fragte seinen jungen Begleiter: „Warum wolltest Du uns hierher begleiten?" Arn schaute den Junker trotzig an: „Ich wollte meine Eltern rächen! Aber nun, " er hielt seine Hand vors Gesicht, denn er war den Tränen

nah. Hargan wollte das nicht wahrhaben und schaute den Alten eindringlich an: „Vater, Du hast dieses scheußliche Recht doch nie angewandt, oder?" Herzog Robert erhob sich trotzig von seinem Sitz: „Was wollt ihr von mir? Ich alleine bin der Herrscher dieses Landes! Nur mir gehören die Ländereinen, die Arbeitskraft der Männer und die Körper der jungen Weiber! Willst Du mein Handeln in Frage stellen?" Hargan drehte sich um und ging wortlos zur Tür. Er war fassungslos. Aus der Ecke löste sich ein Schatten und trat ins Licht. Es war die Herzogin, seine Mutter. „Viel zu lange habe ich dem abscheulichen Treiben zuschauen müssen. Die Bettstall hat er geteilt mit vielen Mägden und Zofen, dass er jedoch auch sein „Jus primae noctis" mit solchen Freuden genoss und mich für diese niederen Weiber verstieß, das verzeihe ich Deinem Vater nicht!" Sie schritt stolz auf ihren Mann zu, der sich in die Brust warf und dadurch gut einen Kopf größer wirkte: „Weib, zügele Dich! Du bist zwar immer noch die Kastellanin, aber auch das kann sich schnell ändern!" Unbeirrt ging die edle Frau weiter, bis sie unmittelbar vor ihm stehen blieb. „Knie nieder, Weib! Ich bin Dein Gebieter!" Hargan und Arn schauten auf das Paar und erschraken. Denn plötzlich röchelte der Herzog, spuckte Blut, fiel

156

vornüber und fing sich gerade noch ab. Er presste beide Hände vor die Brust, aus der das Griffstück eines Dolches sichtbar wurde. Die Herzogin bückte sich zu ihm herab und riss die Waffe mit Gehalt wieder an sich. Verächtlich spuckte sie vor ihm auf den gefliesten Boden. Sie warf stolz ihre langen Haare in den Nacken: „Da hast Du Deinen Lohn für die grausamen, jahrzehntelangen Erniedrigungen und Demütigungen, die ich einfach so hinzunehmen hatte. Jetzt ist Deine Herrschaft beendet!"

Ohne ein weiteres Wort ging die stolze Frau, den blutigen Dolch noch in Händen, auf die breite Brüstung. Die beiden Halbbrüder waren soeben Zeugen der fürchterlichen Tragödie geworden. „Mutter! Bist Du von Sinnen? Warum hast Du Dich nicht mit Deinem Zorn den Mönchen anvertraut? Kannst Du mit dieser Tat weiterleben?" Sie lächelte die beiden Jünglinge an und drehte sich wieder um. Wortlos stieg sie auf das Holzgeländer und war kurz danach in der Tiefe verschwunden. Hargan war starr vor Schrecken. Arn rannte zum glaslosen Fenster und schaute hinab. Die verbitterte Frau hätte keinen sichereren Platz für ihren Freitod wählen können. Zehn Klafter tiefer lag ihr zerschmetterter Körper. Die Gliedmaßen waren verdreht und wurden nur dürftig von dem edlen Stoffgewand verdeckt. Zaghaft kamen einige Burgbewohner zusammen und schauten erstaunt in die Höhe. Ihre Blicke trafen Arn und er hörte die Schreie der entsetzten Menschen. Man schien ihn zu verdächtigen, denn er war nach dem Sturz am Fenster erschienen. Er eilte zu seinem Halbbruder, nahm ihn an der Schulter und rüttelte ihn: „Hargan! Komm zu Dir, Deinen Eltern kannst Du nicht mehr helfen!" Er riss ihn mit und bald standen sie im Hof vor den Burgbewohnern. Arn ergriff als erster das Wort: „Ein trauriger Unfall! Sie konnte den Selbstmord ihres Gatten nicht verwinden und hat den Halt verloren, als sie am Fenster nach Hilfe rufen wollte." Hargan, immer noch unfähig etwas zu sagen, nickte nur. Dann hob er den Kopf, er sah um Jahre gealtert aus: „Helft uns, die Herzogin in die Kapelle zu bringen. Sie soll neben meinem Vater aufgebahrt und dann in der Krypta beigesetzt werden." Er wandte sich ab und gab Arn ein Zeichen, ihm zu folgen. Dann gingen sie gemeinsam zurück in den Saal, gefolgt von den Dienern, die den Leichnam des Herzogs abholten. An diesem traurigen Tag war kein gemeinsames Essen möglich. Langsam und zögerlich füllte sich der Saal mit den Burgbewohnern, die ihrer Trauer Ausdruck verleihen wollten. Hargan war schweigsamer denn je, hielt Arn jedoch krampfhaft fest, wenn er versuchte, aus dem Zimmer zu gehen. Er schaute den adeligen Junker an: „Ich habe Hunger, Hargan und mich dürstet!" Die Diener brachten auf ein Handzeichen des Junkers Speis und Trank und Arn stillte seinen Appetit. Als er aufschaute sah er in die weit geöffneten Augen seines Halbbruders. Er tat ihm leid. So schnell hatte Hargan alles verloren. Erst jetzt hatte er erfahren, wie lieblos sein Vater wirklich gewesen war. Seine Mutter hatte sehr unter ihm gelitten. Dann diese grausame Tat der Herzogin, die das ganze Maß an Hilflosigkeit ihrerseits offenbart hatte und nun dazu führte, das Hargan mit seiner Schwester alleine dastand. Ohne Mutter, ohne Vater. Er klammerte sich verzweifelt an den neu gewonnenen Gefährten, seinen Halbbruder, den das Schicksal ihm in diesen harten Zeiten hatte zugeführt. Arn glaubte ihm, dass er nichts von der Willkür des Herzogs gewußt hatte. Da war auch nichts mehr übrig von seinen Racheplänen. Mitleid empfand er, Mitleid für einen Herzog, der nie hatte hungern müssen, der nie das wahre Leben erfahren hatte. Er spürte die Angst, die Hargan hatte und nahm seine Hände: „Wir bleiben zusammen, wenn Du das willst. Jetzt haben wir nur noch uns und Hedda." Hargan nickte: „So sei es." Dann hob er die Hand und ein Page eilte herbei: „Wer ist nun bevollmächtigt, Urkunden und Pergamente zu erstellen, wo doch beide herzogliche Kastellanen vor Gottes Antlitz stehen?" Der Page stand neben ihm: „Ihr seid der männliche Nachkomme, Herr. Euch gehört der Titel!" Der Junker stand auf und die Burgbewohner, Ritter, Pagen, Mägde und Knechte taten es ihm nach. Hargan schaute in die Runde. „Ihr habt dem entsetzlichen Geschehen beigewohnt. Nun sollt ihr wissen, dass mir das Schicksal einen Bruder geschenkt hat. Arn!" er nahm dessen Hand und hob sie, sichtbar für jeden hoch über seine Schulter: „Arn steht mir ab sofort zur Seite und trägt mit mir zusammen das ehrwürdige Amt." Der junge Mann war überrascht. Vor ein paar Monden noch hatte er in den Feldern gestanden und von weitem die Veste gesehen. Geschworen hatte er, bei dem Leben seiner Mutter, dass er Gerechtigkeit herbeiführen würde. So hatte er sich das nicht gedacht. Was würden die Leute im Dorp sagen, wenn sie erführen, dass dieser Balg, über den sie nur gelästert hatten, nun über sie richten könnte? Nachdem das herzogliche Paar feierlich beigesetzt war, widmeten sich die Brüder dem Wiederaufbau und der

Wiederherstellung der Burg. Dann ritten sie gemeinsam zum Oheim, um Hargans Braut abzuholen. Noch vor dem Wintereinbruch wurden sie vermählt. Arn fühlte sich nicht, wie sein Bruder, an eine einzige Maid gebunden und genoss sein Leben, denn sein neu verliehener Titel führte dazu, dass ihm hübsche Weibsbilder unverfroren Hoffnungen auf mehr machten. Er war nicht unbedingt derjenige, der nein sagen konnte.

## Böse, schwarze Winde

„Verschließt die Tore! Lasst keinen Fremden mehr in den Vorhof, bevor unser Medicus oder einer seiner Helfer den Neuankömmling nicht einer Observation auf Beulen oder schwarze Flecken unterzogen hat. Bei eurem Kopf! Ihr seid mir dafür verantwortlich!" Hargan hatte diesen Erlass soeben verkündet und gleichzeitig seine Herolde und Ritter ausgeschickt, um schon weiträumig die Straßen und Wege abzusperren, um ein unkontrolliertes Einschleppen und damit eine Ausbreiten der schwarzen Krankheit durch Fremde in seinem Land zu verhindern. Kaufleute und Händler hatten sich gerade noch aus den großen Städten flüchten können, bevor die Katastrophe dort ihr volles Ausmaß erreicht hatte. Manche von ihnen hatten durch ihre Flucht unwissend die verheerenden Erreger damit im ganzen Lande verteilt.

Von den etwa fünfzig Geflüchteten wurden zwanzig sofort aussortiert, da sie eindeutige, verdächtige Hautverfärbungen hatten, unter Appetitlosigkeit litten und zudem auch noch seltsam husteten. Sie verstarben innerhalb von sieben Tagen elendig in einer abseits stehenden, alten Scheune, die man einzig für diesen Zweck zur Verfügung gestellt hatte.

Nach dem Tod der armen Wesen wurde das gesamte Anwesen abgebrannt. Angst, Panik, Hysterie und Misstrauen bestimmte immer noch das Leben innerhalb und außerhalb der Burganlagen. Manch einem Wanderer wurde augenblicklich der Kopf abgeschlagen, wenn er sich verschluckt hatte oder wegen einer Erkältung allzu lange hatte husten müssen. Beim Kaminfeuer erzählten sich die Ritter die unglaublichsten Geschichten. Jeder hatte eine andere Vorstellung der Gründe, warum die Menschen so hart von Gott geprüft wurden. „Das sind die Hexen! Fürwahr, wenn der Wind um die Dächer bläst und nachts das Käuzchen schreit, dann reiten sie durch die Lüfte und streuen die Krankheiten wahllos übers Land. Schwarze Katzen und Raben begleiten sie dabei." Jeder Schatten, jegliche Unstimmigkeit wurde mit phantasievollen, angeblichen Erlebnissen verbunden. „Haltet ein! Seid Ihr trunken?" rief Hargan bei solch dumm und unbedacht daher geredeten Sprüchen in die Runde und unterbrach damit zumindest hier die Verbreitung der unwissentlich daher gesagten Vermutungen. Redensarten und Sprüche, die in den Spelunken und Gasthäusern jedoch immer wieder reichlich fruchtbaren Nährboden fanden. Verzweifelt versuchte er zusammen mit Arn schon seit ein

163

paar Monden, seine Männer von diesen abergläubischen Geschichten zu läutern. So waren einige befreundete Ritter und Adelige geschützt innerhalb ihrer Veste, die nun, zu diesen unsicheren Zeiten nicht wagten, den Heimweg anzutreten. Dazu zählte auch Gerold von Berg. Er war der jüngste aus ihren Reihen. Allzu früh hatten seine Eltern ihn alleine gelassen. Eine Amme und zwei alte Ritter von der Burg zogen ihn groß, brachten ihn als Pagen an den Hof zu Brabant und als Ritter und zum Mann gereift war er nun soweit, sein Erbe im Land der Berger als Graf anzutreten. In den niederen Landen hatte er sich mit einem Medicus angefreundet, der bei dem ersten Anzeichen der Krankheitswelle, das auch ihr Land nicht verschont hatte, immer auf die Ratten zeigte: „Seht nur! Wenn das Sterben kommt, so wimmelt es von ihnen. Sie sind die Todesboten und begleiten dieses entsetzliche Leiden." Wieder entbrannte ein heftiges Streiten um eine Sache, die zu dieser Zeit niemand richtig zu deuten wusste und keiner kannte. „Es sind die rothaarigen Weiber! Sie sind es, die uns das Unheil bringen, wenn sie auf ihren Ziegenböcken durch die Lüfte reiten!" „Können fliegende Hexen Krankheiten verbreiten?" wagte ein Junker zu fragen: „Die Ratten sind es! Sie eilen einem schwarzen, unsichtbaren Wind hinterher. Ein Wind, der uns alle krank zu machen versucht." Gerold wusste von seinem Oheim nur, dass sich seine Eltern von einer beschwerlichen Reise zurück aus der Stadt nicht mehr richtig erholt hatten. Drei Tage waren sie unterwegs gewesen, um Beichte zu tun, beim Bischof der Veste am Rhenus. Die ersten Tage führte man ihren schwächlichen Zustand noch auf mangelndes, gutes Essen zurück.

Doch bald bemerkte die Zofe als eine der ersten die Blasen unter den Achseln und die Hautflecken an den Armen seiner Eltern. Zu diesem Zeitpunkt weilte Gerold schon zwei Jahre als Knappe in der befreundeten Burg im Norden. Diese blutigen Beulen hatten außer ihnen noch zwei Zofen und einen Diener mit ins Jenseits genommen. Alle Kleidung und ihre täglichen Gegenstände waren sofort verbrannt worden, die Schlafstatt ausgeräuchert und frisch getüncht. Nun standen die Räume seit dieser Zeit leer und verwahrlost.

Das war nun schon zwölf Lenze her und die schlimme Krankheit wütete immer noch in den Städten und raffte so viele Menschen dahin, dass man schon ganze Landstriche völlig unbewohnt hatte. Die Ritter der Burg wären liebend gerne in eine Schlacht gezogen, gegen einen sichtbaren Feind, hätte man damit nur diesen unheimlichen, todbringenden Gegner aus ihrer Gegend verbannen können. Zwei italienische, ehemalige Seeleute waren in einem Kloster unterhalb der Burg untergebracht. Sie hatten beide die Qualen und Leiden der schlimmen Krankheit durchlebt, Finger und Augenlicht verloren, sowie auch Taubheit hatten sie eingetauscht gegen ein jämmerliches Weiterleben. Die behandelnden Nonnen genossen die zweifelhafte Ehre, diese armen Geschöpfe vor dem schwarzen Tod bewahrt zu haben. Welch ein Triumph! Was war der Sieg wert, wenn ein Mann nicht mehr auf seinen eigenen Beinen stehen, nicht mehr vermochte, alleine essen und trinken zu können? Wie hilflose, blinde Molche krochen sie herum. Die Angst, man könnte doch noch erkrankt sein, blieb weiterhin bestehen. So hatte auch der junge bergische Graf wieder den Medicus aufgesucht. Der Adelige erfreute sich zwar bester Gesundheit, aber es war die Ungewissheit, die ihn nicht mehr ruhen ließ. Die Frage nach dem viel zu frühen Tod seiner Eltern und wodurch sie sich angesteckt oder infiziert hatten, wollte er mit Hilfe des erfahrenen, alten Mönches ergründen. Erst danach wollte er zurück in seine heimatliche Veste. Arn und Hargan unterstützten sein

166

Handeln. „Die Ratten scheinen immer wieder in wahren Heerscharen genau da zu sein, wo die schwarze Krankheit, die diese blutigen Beulen und die entsetzliche Atemnot beschert, am meisten wütet." fing der Mönch an, seine Beobachtungen zu schildern.

„Meine Ordensbrüder aus Cöln, die sich der Fürsorge der Kranken gewidmet hatten, sind nach Aussage der Kaufleute alle daran verstorben. Es sind die dunklen Winde, die über das Land fegen, von den Ratten begleitet. Es scheint dagegen keinen rechten Schutz zu geben."

„Man müsste, wie bei den Aussätzigen in Cöln verfahren. Man hat sie vor die westlichen Tore der Stadt verbannt. Dort hat man eine Klosteranlage zur Verfügung gestellt. Alle Kranken müssen beim Verlassen ihrer Unterkünfte die Filzkutten und Glockenstricke tragen. Helle Stoffstreifen zeigen den anderen Leuten zusätzlich, dass sie Abstand zu den Aussätzigen einzuhalten haben.

Das Schellen der vielen Glocken schreckt die Leute auf und sie haben Zeit, die Gassen zu räumen, Fenster und Türen zu verschließen."

„Warum verlassen die Todgeweihten denn überhaupt ihr Anwesen, wenn sie dabei alle anderen, gesunden Menschen gefährden könnten?" Der Graf schaute dem befreundeten

Medicus forsch in die Augen. „Gott hat uns alle geschaffen und diese armen Kreaturen haben ein Recht darauf, sich in der Stadt ihre Lebensmittel zu besorgen."

„Man kann die Menschen zwar isolieren, aber das hilft immer noch nicht gegen die schwärmenden Ratten und die vernichtenden Winde." Es schien außer Zweifel, dass auch die Schriftkundigen aus ihren Büchern und besonders die Heilkundigen diese Art von Erkrankung noch nie erlebt hatten und daher auch nicht kannten. Aber welcher Medicus gibt zu, dass er die Krankheit nicht zu beschreiben in der Lage war? Weder ein frühzeitig angeordneter Aderlass, noch ein Klistier hatte Linderung verschaffen können. Von Heilung ganz zu schweigen, denn der Blutverlust hatte den Krankheitsverlauf rapide beschleunigt. Man war mit dem Latein an Ende! Damit besagte man, dass die vorliegende Seuche keinen Namen hatte.

„Als die italienischen Seeleute noch nicht so von ihrer Krankheit geplagt und auch ihrer Stimme noch mächtig waren, da haben sie von einer kleinen Insel gesprochen. Einer Insel vor ihrer Lagunenstadt Venecia. Dorthin kamen damals alle Gebrechlichen und Schwerkranken, die als unheilbar galten. Fast ausnahmslos verstarben sie dort, denn ein

Zurück in die Stadt gab es für sie nicht mehr. Die Insel wurde mit Waffengewalt streng bewacht." „Wie kann man die Kranken denn einfach sich selbst überlassen? Ohne eine Ordensschwester oder einen Medicus, ohne jegliche Hilfe? Dann können wir sie auch gleich zum Scheiterhaufen führen." „Ihr meint, so etwas sollten wir auch einführen?" „Bei uns geht das nicht, oder seht Ihr hier ein Meer und eine Insel? Wir müssten die Kranken, wie in der Klosteranlage außerhalb Cölns, fernab von uns halten. In einem Steinbruch, vielleicht." Die Gegenfrage kam prompt: „Und wer gibt uns dann die Gewissheit, dass sich nicht doch die Krankheiten mit dem Wind vermischen und dann verwirbeln und woanders noch weiter wüten?" Man war sich, wie zuvor nicht einig, wie man verfahren sollte und genauso ratlos.

**Anmerkung:** Man versuchte mit der Abschiebung in der Lagunenstadt den unbekannten Erreger einzudämmen. Fast hundert Jahre später wurde aus den besagten Inselgebäuden eine vorsorgliche Isolation ankommender Reisenden. Dorthin wurden auch zurückgekommene Seeleute verbracht, um abzuwarten, ob sie sich nicht ansteckenden Krankheiten geholt hatten, die sie ansonsten all die Jahre vorher ungestört innerhalb der Stadt verteilt hatten. Bevor ein Schiff aus fremden Meeren zurück im Hafen anlegen durfte, musste es bei der vorgelagerten Insel ankern. Die Besatzung verweilte dort für vierzig Tage. Danach erst erlaubten die Behörden den Zugang zur Stadt.

Man nennt diese Insel nach der Anzahl der isolierten Tage einfach nur vierzig. (Ital. Quaranta – Quarantäne)

## Schweres Leben in schwierigen Zeiten.

In den heimischen Wäldern jagen, befreundete Burgherren besuchen, all die angenehmen Seiten des Lebens waren in dieser Zeit nicht, oder nur unter ständiger Angst möglich. „Wir haben keine Fehde mit unseren Nachbarn auszutragen, die Bauern sind dieser Heimsuchung genauso unterworfen und doch leben wir in unseren Mauern nicht mehr so sicher. Mir scheint, ein unsichtbarer Feind lauert uns auf und trachtet mit bösen Winden nach den Lebenden. Welch eine Schmach!" Die Burgbewohner hatten sich in der großen Küche versammelt und löffelten den Haferbrei, der von den Mägden vorbereitet und bedenkenlos vorgekostet worden war. Die Angst überwog trotzdem. Man konnte sich nicht völlig abgeschottet und von der Außenwelt isoliert verhalten. Sie würden verhungern, verdursten oder einfach nur wahnsinnig werden, sollte das Leben auf Dauer so eingeschränkt weitergehen. Herolde hatte sie ausgesandt. Sie sollten in andere Länder reisen und, nach Ablauf eines Mondes Bericht erstatten, ob auch andere Burgen und Städte gleichermaßen betroffen waren. Von den Reitern waren bisher nur fünf zurückgekehrt. Sie hatten im Kloster unterhalb der Burg einen ganzen Monat abgewartet und kamen heute zur Burg zurück, um den jungen Herren von ihren Erkenntnissen zu erzählen. Der Rittersaal war brechend voll mit den Burgbewohnern. Alle wollten hören, ob sie alleine so leben mussten, oder ob es überhaupt Hoffnung auf ein freieres Leben außerhalb der befestigten, eigenen Anlage gab. Das leise Gemurmel verstummte augenblicklich, als die Boten nacheinander den Saal betraten.

Nach einer ausladenden Verbeugung begaben sie sich zu den großen Holzsesseln, die an der Stirnwand, direkt neben Hargan, Arn und dem Grafen, sowie der Ritterschaft aufgestellt worden waren. „Wir begrüßen euch auf das Herzlichste zurück in der Heimat!" So eröffnete Hargan die Gesprächsrunde und alle Anwesenden klopften vor Anerkennung mit der rechten Faust auf ihre Brust oder die Tischplatte. Der gesamte Raum erschallt im gleichmäßigen Takt der damals auf der Burg üblichen Begrüßung. „Wohl denn", versuchte Arn die heimgekommenen Herolde zu ihrem Bericht zu veranlassen, aber es dauerte noch einige Zeit, bis der Beifall langsam verstummte. „Wohl denn", wiederholte er seine Worte lauter, diesmal für jeden verständlich und bedeutete den Männern, einzeln über ihre Erlebnisse zu erzählen. Neue

Erkenntnisse für das weitere Verhalten erfuhren sie jedoch nicht. Nur so viel, dass manche Landstriche komplett verschont geblieben, während andere, völlig ausgerottet nun unbewohnt und brach lagen. In manchen Gegenden machte sich unter den verzweifelten Menschen Trotz und Übermut breit.

Sie führten ab jetzt ein unkontrolliertes Leben, exzessiver und wilder als je zuvor. „Der jüngste Tag ist gekommen!" riefen die Pfaffen von der Kanzel und die Mönche schlossen sich hinter ihren Mauern ein und leerten die Fässer in ihren Weinkellern, denn es gab anscheinend keine Hoffnung mehr auf ein Abklingen dieser Gottesstrafe. Viele Adelige und Kirchenfürsten nahmen tatsächlich an, dass es Winde sein mussten, die das Volk dahinraffte.

Sie verließen ihre Schlafgemächer nicht mehr, ließen sich nur von ausgesuchten Dienern vorab gekostete Speisen reichen und waren umgeben von einem Kreis von Feuerkörben, die sie vor den todbringenden Winden schützen sollten. Obwohl die ausgesandten Männer wohlbehalten wieder in die Veste zurückgekehrt waren und auch davon berichtet hatten, dass es immer seltener neue Erkrankungen gegeben hatte, dauerte es noch ein halbes Jahr, bevor man sich wieder anschickte, ein normales Leben zu versuchen.

Hargan, Arn und Gerold hatten viel darüber nachgedacht und waren sich sicher, dass es an den Lebensgewohnheiten gelegen haben musste. Vielleicht war es Bestrafung für begangene Sünden der Väter, die das gesamte Land heimgesucht hatte. Neue Ansteckungen hatte es jedenfalls auch auf ihrer Burg in den letzten Monden nicht mehr gegeben und Gerold schickte sich an, nun zurück an die Wippera zu reisen, um in seiner Heimatveste mit den Rittern seine Erkenntnisse auszutauschen.

Als der bergische Graf feierlich verabschiedet und der Alltag in der Burg wieder einkehrte war, begann tatsächlich allmählich ein normales Leben, die Krankheit schien besiegt. Nun musste das verwüstete Land und die Äcker neu bestellt und bewirtete werden. Es mussten Anreize geschaffen werden, damit die Leibeigenen so schnell als möglich wieder Lebensmittel erzeugten, denn der Hunger und die Entbehrungen waren groß. Auf Bitten Arns wurde den Bauern endlich mehr Rechte zugestanden und so wandelte sich schlummernder Hass gegen die adelige Obrigkeit in ein gemeinsames, friedliches Wirken aller, die auf dem gleichen Boden lebten und zwangsläufig zusammenhalten mussten. Die zurückliegende Zeit hatte alle

demütiger und sanfter werden lassen. Wozu
sollte man sich gegenseitig bekriegen, wenn
am Ende doch keiner den Sieg davon tragen
würde. Der Frieden dauerte jedoch trotzdem
nur solange, wie Hargan und Arn noch lebten.
Ihre Nachfolger hatten nicht das grausame
Elend erlebt, sie verfielen wieder in den
gleichen Hochmut, der auch vorher die
Leibeigenen hatte leiden lassen. Sie hatten
nicht das gleiche, gütige Einsehen von den
Alten geerbt und so kam es dann, Jahre später,
immer wieder zu blutigen Aufständen der
Bauern. Diesmal wurden diese erneuten
Angriffe auf den Adel mit Bombarden und
Feuerrohren auf brutalste Weise
niedergeschlagen. Ein ehemaliger Pfaffe hatte
von Gleichheit und Gerechtigkeit gepredigt
und davon, dass alle Menschen gleich seien.
Das hatte das arme Volk zum Anlass
genommen, gegen die Obrigkeit aufzustehen.
Zehn Forderungen hatten sie gestellt, in der
Hoffnung mit ihren Herren darüber verhandeln
zu können. Die Antwort ließ nicht auf sich
warten. Schwer bewaffnete Soldaten waren
daraufhin aufmarschiert. Die hilflosen Bauer
hatten mit ihren Sensen und Spießen nicht die
geringste Chance. In vorher nie gekannter
Brutalität wurden die aufständischen,
einfachen Leute abgeschlachtet. Erst Jahre

nach diesen, landesweiten Aufständen hatten einige Feudalherren dann doch noch ein Einsehen und erlaubten den Bauern ihres Landes ein paar Rechte mehr. Gelohnt hatte sich das furchtbare Gemetzel indes nicht, denn es geht bis zum heutigen Tag auch weiterhin immer nur um Macht, Geld und die Vermehrung dessen. Habgier und Neid bestimmen das Leben mancher Zeitgenossen. Ob allerdings dieses blinde Streben lebenswert ist, oder ob eine gewisse Zufriedenheit mit dem Leben, mit sich selbst und den Seinen nicht eine wesentlich höhere Erfüllung bringt, das muss ein jeder für sich selbst entscheiden.

Die Handlung des nächsten Romans habe ich in meine bergische Heimat verlegt. Die hochinteressante Ahnenforschung, die ich gestartet habe, hat mich dazu inspiriert. Ich habe manche Ortsnamen verfremdet, sowie Personen frei erfunden oder umgeschrieben.

So widme ich diese, für mich besondere Geschichte dennoch meinem direkten und bis heute ermittelten, entferntesten Urahnen, kirchmeister vnd hofscheffe **Petter vff hulstrunck (Sohn des Stefan) anno domini 1601, 10 januarii.**

(Mit der Hilfe des Stadtarchivs Leichlingens, sowie des Familienbuchs 1656-1809 Berg. Geschichtsverein Abt. Lev.-Niederwupper e.V.)

**Roman Schmidt**

# Steffan, des Schmiedes Sohn

Eine mittelalterliche Reise aus dem Land der Chatten bis an den Flusslauf der Wippera.

## Aufbruch ins Bergische

Roman von Neuenthal, „der germanische Römer aus dem Volk der Chatten" wurde von den Dorpbewohnern seiner Heimat respektvoll so genannt, weil er der Sprache der ehemaligen Besatzer in Wort und Schrift mächtig war. Nachdem er die gängige Sprache des Sachsenreichs in Wort und Schrift erlernt hatte und sich dem Latinum zuwandte, erkannte er zum ersten Male, dass manche Dinge einfach auswendig gelernt werden mussten, da sie auf den ersten Blick keinerlei Logik hatten. Das spürte er am deutlichsten, als er die Zahlen erlernte. Die ersten sechs kannte er bald. „Unos, duo, tres, quattuor, quinque und sex! " Dann haperte es, denn man versuchte ihm klarzumachen, dass septem sieben wäre, octo acht, novem neun und decem zehn! Wo doch die meisten die Bezeichnungen der dreißigtägigen Mondumläufe und den damit verbundenen Zeitabschnitten kannten. Mindestens die

Wortkundigen wissen, dass nach den neuen Monatsbezeichnungen der September der neunte Monat, Oktober der zehnte, November der elfte und Dezember der zwölfte und letzte Abschnitt ist. Mühsam versuchte der Mönch, ihm klarzumachen, dass die Monate tatsächlich einmal so benannt waren und ein Jahr mit dem Dezember als zehntem Monat geendet hatte. Erst die Umstellung auf den „zwölfmonatigen" Kalender erzwang zwei weiter zu benennende Monate, die man dann dem Gott Mars als März und Gott Janus als Januar widmete. Nun verstand er das endlich und vergaß es nie wieder. Die römischen Zahlen hingegen fand er viel einfacher, als die arabischen. I, II, III, IV, V, VI, VII, VIII, IX, X.

Eine kleinere Zahl vor einer größeren wird abgezogen, dahinter aufgemalt, dazugezählt. So konnte er schnell das augenblickliche Jahr schriftlich benennen. 1465 war also M. C. D. L. X. V.

Als Sohn von Adam dem Schmied hatte er das unendliche Glück gehabt, durch die Fürsprache und der Gunst seines Oheims Johan, dem Halbbruder seines Vaters, als Knappe in der benachbarten, südlich gelegenen Burg angenommen und ausgebildet zu werden. Diese lag an der Furt der Franken, nach einem flachen Wasserlauf benannt, der am unteren Fluvius Mainus, kurz vor der Aufnahme in den breiten Rhenus lag. Der größere Strom war gleichzeitig die Reichsgrenze zu den benachbarten Franken und oberhalb, abwärts des Fluvius lag Cöln, im damaligen Land der Ubier. Auf den Namen Steffan war er von Vater und Mutter getauft worden, weil auch sein Großvater Stephan gerufen wurde. Steffan Adams, der Sohn des Adam. Nun trug er jedoch für Fremde stolz den neuen Namen, der seinen Geburtsort nannte und somit besser und vornehmer klang als einfach nur Steffan, der Sohn von Adam, dem Dorpschmied. Normalerweise war es ausschließlich dem Klerus und den Heilkundigen vorbehalten, sich im alten Latinum ausdrücken und unterhalten zu können, aber der ältere Bruder seiner Mutter, ein Mönch hatte ihm heimlich Lesen und Schreiben und danach das Latinum beigebracht. Das hatte ihm dann letztendlich auch großen Respekt als Page und Knappe am Hof eingebracht. Dort hatte er es verstanden, seine wahre Herkunft nicht preiszugeben. Der Stamm der Chatten oberhalb des Fluvius Mainus, verehrte die Wildkatzen der Wälder - daher auch sein Name. Genau wie die Cherusker im Norden die Hirsche zum

Wappentier erkoren hatten. Eine weitere Gruppe von Germanen hatte den Namen vom zweischneidigen Sax, einer Weiterentwicklung des römischen Kurzschwertes Gladius. Der wildeste Haufen in jener Zeit waren die Pikten. Sie hatten sich auf die nord-westliche Inselgruppe, ins walisische Fürstentum, ins irische Königreich und ins ehemalige Alba zurückgezogen und im höchsten Norden mit den ansässigen Scoten zuerst gestritten und danach vereint. Die Römer hatten diese germanischen Stämme der Kelten Picti genannt, weil sie sich picturas, also bildliche Runen und Streifen mit blauer Farbe auf Gesicht und Körper malten und mit nacktem Oberkörper siegesgewiss in jeden Kampf stürzten. Nicht umsonst hatte der römische Kaiser Hadrian vor tausend Lenzen den gewaltigen, nach ihm benannten Wall bauen lassen, denn zu groß war schon immer die Angst der südlichen Inselbesatzer vor diesen halbnackten „Barbaren" gewesen. Mittlerweile war diese befestigte Grenzanlage, ähnlich dem Limes im Heiligen Römischen Reich verfallen und durchschnitt nur noch als meterhoher Lindwurm den nördlichen Landesteil der Angelsachsen von der Westküste, dem Mare Atlantico bis zum östlich gelegenen Mare Germanium, der Nordsee. Die Chatten entsprangen zwar auch ursprünglich diesem Volk, sie hatten sich aber in der Mitte des alten Reiches niedergelassen und vertrugen sich gut mit den benachbarten Franken, Ubiern und sogar den Böhmen. Sie hatten immer noch ihre südlichen Fluss Hänge vom Rhenus mit den Trauben der Römer bepflanzt und tauschten karrenweise den gekelterten Saft gegen Pelze aus dem Osten und Bernstein aus den niederen Landen. Zaghafte Handelswege waren entstanden und man trieb sogar Handel mit der Lagunenstadt Venecia, von wo sie edle Stoffe und Gewürze bezogen. Zu jener Zeit war Steffan, der sich selbst gerne „Römermann", also Roman nannte, gerade vierundzwanzig Lenze alt und stolz darauf, schon die Schwertleite erfahren zu haben. Nun wurde allmählich zur Gewissheit, was der Pöbel schon seit geraumer Zeit am eigenen Leib hatte erfahren müssen. Die Ritter und Steuereintreiber der Lehnherren hatten sich mit neu entwickelten und auch stärkeren Waffen, darunter auch die schwere Armbrust, zu brutalen Horden entwickelt. Die Bolzen der mittels Drehkurbel gespannten Handwaffe durchschlug jede eiserne Rüstung. Nun mussten wiederum die Ritter nachziehen und die Stahlplatten ihrer Panzerungen verstärken. Ein jeder Burgherr schaute, dass er sich mit

Männern umgab, die solche Waffen mit Stahlbogen führen und einsetzen konnten. Wo sollte Steffan nun diese Kenntnisse herholen? Er musste sich eine dieser Waffen besorgen und seinem Vater, dem Schmied zum Nachbau zur Verfügung stellen. Ohne den geschickten Umgang mit dieser Waffe würde er an keinem Hof ankommen. Nach ausgiebigen Übungen und Versuchen mit dem ungewohnten Gerät war er nach einem weiteren halben Jahr bereit und zog fort aus dem Land der Chatten. Seine Eltern waren schon im letzten Sommer ins Land der bergischen Grafen gezogen, wo nun Adam als Schmied seine Dienste anbot. Unerwartet erkrankte seine Frau jedoch kurz nach der Ankunft unerwartet am schwarzen Fieber und verstarb noch vor dem Winter. Der Medicus der Burg war machtlos gewesen und selbst der mehrfach verordnete Aderlass hatte nicht vermocht ihr Leben zu retten. Trotz dieses herben Verlustes wollte Adam sein Glück im Land der Berger versuchen, denn da hatte der Halbbruder seines Vaters gute Beziehungen zum Grafen von Berg. Dieser Oheim, Johan vom Berg genannt und dessen Eheweib Agnes, genannt Nesa, lebten schon seit vielen Lenzen auf der neu errichteten Hügelveste oberhalb des kleinen Flusses, den man wegen seines quirligen Wasserlaufes einfach nur Wippera nannte. Dorthin wollte Steffan nun auch folgen. Sein Vater hatte ihm ein leichtes Schild aus Stahlblech gemacht, dass den Amboss als sein Wappenzeichen trug. In der Nacht zum dritten Tag, er hatte ein Übernachtungsquartier am Rand der dichten Wälder in der Nähe der Abtey Sygburg gefunden, wurde er plötzlich wach. Wodurch konnte er zunächst nicht ergründen und setzte sich in seiner Schlafstatt aufrecht. Er legte den Kopf etwas schräg und lauschte in die Nacht, hörte jedoch nichts. Gerade wollte er sich wieder legen, da war es wieder. Dieses leise Scharben und Kratzen, es musste aus der Küche kommen. Es schwang seine Beine seitlich von der Liege und tastete nach dem kleinen Tischchen, auf dem die Talgschale und der Zunderstein lagen. Zwei geübte Schläge und der Docht begann zu glimmen. Dann griff er nach seinem ledernen Beinkleid und zog es an. Dann nahm er das spärlich flackernde Licht in seine Linke und griff mit der anderen Hand sein beidseitig geschliffenes Langmesser und steckte es hinter seinen Gürtel. Er machte drei Schritte bis zur Tür, die er vorsichtig öffnete, dabei konnte er das Knarren nicht ganz verhindern. Vor ihm lag die breite Holztreppe, die hinunter in die Stube führte. Gespenstisch flackerten die letzten Holzstücke im offenen Kamin und ließen die Krüge und Becher, die noch auf dem Tisch standen, als dunkle Schatten auf der weiß gekälkten Wand tanzen. Das Geräusch hatte aufgehört und draußen war nur der schreckliche Warnruf eines Waldkauzes zu hören. Leise ging er um den Tisch herum und zog sein Messer. Durch die Fugen der Holztür sah er draußen im Hof einen Lichtschein und hörte flüsternde Stimmen. Er blies geistesgegenwärtig sein Talglicht aus und stellte die Schale auf den Tisch. Fest presste er seinen Kopf gegen die Bretter und horchte. „Stell Dich nicht so an, die schlafen wie zwei abgeschaffte Ochsen. Mach weiter, gleich sind wir durch!" Wieder begann dieses Geräusch, das ihm den Schlaf geraubt hatte. Es musste von der Wand kommen, direkt neben der Tür. Nun musste er schnell handeln, denn er hatte schon oft gehört, dass sich des Nachts Diebe in der Weise zu schaffen machten. Sie stachen und kratzten mit einem Messer oder Eisen ein Loch durch das Flechtwerk des Fachwerks und konnten dann leicht den innen liegenden Riegel öffnen. Wie viele Männer sollten da wohl draußen stehen? Steffan dachte kurz nach. Er griff den mannshohen Stock, der neben der Feuerstelle stand, fasste sein Messer fest in die Hand und schob vorsichtig den schützenden Riegel zurück. Für die beiden Männer, die sich ihrer hinterlistigen Arbeit widmeten kam der Angriff aus der dunklen Stube viel zu überraschend. Schreiend rannte er hinaus und schlug wild um sich. Dabei traf er einen der Männer und riss ihm die Beine zu Seite weg. Der stürzte und schlug hart mit dem Kopf auf den Wassertrog, der neben dem Eingang stand. Der Zweite nutzte seine Chance und wollte schreiend entfliehen. Eine Fackel hatten sie in den Boden gesteckt. Sie gab dem Geschehen nun ein düsteres, gespenstisch anmutendes Licht. Steffan schaute auf den am Boden Liegenden. Er blutete am Kopf und rührte sich nicht. Also rannte er sofort hinter dem Flüchtenden her, ungeachtet der Gefahr, der er sich damit aussetzte. Nun wurden auch die anderen Hausbewohner wach, denn das Poltern und Schreien war laut genug gewesen, um einen Toten aufzuschrecken. Während sich die Knechte um den Verletzten kümmerten, hatte Steffan den Überraschten bald eingeholt. Der fiel auf die Knie und flehte um Gnade. Barsch band er seine Hände auf den Rücken und schob ihn vor sich her, zurück zum Haus. „Was ist hier los? Was in aller Welt ist hier draußen für einen Lärm?" Als der Gefesselte aus dem Dunklen auftauchte, schien der

Hausherr den vermeintlichen Dieb zu erkennen, denn er ging auf ihn zu und wollte zum Schlag ausholen. Da erkannte er dahinter seinen Gast. „Ihr seid das, Ritter Roman? Was ist geschehen?" Schnell hatte er die zerstoßenen Löcher in der Lehm Wand gezeigt und dem Hauswirt alles erzählt. Die Beiden wurden geknebelt und gefesselt, dann im Stall unter der Bewachung der Knechte eingesperrt. Steffan Adams war der Held. An Schlaf war nicht mehr zu denken, denn die Sonne ließ schon ihre ersten schwachen Strahlen am Horizont durch die taufrische Nebelwand aufleuchten. „Was erwartet die Beiden?" Der Hausherr schaute verwundert: „Ihr seid wahrlich neu in unserer Gegend, sonst würdet Ihr eine solche Frage nicht stellen!" Nach einer kurzen Pause ergänzte er: „Der Strick! Zum Schwertstreich wird es nicht reichen, denn der Henker kommt dafür nicht zum Richtplatz. Das erledigen wir morgen früh hier auf dem Hof!" Er schaute über die Wiesen und verbesserte sich: „Heute, natürlich, die Nacht ist ja so gut wie vorbei. Ihr habt eine sichere Hand bewiesen, denn diese Männer machen unsere Gegend schon lange unsicher. Die geschädigten Höfe in der Nachbarschaft müssen benachrichtigt werden, denn sie entscheiden mit. Ihr dürft noch nicht weiterziehen, wie Ihr das vorgehabt hattet, denn man wird sich Euch erkenntlich zeigen, wartet den Tag ab und zieht morgen weiter, versprochen?" Steffan nickte: „Man will doch die näheren Umstände wissen, was passiert ist, oder?" Die edlen Herren, die am folgenden Tag in der Frühe Gericht hielten, waren dem jungen Ritter äußerst dankbar. Hatte er doch zwei üble Burschen überwältigt und für ein wenig mehr Ruhe in dem einsamen Tal gesorgt. Man bedankte sich bei ihm mit einem kräftigen Maultier, dass er nun sein eigen nennen durfte. Dann zog ihn ein Araber zur Seite. „Auch ich habe Euch zu danken, Efendi!" sagte er und tippte zum Gruß an seine Stirn. Überrascht einen so dunkelhäutigen Mann in dieser Gegend anzutreffen, schaute ihn Steffan an: „Was macht Ihr hier? Ihr seid doch gewiss fern Eurer Heimat." Der freundliche Fremde nickte. „Mich hat es mit den Rittern hierher verschlagen, denn Eure Heilkünste sind barbarisch. Ich bin der Medicus dieser Gegend und arbeite mit den Mönchen im benachbarten Kloster zusammen. Aber nun zu Euch. Diese Strolche haben unseren Abt schwer verletzt, als er die Kapelle vor ihnen schützen wollte. Sie sind bei Nacht gekommen und wurden von einem Mönch einwandfrei wiedererkannt." Er trat einen

Schritt zur Seite und gab den Blick auf ein paar Mönche frei, die mit ihren braunen Kutten auf den Araber zu warten schienen. „Gestattet mir, Euch ein nützliches Geschenk zu machen." Damit nahm er aus seiner Stofftasche einen runden, gut einen Fuß langen Gegenstand. Er überreichte ihm das leichte Rohr. „Das ist ein großes Auge!" flüsterte er und nickte zur Bestätigung. Steffan glaubte, einen verwirrten Mann vor sich zu haben, nickte höflich und wollte gehen, aber der Fremde hielt seinen Ärmel: „Ihr versteht mich nicht, richtig?" Sein skeptischer Blick verriet dem Mann, dass er das „Auge" zu erklären hatte. Er nahm es behutsam in die Hand. „Ihr müsst das schmale Ende vor Euer Auge halten und hindurchschauen!" Steffan tat, wie ihm der Mann gesagt hatte, sah aber nichts. Der Araber schüttelte den Kopf: „Nicht auf den Boden! Haltet das Rohr in die Ferne, da auf den Waldrand." Steffan schaute erneut in das Rohr, das auf beiden Seiten eine fest eingebundene Kristallkugel hatte. Als er zum Wald sah, erschrak er und rief: „Teufelswerk! Das ist nicht möglich!" Der Araber kannte solche Reaktionen und lachte: „Geschliffene Kristalle vergrößern oder verkleinern, Herr. Je nachdem, wie man die Kugeln bearbeitet, das ist gewiss kein Teufelswerk!" Zwei Mönche kamen lächelnd auf sie zu. Einer von ihnen zog ein ähnliches Lederrohr aus dem Ärmel seiner Kutte. „Auch wir waren verwirrt, aber unser Abt erkannte als erster dieses Wunderwerk und Achmed hat ein noch viel Größeres im Turm unserer Kapelle angebracht. Wir nennen es Macina oculi major. Damit können wir den Lauf der Planeten und Sterne verfolgen. Nehmt das Rohr. Es kommt von Herzen!" Die Männer verbeugten sich und gingen. Der Araber drehte sich noch einmal um: „Übt fleißig, damit es Euch gute Dienste tut!" Die Männer winkten ihm zu, dann war er alleine. Ausgestattet mit den wertvollen Geschenken und genügend Proviant erreichte er nach weiteren, unbeschwerten Tagen, immer am rechten Rhenusufer entlang, die Mündung der Wippera. Hier begann die Grafschaft des Landesherrn, der seine Veste am „Alten – Berg" aufgegeben und die Ländereien den Cisterziensern für einen Klosterbau vermacht hatte. Die gesamte Sippe der Berger war nun auf einer Höhenburg ansässig geworden, die sie oberhalb der Wippera neu erbaut hatten. Sie nannten deshalb der Einfachheit halber diese Veste einfach nur „Neuhe Burg". Er bog hier in östliche Richtung ab und folgte dem kleinen Strom der seine nasse Fracht in vielen Windungen durch die Wiesen trug. Bald hatte er auch den Ort Upladin hinter sich gelassen und erreichte ein fruchtbares, weites Tal, das vor hunderten von Jahren von dem Fluss in das umgebende Waldgebiet gesägt worden war. Immer wieder nahm er sein großes Auge und schaute sich alles an. So, als wäre er meilenweit gegangen, konnte er kleine Sträucher und Wiesen erkennen, die man mit bloßem Auge nicht erahnen konnte. Er beobachtete sogar Rehe auf einer Lichtung, die gut zwei Meilen entfernt ruhig grasten. Selbst sein Rufen störte sie nicht, sie waren viel zu weit entfernt. Am Abend kam er bei der Veste an, die ihm sein Oheim beschrieben hatte. Nun war er in nächster Nähe des bergischen Grafen. Er wurde von Vasallen des Adeligen in Legelingon, so nannte man diesen Ort am Lauf der Wippera, gerne in Dienste genommen. Die Veste lag auf halbem Berg, am Versorgungsweg zur Saalburg von Withs Lehen. Ein Bächlein schlängelte sich schützend um seine Mauern und gab wohl auch der Ortschaft seinen Namen. „Das Bechlen am Berg". Hier war ein Wegzoll zu entrichten, denn über einen steilen Hohlweg gelangte man vorbei am befestigten Hof zum Berge, einem weiteren Rittersitz, nach etlichen Meilen über einsame Felder und Waldungen, immer in östlicher Richtung endlich zu dem steinernen Turm, der von dichten Waldungen umgeben auf der Höhe lag. Dort wohnte With in seiner Saalburg. Er war Burgherr und Mönch in dem einsamen, sehr dünn besiedelten Forst auf der Höhe. Das Jagdrecht über die weiten Wälder hatten die jeweilig amtierenden Grafen vom Berg. Ehemals am Berg der Alten, hatten sie nun die Ländereinen dem Mönchsorden der Cisterzienser überschrieben und sich eine neue Veste oberhalb der Wippera, gut vierzig Meilen nördlich, auf einer felsigen Anhöhe gebaut. Diese nannten sie der Einfachheit halber nur „Neuhenburg".

Viehwirtschaft, Obst und Gemüseanbau gaben den Bewohnern in der Umgebung von Withs Lehen ein klägliches Einkommen und sicherte ihr Überleben. Von kriegerischen Auseinandersetzungen oder gar Belagerungen blieb das einsame Fleckchen Erde verschont. Es war wohl nicht interessant genug und lag zudem strategisch völlig unwichtig, viel zu versteckt in den weiten Wäldern des Landes der Berger. So gab es hier zwar dies Rittergut, aber die Tore wurden selten schützend verschlossen. Der Weg führte von hier weiter durch unwegsames Gelände und über schlecht ausgebaute Waldwege bis zur Wehrstrasse, die von Süden kommend schnurgerade bis zur

„Neuhen Burg" führte, dem augenblicklichen Wohnsitz der Grafen. Während einer so langen Reise hatte Steffan seinen Lederpanzer getragen. Das war bequemer als die sperrigen Eisenplatten, die zudem schon von weitem durch sein Scheppern und Klappern anzeigten, dass ein Ritter nahte.

Der lederne Harnisch reichte bis zum Oberschenkel. Er war jedoch nur bis zur Taille fest fixiert und die ellenlangen, doppelt vernieteten, breiten Streifen verdeckten Schoß und Hinterteil wie der Rock eines Weibes. Durch seine Beweglichkeit bekam sein Träger jedoch auch bei längerem Tragen keine Druckstellen. Eine eiserne Rüstung hatte er abgelehnt und für sich diesen, im Kampf überholten Schutz gewählt. Mehrere Lagen des dicken Kernleders schützten Brust und Rücken. Mit Nieten verstärkt hielt er tatsächlich manchen Schwertstreich ab, einem Bolzen der Armbrust würde er jedoch niemals widerstehen können. Bei der eisernen Rüstung öffneten sich die schützenden Platten an den Hüften und unter den Armen bei jeder Bewegung. Diese Schlitze luden förmlich dazu ein, mit einem kleinen, spitzen Dolch das dann freiliegende Wams zu durchstoßen. Eine wirkliche Schwachstelle für dessen behäbig wirkende Träger.

193

Es dunkelte bereits, als Steffan sein Pferd im Stall versorgt hatte. Man wollte ihm am nächsten Tag die Befestigungsanlagen zeigen. Jetzt speiste er im kleinen Rittersaal mit den anwesenden Männern und lernte die ersten, eigenartig sprechenden Leute kennen. Er musste sehr aufmerksam zuhören, denn dieser Dialekt war ihm nicht geläufig.

Der Abend wurde, trotz seiner Reisemüdigkeit sehr lang und er hielt sich mit dem Trinken zurück. Der saure Wein und das gewürzte Bier flossen in Strömen und er wunderte sich, dass keiner daran Anstoß nahm, dass mancher Recke den Weg in seine Gemächer nicht mehr schaffte. In den Ecken des Saales und auf den Gängen lagen nun die tollkühnen Männer, die dem starken, berauschenden Nass zu ungestüm zugetan waren. Eingerollt in ihren Umhängen verbrachten sie dort die Nacht und es stank nach Urin und Erbrochenem. Er war froh, als er in einem leeren Gatter der Stallungen ein ruhiges Plätzchen im wärmenden Stroh gefunden hatte. Das Grölen und Rufen verhallte bald und nur das unregelmäßige, leise Wiehern der Rösser nebenan war noch zu hören. Er hatte einen traumlosen, tiefen Schlaf den er nur einmal unterbrach, um seine Notdurft neben der Jauchegrube zu verrichten. Der Lärm der erwachenden Dienerschaft und

194

besonders die Fütterung der Pferde holten nun auch Steffan zurück in den Alltag. Er schaute sich verwundert um und es brauchte schon einige Zeit, bis er wieder wusste, dass er hinter schützenden Mauern genächtigt hatte. Er ging zum Brunnen und erfrischte sich. Die geschäftig umhereilenden Pagen und Zofen beachteten ihn nicht. Nachdem er seine Kleidung gerichtet und sein Pferd versorgt hatte, machte er sich auf die Suche nach dem Kastellan, der ihn am Vortag eingestellt hatte. Freundlich erklärte der ihm, dass am Nachmittag eine Treibjagd abgehalten werden sollte.

Sie machten sich alsbald auf den Weg, denn es war ein langer Ritt von gut vier Stunden, um in die weiten Wäldern oberhalb von Withs Lehen, östlich von der „Neuhenburg" zu gelangen. Als die Besprechung beendet und die Treiber ihren Platz eingenommen hatten wurde mit dem Hornsignal die Jagd feierlich eröffnet. Bald trabten die Ritter mit ihren Spießen voran in gehörigem Abstand auf die Treiber zu, die versuchten, das aufgescheuchte Wild in ihre Richtung zu leiten. Dann gewahrten sie die ersten Wildschweine, die verzweifelt versuchten den angreifenden Speeren zu entkommen. Schon preschten die ersten Ritter mit gezücktem Spieß durch das Unterholz. Jetzt sah sich Steffan einem kapitalen Hirsch, einem Zwölfender gegenüber. Stolz und ohne jegliche Scheu kam er langsam auf ihn zu. Der in der Wild Jagd unerfahrene Ritter gab seinem Ross die Sporen und erwischte das Schwarzwild mit seiner Stahlklinge. Er riss eine klaffende, gewaltige Wunde in die Flanke des stolzen Tieres. Erschrocken und laut durch den Wald röhrend stampfte das verletzte Tier schräg von ihm davon. Ungestüm und ohne Vorsicht jagte er galoppierend alleine hinter dem tödlich mit seinem Speer verwundeten Hirsch her. Der brach sich ohne Rücksicht im Unterholz seinen Weg, ohne Rücksicht auf Dornen oder Äste zu nehmen, die ihm bald hier, bald da zusätzliche kleine Wunden bescherte. Sein verängstigtes Ross, unsicher geworden durch die Todesbrüller des kapitalen Schwarzwildes, folgte nicht mehr seinem Schenkeldruck und sprang nicht mehr blind folgend ins Unterholz. Er drohte seine Beute zu verlieren, denn trotz der klaffenden Wunde, die sein Spieß seitlich gerissen hatte, rannte der Hirsch weiter. Auf einer Lichtung angekommen, hörte der junge Reiter nur noch das Brechen der Äste und das Schnauben des Tieres. Sehen konnte er es nicht mehr. Plötzlich herrschte eine Totenstille. Kein Vogel traute sich mehr seinen Gesang durch die Blätter zu schicken. Auch der Hirsch schien seinem Todeskampf erlegen zu sein, denn auch sein verzweifeltes Rennen war vorbei. Steffan stieg vom Pferd und führte es am Halfter an der linken Hand, während er der Blutspur folgend auf den Waldboden starrte. Sein vierbeiniger Geselle riss sich unvermittelt los und galoppierte zurück. Damit hatte er nicht gerechnet und sein Handgelenk verdreht. Er rieb sich fluchend die Finger, nachdem er den Lederhandschuh ausgezogen hatte. Da hörte er seitlich im Gebüsch ein Schnaufen und Grunzen. Plötzlich brach ein Bär aus dem Unterholz und stand brüllend, aufgerichtet gut zehn Schritt von ihm entfernt und versperrte seinen Weg. Das hatte sein getreues Pferd also gewittert. Er griff nach dem Knauf seines Schwertes. Kampflos wollte er dem Ungetüm nicht entgegentreten. Das schwarz-braune Zotteltier fiel nach vorn und schaukelte stampfend so schnell auf allen Vieren auf ihn zu, dass er keine Zeit mehr hatte, seine Blankwaffe aus der Scheide zu ziehen. Er wollte zurückweichen, stolperte und erwartete sein Ende, denn rücklings auf dem Boden war er hilflos den kommenden Prankenhieben und Bissen des gewaltigen Maules ausgeliefert. Das Surren und den dumpfen Aufschlag des abgeschossenen Pfeiles hatte er nicht mehr hören können. Nur den wütenden Schrei und die abrupte Richtungsänderung hatte er liegend verfolgt. Schnell drehte er sich um und sprang auf die Beine. Der Bär hatte sich wieder aufgerichtet und brüllte in die entgegengesetzte Richtung. ZZZZmmmmm. Ein zweiter dumpfer Aufschlag und das Schütteln des Raubtieres ließen neue Hoffnung in ihm aufkommen. Er zog nun, mutig geworden seine Waffe und stürzte sich auf das Tier. Weit zum Schlag ausholend schwang er das Eisen über seinem Kopf und wollte den ungleichen Kampf beenden, als sich unverhofft das Tier umdrehte und ihm mit einem fürchterlichen Wischer das Eisen aus der Hand schlug. Nun war er endgültig dem wütenden Tier schutzlos ausgeliefert. Das Ungetüm trottete langsam schnaubend auf ihn zu. Jetzt vernahm er deutlich das surrende Geräusch eines weiteren abgeschossenen Pfeiles. Zielsicher bohrte der sich in das dichte Fell unterhalb des Schulterblattes und ragte, kaum mehr sichtbar aus den zotteligen Haaren. Ein röchelndes Brummen noch und der Bär kam langsam und schwankend auf ihn zu. Das Tier versuchte noch einmal, sich aufzurichten doch der Versuch scheiterte und es fiel donnernd vor seine Füße. Jetzt erst spürte er

198

den kalten Schweiß, der von seinem Gesicht auf sein Lederwams tropfte und ein aufkommendes Schwindelgefühl ließ seine Umgebung in ein dunkles Loch stürzen. Er fiel, wie von der Sense abgeschnittenes Korn auf sein Gesicht, aber das bekam er nicht mehr mit.

Als seine Sinne wieder zurückkamen, befand er sich in einer dunklen Stube auf einer Liege ruhend. Zugedeckt mit Fellen, war er sonst nur noch mit seinen ledernen Beinlingen bekleidet. Seine rechte Hand war verbunden und schmerzte. Im Flackerlicht des offenen Kaminfeuers sah er den Rücken eines Mädchens, das leise singend am Tisch saß. Sie schien an seinen Sachen zu werken, denn immer wieder warf sie ordnend sein Wams über den Tisch. „Wer seid Ihr und wo bin ich?" Die Maid drehte sich zu ihm, ging aber auf die Fragen nicht ein: „Äußerst kühn! Sehr dumm und unbedacht, aber kühn! Ihr seid Eures Lebens überdrüssig, nehme ich an oder müsst Ihr Euch etwas beweisen?" Steffan stutzte und schaute sich um. Er wollte nicht auf ihre Frage eingehen. In einer Ecke hingen an schweren Eisenhaken zwei ausgeweidete Tiere. Die Jungfer sah seinen Blick und antwortete: „Das ist meine Beute. Ein Bär und der von Euch angeschossene Hirsch, das Mindeste, was Ihr

mir schuldet für Euer Leben, meint Ihr nicht?"
Der junge Ritter richtete sich auf: „Wie viele
Lenze zählt Euer Leben? Ihr könnt unmöglich
dieses Ungetüm erlegt und den getöteten
Hirsch gefunden und hierher gebracht haben!"
Das Mädchen schaute ihn lange an: „Ich weiß,
das schickt sich nicht für eine Jungfer, schon
gar nicht, wenn sie besser jagen kann als ein,
…wie soll ich Euch nennen? Wie ein Ritter?"
Sie schaute ihn immer noch recht dreist an:
„Ihr seid doch ein Ritter? Sonst muss ich Euch
meinem Oheim melden. Jagen wäre Euch dann
nämlich in seinen Wäldern nicht gestattet!"
Bevor er etwas sagen konnte öffnete sich die
Tür und ein junger Mann trat ein, verbeugte
sich und sprach: „Herrin, die Männer sind im
Hof. Wollt Ihr klärende Worte sagen oder soll
ich sie fortschicken?" Die Maid nickte:„ Sei so
gut und führe sie in den großen Saal. Ich
werde sie dort empfangen." Der Knappe nickte
und verließ den Raum. Der junge Herr stutzte:
„Herrin? Ihr seid doch höchstens fünfzehn
Lenze." Die Angesprochene erwiderte:
„Dreizehn! Meine Augen haben schon
dreizehn Lenze gesehen! Schlecht geschätzt!"
Sie ging zu einer Holztruhe und entnahm eine
Wulsthaube, die sie geschickt auf ihren Kopf
setzte. Dann nahm sie einen weiten, bestickten
Umhang vom Haken an der Wand und sah

ganz anders aus: „Was dagegen einzuwenden? Ihr werdet vermisst! Ich ließ die Kunde von Eurem Missgeschick mit dem waidwunden Tier zu den angrenzenden Höfen und Vesten bringen. Anscheinend gibt es tatsächlich ein Heim für Euch hier in der Nähe, ich kenn Euch jedenfalls nicht!" Dann ging sie zur Tür, öffnete und rief über die Schulter zurück in die Stube: „Bleibt ruhig noch liegen, denn Ihr seid zu schwach um aufzustehen. Meine Zofen werden Euch zu Diensten sein." Damit schloss die Tür und hinterließ einen verwirrten Ritter, der nichts von alledem verstanden hatte. Steffan wollte ihr nach, sprang aus der Bettkiste und suchte seine Kleidung. Sofort drehte sich die Stube und er musste sich schnell wieder zurück auf die bequeme Liege setzen. „Habt Ihr nicht so recht zugehört was unsere Herrin soeben gesagt hat?" Verwundert drehte sich der junge Ritter in die Richtung, aus der diese Stimme gekommen war. Da stand eine Zofe, dick wie eine Holztonne in der Stube. Wo war die denn so schnell hergekommen? Er nickte: „Ihr habt recht, mir ist ein wenig malad." Damit legte er sich zurück und schloss die Augen. „Wacht Ihr jetzt über mich?" Er ließ seine Augen zu und sein Gleichgewicht kam zurück und die Zofe antwortete. „Was wollt Ihr wissen? Unsere

Herrin hat Euch verwirrt?" Er nickte, kaum merklich: „So ist es. Wer ist sie?" Die Zofe erklärte: „Jung ist sie, damit habt Ihr recht, jedoch ist sie gescheit und verwaltet diese Veste als Schlüter. Ihr Vater war ein wilder Tyrann mit jähzornigen Wutausbrüchen und ungehobelten Manieren, kein Vergleich mit ihr. Sie übernahm sein Amt, da er keinen männlichen Nachkommen hatte und sie der einzige Spross des Fürsten von Poznan ist. Ihr müsst wissen, die letzten Tage hat sie nur von Euch geschwärmt. Ob er wohl ein Weib hat? Mit dieser und ähnlichen Fragen hat sie uns immer wieder bedrängt. Unter uns, sie hat sich einer Vermählung schon drei Mal widersetzt. Noch zwei Sommer Frist hat man ihr gegeben, dann, " die Zofe brach ihre Erklärung ab, denn die adelige Maid stand unvermittelt wieder in der Tür: „Geschwätziges Weib! Was geht mein Privates diesen Tölpel an? Unfähig einen Hirsch zu erlegen und dann wird er von den Rittern vom „Bach am halben Berg" wie ein kleines Büttel gesucht. Wir pflegen ihn gesund, dann kann er wieder unter den Rock seiner Amme kriechen, denn mehr traue ich ihm nicht zu!" Sie schien verwirrt, denn sie warf wütend ihre Haube in die Kiste und setzte sich auf ihren dreibeinigen Holzsessel: „Du bist ja immer noch hier! Schleich Dich in die

Küche und koch ihm einen Hirsebrei. Mir bringst Du einen Becher Met, mich dürstet!" Die Zofe verschwand augenblicklich. Steffan, der aufmerksam die gesamte Unterhaltung verfolgt hatte, sagte auch jetzt kein einziges Wort. Er lehnte sich mit einem Lächeln auf dem Gesicht gegen die Wand, nachdem er die Rückfront mit zwei großen Kissen erhöht hatte. „Sie schwärmt für mich? Interessant!" dachte er bei sich. „Was lachst Du? Hat Dir noch niemals zuvor einer die Wahrheit gesagt?" Der Ritter war sichtlich amüsiert über die Art, wie die Kleine hier herrschte und in welch vertrautem Ton sie nun mit ihm sprach. Genauso wie mit ihrer Dienerschaft. Der Vater war also ein Tyrann gewesen! Und was war sie? Ein Engel? Er wurde aus seinen Gedanken gerissen, denn die Neugier zwang die adelige Maid zu einigen Fragen: „Ich habe recht!" Zögernd, fast unsicher ergänzte sie leise: „Oder nicht?" Steffan war entschlossen, nicht mehr von sich zu offenbaren, wie sie zweifellos schon soeben von den bergischen Rittern erfahren hatte. „Ihr scheint keine gute Meinung von Männern zu haben! Seid Ihr deshalb noch Jungfer? Oder traut Ihr Euch nicht, einen Ritter zu freien?" Amüsiert schaute er frech in ihr Gesicht, dass sich jetzt rötete und empört schrie sie ihn an: „Wage nicht, in diesem Ton mit mir zu reden! Sohn eines Schmiedes! Roman von Neuenthal, pah! Das ist eine Beleidigung unseres Standes! Steffan, Sohn des Adam, so ist Dein Name! Sei froh, dass man Dir die Schwertleite nicht verwehrt hat, sonst wärst Du einfach nur Pöbel. Ich rede mit Dir, wie es sich für eine Fürstentochter einem Schmied gegenüber gebührt! Sobald Du wieder aufrecht stehst, kannst Du mit Deinem Pferd wieder zurückreiten, denn diesen Gaul haben Deine Waffenbrüder im Wald alleine gefunden, eingefangen und hierher gebracht!" Steffan hatte Gefallen gefunden an dem kleinen Wildfang. Es war richtig, dass sein Vater zuletzt Dorpschmied gewesen war, denn er war der Jüngste der bergischen Sippe und damit hatte sein Bruder das elterliche Erbe angetreten. Sein Oheim und die gesamte väterliche Sippe stammten von der Burg der Berger ab. Sein Vater aber wollte die Kunst des Schmiedens weiterführen, denn das Handwerk war sein Leben. Er kam besser mit seinen starken Armen zurecht, denn der Umgang mit dem Federkiel bereitete ihm große Mühe. Die Mutter war in Legelingon geboren, als Tochter eines Schwertfegers und Enkel eines Webers. Der hatte zwischen der größeren Ortschaft im Tal an der Wippera und dem Lehen des With, „up Bertrodt" genannt, eine Berta von der Heide gefreit. Soweit seine Herkunft. Steffan wollte sich von diesem kleinen adeligen Zieglein nichts gefallen lassen. „Sag mir, was hat Dich so erbost? Was erzürnt Dein hübsches Gesicht so sehr, dass Du vor Erregung zitterst?" Langsam drehte sich die Kleine noch einmal zu ihm um: „Redest Du etwa mit mir? Ich bin die Herrin auf diesem Schloss. Man nennt mich deshalb Schlüter, Schloss Verwalter! Mein vollständiger Name für Dich ist Freifrau Fürstin Gisel Minna von Poznan! Verstanden? Ich erteile Dir nun das Wort." Roman, der sich nun wohl in ihrem Beisein nur noch Steffan Adams und nicht mehr „vom Neuenthal" nennen durfte, grinste sie frech an und flüsterte leise: „Eure Durchlaucht, ergebenster Diener Eurer Adeligkeit," so übertrieb er extra und verbeugte sich sitzend, so tief wie es gerade einmal in dem Bett möglich war, „würdet Ihr bitte ein wenig näher kommen, denn meine Stimme versagt, ob der hochgeborenen Gesellschaft, die ich hier genießen darf. Ich muss Euch etwas Vertrauliches beichten!" Die junge Frau schien verwirrt und kam zaghaft näher. Als sie in seiner Reichweite war, packte er ihren Arm, zog sie auf das Bett und bevor sie reagieren konnte, hatte er sie fest umarmt, die schmerzenden Hände waren nun kein Hindernis für ihn. Er schaute sie kurz an und drückte ihr mit Gewalt einen herzhaften Kuss auf ihre weichen Lippen. Erstaunlicherweise wehrte sie sich kaum und ließ ihm lange Zeit seinen Willen. Zu lange, denn als er sie losließ und sie ihm einen Streich mit der Handfläche verpassen wollte, fing er geschickt ihren Arm ab und schüttelte den Kopf: „Na, na! Was soll das jetzt? Du hast mich doch dazu ermutigt! Schrei nach Deiner Zofe! Die wird Dir dabei helfen einen trotteligen, verletzten Schmiedesohn abzuweisen!" Wut und Entsetzten spiegelte sich in ihrem hübschen Gesicht. Sie schnaubte und tobte: „Ich habe es schon immer gehasst, dass die Mannsbilder körperlich ein wenig stärker als wir Frauen sind!" Erstaunt schaute er sie an: „Frauen? Du bist keine Frau! Du bist eine freche Göre, der man ob edler Herkunft nicht zu widersprechen wagt. Es wird Zeit, dass man Dir beibringt, wie sich eine Jungfer einem Ritter gegenüber zu benehmen hat!" Damit ließ er sie los, denn die Zofe brachte soeben das Essen. Die junge Maid schnaufte wie ein Schlachtross vor dem entscheidenden Tjost und stampfte zur Tür. Mit einem lauten Knall wurde sie ins Schloss geschmissen. „Was ist mit der Herrin geschehen? So aufgebracht habe ich sie noch

206

nie gesehen!" Der junge Ritter löffelte seinen Hirsebrei: „Ich weiß nicht, was sie so erregt hat. Fragt sie selber!" Schmunzelnd kratze er die Schüssel leer und rutschte in eine bequeme Lage: „Ich bin ermattet! Weckt mich zum Morgen, ich hoffe auf eine ungestörte Nachtruhe." Damit schloss er zufrieden seine Augen.

Als er am nächsten Morgen erwachte, fühlte er sich ausgeruht und kräftig genug, um den Weg zurück in die Burg die von der Wippera kommend in Richtung der aufgehenden Sonne, am Bechleins Berg anzutreten. Nach dem ausgiebigen Frühstück wurde er von einem kundigen Herold auf den rechten Weg gebracht. Die junge Herrin, die ihn aufgenommen hatte, sah er an dem Tag nicht. Aber er würde sie wiedersehen, da war er sich sehr sicher, denn sie hatte in ihm die Minne geweckt und ihm sogar im Traum zugezwinkert und Hoffnungen gemacht. Hoffentlich würde sie das beim nächsten Besuch genauso sehen. Bald erreichte er zwischen den Bäumen geheimnisvoll glitzernd, den kleinen Fluss und folgte dessen Verlauf, bis sich der Wald lichtete und er an der Veste Leyginsiphen vorbei kam.

Kurze Zeit später war er zurück in der Burg am halben Berg, deren Ritter vor einer Woche die Jagd veranstaltet hatten. Im Rittersaal musste er sich die derben Sprüche von den Rittern gefallen lassen. Sie sprachen auch mit Ehrfurcht von der jungen Fürstentochter, die ihn aufgenommen hatte. Auch der Junker dieser Veste hatte schon vergebens um sie gefreit. An diesem Tag begleitete er Kaufleute, die sich den Schutz von fünf Rittern erkauft hatten, denn sie wollten zum Markt nach Cöln. Unbeschadet brachten die bewaffneten Recken den kleinen Tross bis weit hinter Upladin, dem Dorp des gleichnamigen Ritters. Damit war ihre Aufgabe erfüllt und sie konnten zurückreiten. Die anderen vier Männer dachten jedoch nicht so schnell an eine Rückkehr und steuerten das nächste Gasthaus an.

Steffan wollte sofort zurück, denn der plumpe Jagdunfall hatte seinem Ansehen geschadet und er wollte sich dem Burgherrn dienlich erweisen. Es dunkelte bereits, als er durch die leeren Gassen ritt. „Bleibt besser bei uns, denn es gibt unruhige Nächte und manches Scharmützel im Schutz der Dunkelheit!"

Das hatten ihm seine Begleiter noch hinterher gerufen, aber davon wollte er nichts wissen. „Die paar Meilen! Was sollte da schon passieren?"

Er schaute sich die Lichtquellen an den Häusern genauer an. Stahlstreifen hatte man gebündelt und beringt. Auf einer Seite waren sie aufgebogen, auf der anderen spitz zulaufend aneinander geschmiedet. So hingen sie an den Häuserecken, mit der spitzen Seite in einem eisernen Ring. Dort hinein kamen Holzknüppel, die man mit Pech bestrichen hatte, bevor sie angezündet wurden. Nachts sollten sie so in der Dunkelheit der Gassen den Menschen heimleuchten. Die Feuerkörbe an den Häuserwänden zeigten die unmittelbare Nähe der großen Steinbottiche an, die zum Urinieren dort aufgestellt waren.

In den frühen Morgenstunden kamen die Färber mit ihren Leiterkarren und entleerten sie in mitgeführten, großen Bottichen, denn die kostbaren Körperflüssigkeiten wurden von ihnen dringend benötigt. Mit Kräutern versetzt wurde der stinkende Sud in großen Wannen angesetzt und die Stoffe ein bis zwei Tage darin belassen. Man erzielte so eine, zunächst hellbraune Farbe der Woll,- Flachs,- und Linnen Stoffe, die sich beim Trocknen in der Sonne durch die Luft, bläulich verfärbte.

Diese blauen Stoffe durften von den Niederen als Umhänge, Hosen oder Kleider genäht, als einzige Farbe am Tag des Herrn zum Kirchgang getragen werden.

An allen anderen Tagen war das Tragen von gefärbter Kleidung, außer grau, schwarz und braun, strengstens untersagt. Plötzlich blieb sein Pferd stehen und wurde unruhig. Zweifellos hatte der Vierbeiner etwas gewittert. Zu spät erkannte Steffan, dass sich ein maskierter Mann aus der dunklen Nische einer Tür hervorgezwängt hatte. „Hoho!" rief er laut und sein Pferd bäumte sich daraufhin erschrocken auf. Er konnte sich noch abfangen, aber stürzte aus dem Sattel. Der Angreifer hatte einen weiten Umhang und stand mit gezogenem Schwert vor ihm in der engen Gasse, während sich sein treuer Gaul wiehernd über das Pflaster entfernte. Steffan zog nun auch seine Blankwaffe und stellte sich dem unerwarteten Zweikampf. Mit seinem leichten Degen beherrschte er seinen Gegner nach Belieben. Jede seiner unbedachten Attacken parierte er mit geschicktem Herausdrehen, Finten oder einem Schritt seitwärts, sodass sein Gegner ins Leere lief. Dann änderte der hinterlistige Angreifer seine Taktik. Er zögerte lächelnd, so als würde er die Paraden seines Gegners erahnen. Der junge Ritter duckte sich und sah plötzlich nicht nur den langen, spitzen Dolch in der linken Hand des Angreifers, sondern auch den zweiten Mann, der aus einer dunklen Ecke hervorgetreten war. Mit einer lässigen Bewegung schleuderte der Fremdling die lederne Schutzhülle von der glänzenden Klinge. Man nahm ihn in die Zange und mal sprang der eine, mal der andere Halunke einen Schritt auf ihn zu, um zu versuchen, einen Treffer zu landen. Er stellte sich schutzsuchend an die Hauswand, damit man ihn nicht von hinten angreifen konnte. Plötzlich machte er einen Ausfallschritt nach links und stach dem zweiten durch den Oberschenkel. Der knickte, ob des überraschten Angriffs erstaunt ein und fasste sich an die verwundete Stelle. Viel Zeit blieb Steffan nicht, denn der andere sprang nun seinerseits auf ihn zu. Mit einem Reflex fuhr er herum und hielt ihm seinen nun zusätzlich auch schnell gezogenen Dolch abwehrend entgegen. Der Angreifer hatte damit nicht gerechnet und war unbedacht in diese unerwartete Klinge gesprungen. Steffan zog vergebens an dem Griffstück, aber das Eisen war so tief im Brustkorb seines Gegners eingedrungen, sodass er die Stichwaffe nicht mehr herausbekam. Hinter ihm vernahm er ein verdächtiges Geräusch. Er wandte sich mit dem leichten Degen wieder dem Verwundeten zu, jedoch war der schon zu nah an ihn getreten. Er sah dessen kalte Augen und spürte den Ruck, der durch seine rechte Seite fuhr. Er verspürte keinen Schmerz, musste aber getroffen sein, denn augenblicklich erlahmte sein rechter Arm und seine Klinge war ihm entglitten und tanzte klirrend auf den dicken Pflastersteinen. Sein verletzter Gegner humpelte die Gasse herunter, der andere Mann lag verkrümmt neben ihm, mit offenen Augen und das Griffstück seines Dolches mit beiden Händen fest umschlungen. Er röchelte leise, kein Zweifel, vom dem ging keine Gefahr mehr aus. Steffan wollte sich nach seiner Waffe bücken, denn er verspürte immer noch keinen Schmerz. Seine Beine versagten ihm jedoch unerwartet den Dienst und er lag sofort neben dem Sterbenden im Dreck. Nun wurde auch ihm schwarz vor Augen und ein kaltes Tuch hüllte ihn ein. Als er mit einem dicken Brummschädel erwachte, befand er sich im Bett. „Nein!" dachte er bei sich, „Nicht schon wieder!" Eine Frau saß neben ihm und schaute ihn freundlich an: „Geht es Euch gut, Herr?" Er hob die Decke an und betrachtete seinen Körper. Er war nicht verletzt oder verbunden. Nur sein anhaltender Schwindel verwirrte ihn: „Wo bin ich und wie bin ich hierhergekommen?" Die Frau nickte. Mein Mann hat ein Lärmen vor dem Haus gehört, aber wir haben uns nicht nach draußen gewagt, um nachzuschauen. Er hat aber vom oberen Fenster alles mit angesehen. Erst als dann Ruhe einkehrte und Ihr umgefallen seid, ist er hinausgegangen und hat Euch hierher gebracht. Die Miliz war hier und wünscht Euch im Zeughaus zu sprechen, sobald Ihr Euch in der Lage dazu befindet." Sie sah sein erschrockenes Gesicht und ergänzte: „Ihr braucht keine Angst zu haben, mein Mann hat schon erzählt, dass Euch drei Männer angegriffen hatten. Nur einer von ihnen ist noch nicht gefasst." Steffan zog seine Stirn in Falten und setzte sich. „Drei? Wieso drei? Ich habe mit zwei Männern gekämpft, einen besiegt und den anderen verletzt." Wieder nickte die Frau: „Und der Dritte hat abgewartet und wollte Euch liegend erstechen. Dabei ist mein Mann gerade rechtzeitig in die Gasse getreten. Der Mann ist erschrocken geflüchtet, bevor er sein schändliches Werk vollenden konnte. Ihr müsst sehr reich sein oder brutale Feinde haben." Der Mann, ein Hüne von Mensch kam gebückt in die Stube und setzte sich am Fußende auf das Bett: „Meine Frau hat Euch alles erzählt?" Steffan gab ihm die Hand, die der Riese drückte: „Ah, habt Ihr eine Kraft! Ich bin Euch zu Dank verpflichtet." Der Mann lachte. „Ich habe Kraft, aber was nutzt das, wenn ein

Beutelschneider mit seinem Messer gut umgehen kann. Wenn dann zwei Schwertträger im Weg stehen weiß ich meine Beine zu gebrauchen, denn ich will kein Held sein, der eine Witwe hinterlässt!" dabei nahm er zärtlich den Kopf seines Weibes in die riesigen Pranken und gab ihr einen lauten Kuss. Die Frau errötete: „Andreas, nicht vor dem Fremden!" Der Ritter ergriff das Wort, während er sich aus dem Bett schwang und nach seinem Wams suchte: „Das darf er jederzeit machen, Weib. Er ist doch euer Angetrauter, oder?" Die Frau nickte und deutete auf den Schemel neben der Feuerstelle, wo seine restlichen Sachen lagen. „Ich begleite Euch zum Zeughaus, denn ich will nicht, dass man meine Aussage in Zweifel stellt und Ihr falsch belastet werdet!" Bald gingen die beiden ungleichen Männer schweigend die Gasse herunter. Bei der Stadtwache erfuhren sie, dass es sich um gedungene Diebe gehandelt hatte, die für diesen Angriff bezahlt worden waren. „Wie habt ihr das so schnell erfahren?" wollte Steffan wissen und der Kommandant zeigte nur in den Hof des Zeughauses, wo seine Männer gerade dabei waren, den von ihm verletzten, flüchtigen Mann vom Strick zu schneiden. „Wir haben ihn etwas mit dem Brandeisen gekitzelt, da hat er uns alles gestanden. Bevor wir ihn zum Galgen gebracht haben, natürlich! Er konnte uns jedoch leider keine Namen mehr nennen." Der Wachhabende schaute noch einmal in den Hof, wandte sich ab und sah ihn eindringlich an: „Ihr habt Feinde, Herr. Achtet auf Euch. Ihr könnt jetzt gehen." Der Hüne stand ebenfalls auf. Der Kommandant schlug vor: „Nehmt Siegbert in Eure Dienste, es steht ihm dafür eine Waffe zu. Dann kann er Euch fürderhin beschützen!" Vor der Tür schaute Steffan seinen Begleiter an: „Was meint Ihr?" Siegbert winkte ab: „Ich liebe mein Weib und lasse sie nicht alleine. Ihr müsst selbst auf Euch achten, Herr!" Der junge Ritter durfte in dieser Nacht bei den gutmütigen Bürgern übernachten und machte sich am frühen Morgen auf den Weg zurück zur Veste nach Legelingon, an der Wippera.

## Ein Dorp entsteht um den Turm des With

Ackerer, Knechte, Handwerker und Tagelöhner hatten sich gemeinsam dazu entschlossen, um den Turm herum Land zu nehmen und ihr neues Heim aufzuschlagen. Der bergische Graf hatte erfahrene Ackersleute aus den niederen Landen, vornehmlich aus dem Limburgischen anwerben können, die gemeinsam mit ihnen nun das brach liegende Land in Besitz nehmen und urbar machen sollte. Als erstes wurde großräumig Platz geschaffen und das gesamte Areal um die kleine Saalburg herum gerodet. Als diese mühevolle Arbeit nach fünf Monden vollbracht war, kamen alle Berechtigten zusammen, um das Land nach dem alt hergebrachten Brauch unter sich aufzuteilen. With, der Pfaff zog in fünfzig Schritten Entfernung von dem Steingemäuer und der Saalkirche einen Kreis. Das war sein Kirchenland, vom Joch des Lehens befreit. Auch der Hufschmied Adam, Vater von Steffan hatte tatkräftig mit angepackt und wollte sich nun hier niederlassen. Er hatte seinen Zweipfünder hierher mitgebracht. Man hatte ihn auserkoren, denn er konnte bestens mit dem Hammer umgehen. Er nahm den Holzstiel mit dem schweren, kantigen

Stahlblock, schwang ihn mehrfach über seinem Kopf und warf ihn anschließend in das freie Feld. Alle gingen zu der Stelle, wo das Eisen aufgeschlagen war: „Wie viele Würfe hat er?" wollte Andreas wissen und der Pfarrer, der seit nunmehr fünf Lenzen im Turm wohnte, gab willig Auskunft. „Der Abt zu Duijtz hat das Klosterlehn freigeben und uns die Aufteilung der Ländereinen überlassen. Der Schmied ist der Kräftigste und hat zehn Würfe in der Länge. Das ist dann die Strecke, die im Kreis um unsere Kirch unter uns aufgeteilt wird. Die äußere Grenze in gleiche Abstände, aufgeteilt wie eine Appeltaat. Das ergibt für einen jeden von uns das Stück Land, das ihr dann euer eigen nennen dürft. Wir bestimmen einen Schultheiß, der mit Urkunde euren Besitz beglaubigt. Ellentief werden die behauenen Steinquarder diesen Anspruch sichtbar machen. Die Beteiligten nickten zuversichtlich, denn das schien ihnen die gerechteste Art zu sein. „Was ist mit dem Bachlauf und dem kleinen See? Wir benötigen Wasser für die Felder." rief Jan, der Weber. „Das bleibt Gemeinschaftseigentum. Dann gibt es keinen Streit um das Wasser, es gehört allen."

Man ging sofort an die Arbeit. Jeder half jedem und so begann man damit, die ersten Behausungen zu bauen. Viereckig behauenen Bruchsteine unterschiedlichster Größen wurden aufeinandergesetzt, nachdem man einen Brei aus Stroh, Lehm, Kalk und Wasser zähflüssig auf die zu errichtende Mauer gepappt hatte. Die harten Brocken schmiegten sich so dicht aneinander, dass eine feste, windgeschützte Wand entstand. Eine zweite bauten sie zeitgleich parallel dazu in einem Abstand von einem Schritt Entfernung. Immer, wenn sie eine Hüfthöhe erreicht hatten, wurden Steinsplitter und Geröll mit dem weichen Brei zusammen in den entstandenen Zwischenraum geschüttet. Danach musste das Werk über Nacht austrocknen und man baute ein Holzgerüst auf beiden Seiten auf, um die weiteren Arbeiten gleicher Bauweise zu erleichtern. Als man die Höhe eines Fuhrwerkes erreicht hatte, wurden zehn Schritte lang behauene Holzbalken nebeneinander im Abstand von einer Armlänge mit einem Ende in der Mauer mit verarbeitet. Die Balken lagen mit dem anderen Ende auf einer, in gleicher Weise errichteter Steinwand ebenfalls genauso auf. So entstand ein noch luftiger Raum, der später mit Brettern belegt, das erste Stockwerk bildete. Man war sehr fleißig und schon zwei Lenze später zeigte sich den Kaufleuten und Wanderern, die sich auf dem Weg nach Neuhenburg befanden ein kleines, beschauliches Dörpchen auf der Höhe. Ein Dutzend Häuser aus lehmverstärkten Gefachen und Bruchsteinen standen ringförmig um den Steinturm in der Mitte der Ortschaft. Dahinter schloss sich die kleine Saalburg an. Nun wurde sie als Versammlungsraum, Kirche und Treffpunkt genutzt. Unmittelbar vor dem Turm befand sich der Richtplatz, der auch als winziger Marktplatz seine Dienste tat. Das Dorp war nun, wie auch seine bewaldete Umgebung, ein an die Ackerer und Handwerker abgetretenes Lehn der Abtey Freijheit Duijtz am Rhenus, gegenüber von Cöln. Trotzdem hatte sich der alte Name „Withs Lehen" weiter im Volksmund gehalten.

-.-.-.-.-.-.-.-.-.-

Minna von Poznan hatte als Verwalter einem älteren Ritter das aufwendige Amt des Schlüters übertragen und befand sich in der Obhut des hohen Ritters Zanther, dem Burgherrn von Leyginsiphen am Flusslauf der Wippera. Steffan und sie waren sich näher gekommen, sie hatte ihm Hoffnung gemacht und seine Minne erwidert. Am jenem frühen Vormittag befand sie sich mit ihrer Zofe und zwei Dienern in der weitläufigen Gartenanlage der Wasserburg. Sie pflege diese Spaziergänge, die immer um die gleiche Tageszeit erfolgten. Steffan, der sie hierher begleitet hatte, stand auf der Mauer und schaute durch sein „großes Auge" verträumt zu ihr herunter. Als sein Blick abschweifte, sah er außerhalb der Mauern, nicht weit entfernt vom abgezweigten Nebenarm der Wippera, der die Mauern dieser Veste umspülte, wie sich zwei Reiter anschickten ihre Gäule zu besteigen. Zunächst schienen sie sich für eine Tjost zu rüsten aber als sie aufrecht im Sattel saßen, erkannte er weder das Wappen noch die Kennzeichnung auf dem Umhang der schwarz gewandeten Männer. Sie ließen sich soeben ihre Lanzen geben, als er auch schon die hölzerne Leiter herunterstieg. Das große Tor war geschlossen, nur die kleine Seitentür stand offen. Er legte das Lederrohr mit den Kristallkugeln zu seinen Sachen und eilte zu Hilfe. Gut hundert Schritte trennten ihn von der ahnungslos dahin schlendernden Adeligen. Sollte er einem Spuk aufgesessen sein? Die Reiter waren verschwunden. Trotzdem rannte er über die herabgelassene Zugbrücke und erreichte die kleine Gruppe: „Es ist zu gefährlich, so weit von den schützenden Mauern zu sein! Du kannst auch innerhalb der Burg, im Kräutergarten Müßiggang üben." Minna schenkte ihm ein Lächeln: „Hast Du Angst um mich, mein edler Ritter?" Er wollte antworten, wurde aber von einem heranstürmenden Reiter herumgewirbelt. Als er wieder aufstand sah er wie die Zofen und Diener einen Kreis um die Fürstentochter gebildet hatten. Sie stand an eine Eiche gelehnt und schaute zu ihm herüber. Ein Reiter wartete in sicherem Abstand, während der andere antrabte und eine Hellebarde auf die Gruppe richtete. Dann galoppierte er los, gleichzeitig duckte sich die kleine Freifrau geschickt und sprang mit den Dienern zur Seite. Die Spitze der Langwaffe brach an der Rinde des Baumes ab und flog in hohen Bogen auf Steffan zu. Das zwang ihn zum Handeln. Er nahm den ungleichen Kampf auf, denn unzweifelhaft hatte man es auf die adelige Maid abgesehen. „Hierher, ihr Unholde. Was gebt ihr euch mit ungeschützten Weibern ab, wenn ihr Ruhm erlangen wollt, so nehmt es mit einem Ritter auf!" Der Reiter wendete verblüfft sein Streitross und schaute ihn durch die schmalen Sehschlitze an. Langsam trabte er auf ihn zu. Steffan wunderte sich, denn mit der zersplitterten Holzstange würde er ihm höchstens eine Tracht Prügel geben können. Der Reiter zog die Zügel an und galoppierte an ihm vorbei. Steffan musste handeln: „In die Burg, schnell!" rief er den Unbewaffneten zu und sah noch, wie sie über die Zugbrücke rannten und das Tor passierten, als mit donnernden Hufen nun beide Reiter auf ihn zuhielten. Sie waren zurückgekommen, hatten neue Waffen und wollten den Mann, der sich hier eingemischt hatte, zur Strecke bringen.

Diese unflätigen Burschen galoppierten genau auf ihn zu. Er ließ sein Schwert stecken und hob die abgebrochene Spitze einer Hellebarde, mit dem Holzstab noch gut zwei Ellen lang, abwehrend in beiden Händen. Mochte der Reiter auch noch so gut gepanzert sein, den Gaul würde er damit in die Knie zwingen. Er duckte sich und der wuchtige Streitkolben sauste hörbar knapp über seinen, nur mit dem Lederwams geschützten Rücken. Mit aller Wucht rammte er die scharfkantige Schneide des gezackten Eisenstiels in die ungeschützte Unterseite des Streitrosses und sogleich wurde ihm die einfache Waffe aus der Hand gerissen. Mit ängstlichen, weit aufgerissenen Augen und tiefschnaubenden Nüstern wieherte das schwer getroffene Pferd und bäumte sich ein letztes Mal auf. Dabei konnten auch die hölzernen Stützen den Eisenmann nicht mehr im Sattel halten. Mit einem donnernden Scheppern rutschte er herunter und schlug mit dem Rücken auf. Der weiche Lehmboden dämpfte zwar seinen Fall aber er war unfähig, seinen Arm zu heben. Schon donnerte der zweite, noch verbliebene Reiter heran. Er hob seine Lanze und wollte Steffan aufspießen.

Der zog sein Schwert und trennte die lange Holzstange von der gefährlichen Stahlspitze. Der Gepanzerte verlangsamte seinen Galopp, wendete und öffnete das Visier.

Erstaunt betrachtete er seinen gesplitterten Holzstumpen und warf ihn wütend von sich. Mit einer kühnen Handbewegung hatte er die zweischneidige Axt in der Rechten und nickte mit dem Kopf. Das Visier klappte herunter, dann gab er dem Gaul erneut die Sporen. Mit dem geschlossenen Helm konnte er seinen Gegner nicht genau ausmachen. Der hatte seinerseits die zwei Mannslängen messende Kampfstange seines ersten Gegners fest vor sich in den Boden gerammt und hielt die Eisenspitze in Richtung des angaloppierenden Rosses. Das Pferd schien zu ahnen, was ihm bevorstand und versuchte auszuweichen. Der Reiter, blind unter seinem Eisenschutz korrigierte mit kräftigem Sporeneinsatz den Anlauf. Steffan konnte sich gerade noch zur Seite rollen, als die tödliche Spitze ellenlang in den Brustkorb des armen Tieres eindrang. Auf das Straucheln des Pferdes nicht vorbereitet, wurde der Reiter in hohem Bogen über den Hals des abrupt eingeknickten Pferdes geworfen. Total verdreht landete er in den Büschen und war auf der Stelle tot. Steffan drehte sich zu dem ersten Mann, der immer noch mit geschlossenem Helm neben ihm lag. Er kniete sich über ihn und öffnete den eisernen Gesichtsschutz. Erschrocken fuhr er zurück, denn er erkannte einen der Ritter wieder: „Ihr? Was hat Euch dazu bewogen?" Der Sterbende röchelte und aus seinem Mund kam nur ein Schwall Blut. Er hatte wohl etwas sagen wollen, aber nur seine Augen flackerten noch ein wenig. Auch er war seinem Streitgenossen in die Hölle gefolgt. Steffan sollte erst viel später erfahren, wer diesen Mordauftrag erteilt hatte. In der Burg herrschte große Aufregung. Der Kastellan war empört über die Dreistigkeit seiner beiden Ritter, die eigenmächtig versucht hatten, der Fürstentochter das Leben zu nehmen. Immer wieder betonte er die Eigenmächtigkeit dieser Einzeltäter. Steffan war da eher voller Zweifel und grübelte über den Grund dieses Überfalls. Gisel - Minna ließ sich nicht blicken, sie war geschockt. War sie hier noch sicher? War es die Wut eines abgewiesenen Ritters, der in

Minne versucht hatte, die Kleine zum Weib zu nehmen oder steckte mehr dahinter? Steffan wurde offen gelobt und als Beschützer gefeiert. Manch ein Ritter ging ihm jedoch nun aus dem Weg. Hedras der Franke, wie auch dessen Bruder Rudger ließen ihn besonders offen ihre Abneigung spüren. Steffan fühlte sich nicht mehr so sicher wie vor ein paar Wochen.

## Im Dorp des With

Adam hatte seine neue Schmiede im Höhendorp eingerichtet und damit einen Glücksgriff getan, denn die Fuhrwerke auf dem beschwerlichen Weg nach Neuhenburg und zurück, benötigten Stahlreifen für die Wagenräder, die Reiter gute Hufeisen für die Gäule. Er schmiedete Sensen für die Ackerer, Äxte und Messer für seine Nachbarn. Er hatte eine gute Wahl getroffen. Steffan ließ sich von seinem Vater ein leichtes Schwert und einen scharfen, kleinen Dolch schmieden. Eine Armbrust durfte er ebenfalls sein eigen nennen, denn als Ritter stand ihm das Recht zu, eine solch gefährliche Waffe führen und benutzen zu dürfen. Sein Vater lebte hier mit einem Weib zusammen, Odine geheißen, die sein Haus hütete und auf sein leibliches

Wohlergehen achtete. Sie war vordem in einem Nachbardorp von den Männern verachtet und ausgewiesen worden, weil sie sich auf die Heilkunst der Kräuter verstand. Von den Weibern wurde sie gerne aufgesucht, weil sie allerlei Mittelchen für und gegen die Manneskraft kannte. Auch konnte sie den Frauen bei der Niederkunft helfen, sodass die Menschenkinder das Licht der Welt sahen, ohne allzu früh sterben zu müssen, denn diese Art aus dem Leben zu scheiden, war für Weib und Kind die häufigste Ursache. Sie war unbeirrt der Meinung, dass heißes Wasser und saubere Linnen die wirksamste Waffe gegen den frühen Kindstod und manch gebärendes Weib war. Sie wurde am Anfang schlichtweg belächelt, aber ihre aufrichtigen Bemühungen und Erfolge brachten ihr bald die Achtung, die sie verdiente. Wo Licht ist, da ist auch Schatten. Wo es Erfolge gibt, da sind auch schnell die Neider. Bald musste sie sich wegen ihrer unbekannten Methoden und der Ratschläge, die sie den Weibern geben konnte, an höherer Stelle verantworten. Adam, der Schmied wurde mit seiner Dirn, so wurde sie mittlerweile öffentlich verachtend von den Männern im Dorp genannt, bald vor den Schultheiß geladen. Adam sollte sie aus seinen Diensten entlassen, da sie als Hexe und

Engelmacherin verleumdet worden war. Es war seltsam, denn die gleichen Männer, die sie auf offener Straße beschimpften, schickten heimlich des Nachts ihre Weiber zur Schmiede, damit ihnen bei Kinderlosigkeit oder kleineren Krankheiten geholfen werden konnte. Die Ältesten saßen gespannt zusammen und sollten über die junge Maid richten. Der Schmied hatte jedoch eine glänzende Idee. Er verbürgte sich wider Erwarten für sie und versprach, sie für einige Zeit im Kloster als Gehilfin eines erfahrenen Medicus ausbilden zu lassen. „So habt ihr die Gewissheit, dass sie keine Hex sein kann, denn ein Mönch wird keinen Diabolo in der Nächsten Hilf ausbilden. Seid ihr damit einverstanden?" So hatte man das nicht gedacht, aber Adam setzte sich durch und so waren sie alle erleichtert, denn allzu schnell hätte die bedrängte Maid auch den Spieß umdrehen und die erfolgten Hilfen an sie ansprechen können. Man verhalf dem Weib so zu einer ehrenhaften Tätigkeit, die sie nach Ablauf der versprochenen Monde im Kloster zu aller Zufriedenheit dann wieder im Haus des Schmiedes ausführen konnte. Als sie wieder im Dorp wohnte, nahm Adam seine Odine noch im gleichen Jahr zu seinem angetrauten Weib.

„Die edle Maid sollte zu ihren Eltern begleitet werden, findet Ihr nicht?" Der schwarze Ritter hatte sich zu Wort gemeldet. Steffan, der Schmiedesohn, war gerade dabei sein Schwert einzufetten. Er saß bei offener Tür in einem Nebenraum, abgetrennt durch einen schweren Teppich. Das konnte nur wieder eine Gehässigkeit des Franken sein, der ihn hinter seinem Rücken „Emporkömmling" oder „Ritter Pöbel" nannte. Der Burgherr, in Gedanken versunken, murmelte eher unbeteiligt: „Und? Was schlagt Ihr vor, Franke? Wollt Ihr der Fürstin selber die Ehre erweisen?" Der Ritter trat hervor: „Herr, Ihr wisst doch, dass ich an Euren Hof gebunden bin! Euer Leben und Wohlergehen liegt mir am Herzen und Ihr selbst habt mich zu Eurem persönlichen Schutz abgestellt." Der Graf nickte: „Ja, schon gut. Wen also sollte ich zur Begleitung benennen? Habt Ihr schon eine Auswahl getroffen?" Jetzt war der ganz in schwarz Gewandete am Ziel: „Schickt Roman von Neuentahl! Er soll sich beweisen. Kommt die Maid, wider Erwarten, unbeschadet bei ihrer Mutter auf Gut Poznan an, so wird man wissen, dass er es nicht war, der hier einen Anschlag auf sie versucht hatte. Eben das müssen wir verhindern." Der Graf nickte anerkennend: „Gut durchdacht, so machen wir es. Ritter Hedras, Ihr seid ein Fuchs. Veranlasst, dass er sich noch heute mit wenig Begleitung auf den Weg macht, und"… er zögerte und senkte seine Stimme: „Sorgt dafür, dass der widerspenstigen Maid in seiner Obhut und in unseren Landen etwas widerfährt! Verstehen wir uns?" Die Beiden wähnten sich alleine und Steffan zog sich vorsichtig zurück und verschloss die Tür, die hinter dem schweren Teppich verborgen lag. Schnell begab er sich in den Rittersaal und setzte sich an die offene Feuerstelle. Er legte gerade ein paar Holzscheite nach, als der Franke erwartungsgemäß hinter ihm stand: „Ritter Roman, ich soll Euch die ehrenvolle Aufgabe übertragen, noch heute der Fürstin sicheres Geleit zu ihrer Heimatburg in Poznan zu geben. Ihr haftet für ihr Leben, denn es wäre nicht auszudenken, wenn ihr etwas zustoßen würde. Ihr wisst selbst, dass man ihr hier nach dem Leben trachtet. Nun geht und rüstet Euch!" Er gehorchte gerne, denn Hedras gedachte ihn und die Maid in eine Falle zu locken. Mit dem Wissen hätte er seine Minne niemals alleine oder mit einem anderen reisen lassen und besser hätte er sein Liebchen nicht beschützen können. Im Stillen hatte er sich schon einen Plan zurecht gelegt. Den Kopf gesenkt schlug er seine rechte Faust gegen die

Brust: „Weiß die Fürstin, dass sie uns noch heute verlässt?" Der Franke bejahte: „Sie ist reisefertig und wartet mit der Zofe und ihren zwei Dienern in der Kemenate, nur könnt Ihr leider nicht auf zusätzlichen Schutz hoffen, denn nur zwei Ritter und Knappen können Euch begleiten." Steffen nickte, ging zur Tür und sah unbewegt in das Gesicht des Franken. Er war froh, dass er von dem hinterlistigen Plan wusste. Nachdem er sein Ross gesattelt und das Maultier bepackt hatte, ging er zu der Fürstentochter, die auf ihrer Truhe im Kaminzimmer wartete. Die Zofe ließ Steffan eintreten. „Man hat Dir schon gesagt, dass wir noch heute abzureisen haben?" Minna nickte: „Etwas ungewöhnlich um diese Tageszeit, meinst Du nicht?" Er ging ganz nah zu ihr: „Ich weiß, dass man uns hier herauslocken will, um Dir zu schaden. Keine Sorge, ich bin ausdrücklich für Dein Wohlergehen verantwortlich. Du kannst mit einem Dolch umgehen?" Die Zofe schaute verängstigt und die kleine Adelige bejahte. „Hoffentlich kannst Du auch zustechen, wenn es sein muss. Es ist leichter einen Hirsch auszuweiden, der tödlich verletzt vor Dir liegt. Du wirst Deinem Gegner in die Augen sehen müssen, wenn Du seine Reaktionen erkennen willst. Denk immer daran: Er oder Du! Man hat schon einmal versucht, Dir nach dem Leben zu trachten und diese Tat will man mir anlasten. Also zeige kein Erbarmen und wehre Dich." Sie hatte verstanden und nahm die beiden dargebotenen Waffen. Augenblicklich gab sie auch ihrer Zofe einen dieser gefährlichen, dünn geschliffenen venezianischen Dolche. Beide Weiber versteckten noch in seinem Beisein die Stichwaffen im Mieder unter ihrer weiten Kleider. „Wartet noch eine Weile, ich lasse euch gleich holen." Er ging gemächlich über den Hof, wohlwissend, dass seine Schritte von oben aus dem Rittersaal beobachtet wurden. Im Schutz des nicht einzusehenden Vordaches huschte er schnell in die Schmiede: „Hektor, ich bin in Eile. Sind meine Freunde bereit?" Der bärtige Hüne nickte: „Ich hab es schon vernommen. Ihr sollt die Fürstin begleiten. Aber da stimmt doch etwas nicht. Wieso ohne Eskorte?" „Das ist eine Falle. Ich habe einer Unterredung gelauscht. Man will damit beweisen, dass der missglückte Anschlag auf die Fürstentochter letzte Woche mein Werk gewesen ist. Es ist der Plan des Hedras. Der Franke steckt dahinter, mit dem Wissen des Kastellan!" Der Schmied klopfte ihm auf die Schulter: „Passt auf Euch auf, Paul und Gustav werden Euch begleiten." „Danke, Hektor, sie sollen mit ihren Waffen in den Stall gehen.

Mein Knappe wird sie im Kastenwagen verstecken. Hier soll niemand wissen, dass ich zusätzliche Helfer habe." Vorsichtig schaute er in den Hof und ging zum Stall. Die Verabschiedung war kurz. Die Fürstin saß mit der Zofe in der, mit dichten Tüchern verhangenen Kutsche, die von den beiden Dienern gelenkt wurde. Sein Knappe führte die Zügel des geschlossenen Kastenwagens, der die Kleider transportierte, dann folgten zwei Knappen und Steffan ritt hintendrein. Zwei Ritter führten den kleinen Tross an. Als sie aus dem Tor waren, wandte sich sein Knappe an ihn: „Herr, im Stall standen fünf gesattelte Pferde im hinteren Teil der Scheune, mir schwant nichts Gutes!" Steffan nickte. Es bestätigte nur, dass man keine unnütze Zeit wollte verstreichen lassen. Er gab seinem Pferd die Sporen und ritt zu den beiden Rittern an der Spitze. „Hinter dem Wäldchen biegen wir scharf rechts ab und warten!" Die Beiden schauten sich verdutzt an: „Herr, was habt Ihr vor? Wir müssen zügig weiter, sonst schaffen wir unseren Tagesritt bis zur Burg Grafen Werth am Rhenus heute nicht mehr." Steffan lächelte: „Ich kenne die Wegstrecke, keine Sorge." Als der Tross, wie angekündigt hinter dem Busch zum Halten gekommen war, stiegen die beiden Schmiede aus dem Wagen.

Die Stelle war sorgsam gewählt, denn die Reiter waren hier von den Zinnen der Veste aus nicht mehr zu sehen. Sofort ging er zu der Fürstin: „Minna, es ist soweit! Du und Deine Zofe steigt jetzt um in den Kastenwagen. Meine beiden Freunde werden eure Plätze einnehmen. Es kann nicht mehr lange dauern, dann werden diese Hallunken einen Angriff starten." Die Frauen waren mit diesem verabredeten Tausch der Plätze sofort einverstanden und folgen unverzüglich der Aufforderung. Die kleine Schar setzte ihren vertrauten Weg fort. Steffan bückte sich im Sattel zum Kutschenfenster herab und sprach zu den Schmieden: „Seid auf alles gefasst. Nehmt eure Waffen und lasst euch bloß nicht überraschen." Einer der Diener war hier in der Gegend kundig. „Was meinst Du, wo werden die hinterhältigen Burschen einen Angriff wagen?" Der Jüngling rieb sein Kinn: „Auf freiem Feld wäre es unmöglich. Ich nehme eher an, dass sie in gebührendem Abstand folgen oder womöglich eine große Schleife reiten um uns am Hohlweg aufzulauern." Sie kamen schnell voran und bald lag die besagte Stelle unmittelbar vor ihnen. Der Weg führte direkt durch ein ausgeprägtes Waldstück. Der Hohlweg lag im Dunklen, denn das dichte Buschwerk ließ nur spärlich die schwachen

Sonnenstrahlen auf den ausgedörrten Boden kommen. Während sie die beiden Gespanne zügelten, trotteten die zwei Reiter langsam dem Wald entgegen. Die Wagen hatten in fünfzig Schritt Entfernung auf dem freien Feld gewartet und nun bekam Steffan die Bestätigung für ihre Vermutung, denn die Gäule kamen aufgescheucht zurück. „Da stimmt etwas nicht, die Tiere scheuen, sie wollen nicht weiter!" Die Ritter hatten noch nicht ausgesprochen, da kamen auch schon die fünf maskierten Reiter aus dem Dickicht und schwangen Morgenstern und Streitaxt. Steffan hatte den Angriff erwartet und stellte sich mit seinen Begleitern dem scheinbar ungleichen Kampf. Drei Angreifer wollten die Männer in Zweikämpfe verwickeln, während die beiden anderen sich an der Kutschte zu schaffen machten. Um Paul und Gustav brauchte er sich nicht zu sorgen, denn das würde eine böse Überraschung für die Schelme werden, wenn sie die Türen öffneten. Der Kastenwagen blieb unbeachtet, so wie gedacht. Er sprang von seinem Pferd, zog sein Schwert und stellte sich den herandonnernden Reitern in den Weg. Es war unehrenhaft, das Ross eines angreifenden Ritters zu attackieren. Steffan war sich dessen bewusst. Aber es war auch unschicklich, maskiert anzugreifen. Er ließ seine ritterlichen

Gefühle beiseite und schlitzte mit einer geschickten Drehung dem ersten Gaul den Hals auf. Gerade noch rechtzeitig konnte er zur Seite springen, denn unvermittelt und abrupt bäumte sich das verletzte Tier auf, warf seinen Reiter in den Dreck und versperrte gleichzeitig den anderen Anstürmenden den Weg. Das scharfe Surren der Armbrüste, die seine Schmiedefreunde mitgenommen hatten, ließen gleichzeitig die zwei weiteren Reiter zu Boden stürzen, die sich der Kutsche näherten. Der Plan der Angreifer war gescheitert. Seine begleitenden Ritter hatten einen weiteren Mann vom Pferd gerissen, von dem letzten, verbliebenen Maskierten fehlte zunächst jede Spur. Nur sein Pferd irrte wiehernd umher. Steffan ahnte nichts Gutes. Er rannte zu dem Kastenwagen, begleitet von Paul, dem Schmied. Die Türen waren offen und ein Weibsbild hing, halb aus dem Wagen hängend, kopfüber heraus. Die Kleider verdeckten ihr Gesicht. Sie hoben vorsichtig den leblosen Körper an, es war die Zofe, die nur ohnmächtig geworden war. Steffan nickte seinem Freund zu, der sich um die Maid kümmern sollte. Doch wo war Minna? Er rannte um den Wagen herum und hörte ein Stöhnen und Schreien. Es kam aus dem angrenzenden Wald. „Schnell, hierher! Er will mit ihr flüchten." Steffan lief, so schnell er konnte hinterher und musste sein Vorhaben stoppen, denn langsam kam ihm der Maskierte wieder entgegen, die Kleine vor her schiebend. Mit der rechten Hand hielt er ihr einen Dolch an den Hals, der schon leicht blutete. Mit der linken hielt er die beiden Arme fest auf ihrem Rücken. „Fahrt weiter, oder sie ist des Todes. Ihr habt versagt, Ritter Roman von wo auch immer!" Er lachte wirr auf und schob die stolpernde kleine Maid siegessicher vor sich her. „Die Kutsche werde ich nehmen. Ich benötige keine Begleitung, wenn Ihr mich verstanden habt!" Damit rüttelte er an der kleinen wehrlosen Puppe und ergötzte sich an der Untätigkeit, zu der die Männer jetzt verurteilt waren. Es galt, das Leben der Fürstentochter zu schützen. „Legt augenblicklich eure Waffen nieder! Wird's bald?" Der junge Ritter nickte seinen Männern zu und sie mussten Folge leisten. Jetzt zog der Franke sein Tuch vom Gesicht." Man wird von Euch tief enttäuscht sein, wenn die Kleine mit durchschnittenem Hals neben Euch und Euren Männern hier gefunden wird!" Der Franke war sehr sicher, dass er gesiegt hatte. Warteten in dem Wäldchen weitere Verräter? Kam bald die Verstärkung? Steffan durfte nicht zulassen, dass dieser Widersacher mit seiner Lüge durchkommen konnte. Er ging langsam, mit erhobenen Händen auf die Beiden zu. „Bleibt stehen, seid Ihr immer noch nicht überzeugt, dass Ihr verloren habt?" Die Männer vernahmen ein dumpfes Grollen. Es musste von Reitern stammen. Hedras konnte sein Lächeln nicht verkneifen, denn sein Plan schien aufzugehen. Steffan ging nun schneller auf seinen Gegner zu und suchte den Blickkontakt zu seiner Freundin. „Warum trachtet Ihr nach dem Leben der Maid? Ein stattliches Lösegeld könnt Ihr wohl nicht wollen." Das Donnern der Hufe wurde immer lauter. Es konnte nicht mehr lange dauern und sie waren dem Tode geweiht. „Ihr könnt Euer Wissen doch nicht mehr verwerten. Also gut, ich vertraue Euch etwas an. Wenn der Adeligen etwas zustößt, so wird das Fürstentum angreifen und unterliegen, versteht Ihr? Dann gehört uns der Besitz der Fürstin." Steffan sah Paul, der mit der Armbrust auf die Beiden angelegt hatte. Er musste nur noch ein Zeichen geben. Warten konnte er nicht mehr, denn die Staubwolke war auf dem freien Feld schon zu sehen. Der Franke drehte sich um und lockerte ein wenig den Griff. Minna riss sich in diesem Augenblick los und rannte auf Steffan zu. Gleichzeitig zuckte Hedras ein letztes Mal und fiel vornüber in den Dreck.

Der kurze Bolzen, der in seinem Rücken steckte, hatte verhindert, dass er sich noch schützend auffangen konnte. Er schlug hart mit seinem Körper auf den steinigen Grund. Die Männer rannten zu den Pferden und zogen die beiden Wagen schnell in den schützenden Wald. Der Hohlweg verhinderte, dass sie mit den Wagen seitlich vom Weg in das Gebüsch flüchten konnten, denn für die Pferde war der Wall zu steil. So sprangen sie auf die Böschung und kletterten hinauf. Die Zofe war wieder bei Bewusstsein und wurde von den Schmieden ebenfalls mit hinauf gezogen. Alle legten sich flach hin. Die beiden Armbrüste waren gespannt und die nächsten Bolzen warteten auf ihr Ziel. Die eingespannten Zugpferde trippelten nervös auf der Stelle. Sie konnten gegen die angezogenen Bremsen nicht an. Sie blieben, tief auf den Boden geduckt und das einzige, was sie hörten war das Wiehern ihrer Pferde. Die Reiter kamen nicht in den Wald. Sie hörten nur deutlich, wie einer der Männer rief: „Was jetzt? Wie soll ich das erklären? Wo ist diese verfluchte Jungfer? Der Plan meines Bruders war vorzüglich. Wir müssen diesen Schmiedesohn für vogelfrei erklären. Wir wollen sehen, ob er dann noch an irgendeinem Hofe geduldet wird. Er hat lange genug unsere Pläne durchkreuzt!" Es dauerte eine Ewigkeit, bis endlich absolute Ruhe einkehrte. Dann, nach weiterem Warten entfernten sich trabende Hufe und wurden immer leiser, bis wieder Stille eingekehrt war. Steffan gab Gustav ein Zeichen und der rutschte den Hang herunter und ging vorsichtig den Weg zurück. Bald darauf kam er wieder und rief: „Sie haben die Toten und Verletzten mitgenommen. Sie sind alle fort!" Erleichtert schaute er nun seine Begleiterin an. Sie presste ihre linke Hand auf den Hals, lächelte dabei aber tapfer. Der Junker nahm ihre Hand und schaute sich den Schnitt an, den der Franke noch hatte machen können. Er war zwar nicht lebensgefährlich aber Steffan wusste, dass die Wunde sich noch entzünden konnte, wenn sie nicht sofort behandelt wurde. Eile war angebracht, denn es begann zu dunkeln. Zur Burg zurück konnten sie nun nicht mehr, denn es schien einen Machtkampf zu geben in deren Mittelpunkt sie nun gerückt waren. Zanther und sein Gehilfe Rudger, der Bruder des getöteten Franken würden vor Wut kochen. Zur nächsten Ortschaft würden sie es ohne Fackeln auch nicht mehr schaffen. „Das Kloster!" rief die Zofe. „Im Kloster wird es auch einen Medicus für die Herrin geben. Wir müssen dorthin!" Steffan und die anderen gingen zurück zu den Wagen und suchten nach geeigneten Ästen, die sie mit Stoffresten umwickelten. Sie nahmen einen Eimer mit Öl und tränkten die zusammengebundenen Lumpen damit.

Dann entfachten sie die Leuchten, was fast dazu geführt hätte, dass die Pferde aufgeschreckt durchgegangen wären. Die Zofe kannte den Weg und ging mit den beiden Rittern, die den Weg beleuchteten voran. Ihre Gäule hatten sie an den hinteren Kastenwagen angebunden. Steffan saß mit der Fürstentochter in der Kutsche und hatte ihr einen Streifen Stoff aus den frischen Unterröcken in der mitgeführten Truhe einen Halsverband angelegt. Sie war auf seinem Schoß erschöpft eingeschlafen, während der kleine Treck durch die finstere Nacht schaukelte. Es mochte drei Stunden gedauert haben, da wurden Stimmen laut und Steffan legte das Mädchen vorsichtig auf die Bank. Er war wohl zwischendurch auch kurz eingenickt. Als er die Tücher vor den Fenstern der Kutsche zurückschlug, sah er die vielen Fackeln, die seitlich den Weg säumten. Sie waren schon innerhalb der hohen Klostermauern und damit vorerst in Sicherheit. Während sie von den Mönchen des Klosters versorgt wurden, war die Fürstentochter mit ihrer Zofe bei den Nonnen. Der Medicus kümmerte sich um ihre Verletzungen. „Welch teuflisches Spiel wird da mit der Adelstochter getrieben?" Paul, der Schmied brach als erster das Schweigen und zog sich sofort den Unmut der Mönche zu. Sie schauten ihn nur kurz streng an und legten ihre Zeigefinger auf die Lippen. „Silentium!" Die Männer schwiegen und setzten sich neben die betenden Mönche an die spärlich gedeckte Tafel. Nach dem gemeinsamen Essen standen sie auf und gingen nach draußen unter die Gewölbegänge, die sich im Innenhof rund um den Kräutergarten befanden. Hier waren sie ungestört und konnten sich beraten. Steffan griff die berechtigte Frage des Schmiedes auf: „Ich sehe da auch weiterhin eine Gefahr. Wir können diese Fürstentochter unmöglich alleine bis ans Ufer des baltischen Meeres bringen! Dazu brauchte es ein ganzes Heer von Rittern. Wir kennen auch nicht alle Gegner. Hedras war einer seiner Diener, aber nur einer! Sein Bruder Rudger würde jedenfalls keine Ruhe geben um den meuchlerischen Plan Zanthers umzusetzen. Der erste Ritter des Grafen von Berg will sich offensichtlich und ohne Wissen seines Landesvaters die Ländereinen der Fürstin aneignen. Was würde danach folgen? Würde er dann so stark sein, dass er sogar dem Grafen gefährlich werden konnte? Er hatte vor

Monden, wie Minna dem Junker anvertraut hatte, vergebens um ihre Hand angehalten. Nun wollte der machtgierige Ritter mit aller Gewalt und ohne Rücksicht sein Vorhaben durchsetzen. Was würde der bergische Landesvater wohl zu diesen Plänen sagen? Würde Steffan überhaupt von dem Grafen angehört? Er musste alsbald mit dem obersten Kastellan, Graf von Berg reden, ihn von den hinterlistigen, düsteren Plänen seines ersten Vasallen in Kenntnis setzen. Zunächst musste die Fürstin aber in Sicherheit gebracht werden. Die Herren von Leyginsiphen würden es nicht wagen, einen offenen Feldzug ins Baltikum zu unternehmen. Hier im Lande mussten sie erfolgreich gegen die Fürstentochter vorgehen. Deshalb musste Minna so schnell wie es ihre Gesundheit erforderte, zu ihrem eigenen Schutz auf ihre heimatliche Veste.

„Ist es so schwer eine junge Dirn in den Höllenschlund zu schicken?" Der erste Ritter schaute auf der Burg des Zanther in die Runde. Seine Männer wichen verlegen seinem starren Blick aus. „Sie hatte bisher viel Glück!" meinte Gernot, ein tapferer Recke und ergänzte: „Ist es denn so ehrenvoll für Euch, eine junge Maid zu töten, nur um ihre Ländereien einem Erbstreit zu unterwerfen?

242

Was machen wir mit dem neuen Schlüter, ihrem Ritter? An ihrer statt verwaltet er nun das Schloss, dass Ihr geneigt seid, in Euren Besitz zu bekommen. Auch die riesige Veste und die ausgiebigen Ländereien im Osten, die der Fürst seiner Tochter vermachte, gehört zum Besitz. Der bergische Graf darf von Euren Absichten keine Kenntnis erlangen, denn es besteht eine Blutsverwandtschaft unseres Herrn zu dem Fürstenkind." Zanther bekam sehr schmale Augen: „Ihr habt mir Treue geschworen, vergessen?" Die Ritter sahen sich an. Was war in den Burgherrn gefahren. War er blind vor Habgier? Hassan, ein böhmischer Ritter, traute sich dem Wütenden zu widersprechen: „Seid Ihr trunken? Treue geschworen haben wir dem Grafen von Berg! Ihr seid sein Verwalter und lehnpflichtiger Vasall, genau wie wir." Er schaute in die Runde, während sich der Kastellan erhob und auf den Böhmen zukam. „Ich habe da so einen Unterton vernommen, den ich nicht gutheißen kann. Steht auf, Hassan!" Der ahnungslose Ritter folgte der Aufforderung und drehte sich zu dem Burgherrn, der nun vor ihm stand und ihn eindringlich ansah. Plötzlich riss der Böhme erstaunt die Augen auf und hielt sich verkrampft am Holzsessel fest. Zanther drehte sich verächtlich um und schaute in die erstaunten Gesichter seiner Männer. Ein dumpfer Schlag und Hassan lag auf dem Steinboden. Eine dunkelrote Flüssigkeit breitete sich unter ihm aus. Zanther steckte seinen Dolch wieder in den weiten Ärmel seines Gewandes: „Noch einer, der seine Meinung kundtuen will?" Die Ritter schwiegen. Sie wussten nun, wie ernst der Burgherr dies Unterfangen ansah. Schweigen war angebracht. Angst und Misstrauen krochen durch die Gemäuer, denn nun vertraute niemand mehr auf edles Tun und Gehorsam. Das Urteil über die adelige Maid war gesprochen. Eine Frage der Zeit, wann und wer es vollstrecken würde. Zanther setzte sich auf die Stirnseite der langen Tafel. „Ein wichtiger Punkt noch, der mich dazu zwingt, einen Bann auszusprechen!" Angst erfüllte den Rittersaal, denn nun wussten alle, dass der Burgherr zu allem entschlossen war. „Es geht um diesen Neuankömmling, diesen Chatten, der unter den schützenden Rock unseres Grafen zu kriechen weiß!" Er reinigte seinen Dolch am Linnen, das auf der Tafel lag. „Wie ist sein Name? Steffan, der Sohn vom Adam? Oder sollen wir ihn auch „Roman von Neuenthal" nennen? Ein Name, der diesem Bastard nicht zusteht! Johan, ein Ritter an der Tafel der Berger hat diesem Mann zur

244

Schwertleite verholfen. Und dieser Nichtsnutz hat es nun gewagt, meine Männer, die ich zum Geleitschutz abkommandiert hatte, zu meucheln! So werden wir das darstellen. Nehmt also zur Kenntnis, dass dieser „Ritter Roman" ab dem heutigen Tage vogelfrei ist, da er sich den ritterlichen Tugenden in verwerflicher Art entzogen hat und ein gemeines Verbrechen an rechtschaffenden echten Ritter verübt hat. Herold, schreibe er eine Depesche und verkünde er sie in den angrenzenden Burgen. Auch unserm bergischen Grafen sollst Du dies kundtun, damit er weiß, welch gemeiner Meuchler dieser „Roman" ist. Und sein Ritter Johan vom Berg hat ihm zu dem ehrenhaften Stand verholfen. Er ist dessen nicht wert." Er stand auf: „Schickt Rudger zu mir!" dann verließ er die Halle, während er sich noch einmal umdrehte: „Und schafft mir diesen ekelhaften Kadaver aus den Augen, bevor der Saal nach ihm stinkt!" damit deutete er flüchtig auf den ermordeten Böhmen, der verkrümmt vor der Tafel verblutet war.

Steffan wusste auf seinem Weg nun von der Intrige, die gegen ihn gesponnen ward. Rechtfertigen konnte er sich nicht, denn man würde ihm kein Gehör schenken und er wusste, dass er mit abgeschnittener Zunge zudem vor keinem irdischen Richter mehr etwas Entlastendes hätte vorbringen könnte. Er musste sich damit abfinden, dass er sehr starke Feinde gegen sich aufgebracht hatte. Mit seinen Getreuen war er sich einig, dass sie zuerst die Fürstentochter in ihre Heimatburg begleiten mussten. Sie waren in Kutten gewandet und hatten die Kutsche im Kloster gelassen. Nur der Kastenwagen war gefüllt mit den Rüstungen und schweren Waffen der Männer.

Nach zwei weiteren Übernachtungen kamen sie tatsächlich unbehelligt ans baltische Meer und setzten noch zur gleichen Stunde mit einem Kutter über. Die Fürstin trug nur noch einen weißen Schal, der ihre heilende Wunde verdeckte. Eine ganze Woche hatten sich die Mönche um ihre Genesung bemüht. Mit Erfolg hatte der Medicus eine Entzündung zu verhindern gewusst und mit Umschlägen aus einer Tinktur von Kräutern und saurer Milch ein Abheilen beschleunigen können.

Steffan war trotzdem misstrauisch, denn er hatte kein Vertrauen zu der Verschwiegenheit der Mönche. Manch frommer Mann war schon durch die Versuchung von klingendem Metall zum Verräter geworden und bald, so fürchtete er, würde der erste Ritter des Grafen davon erfahren. Nach fünf Stunden legte das Schiff an und noch bevor die Sonnenscheibe hinter den Bergen verschwunden war, standen sie in der schützenden Veste der Fürstentochter. Sie erholten sich zwei Nächte auf der Burg und am dritten Tag ließ Steffan sein verräterisches Schild mit dem abgebildeten Amboss, als des Schmiedes Sohn bei seiner Liebsten. Er musste Minna versprechen, auf der Rückreise vorsichtig zu sein. Wenn alles wieder in geregelten Bahnen liefe, so versprach er ihr, würde er wiederkommen und sie abholen. Beim Abschied küssten sie sich und zwei seiner getreuen Begleiter verblieben freiwillig in dem fürstlichen Anwesen, denn auch sie hatten ihre Minne gefunden. Ausgestattet mit neuer Rüstung und einem einfachen, schwarzen Schild machte er sich auf den gefährlichen Rückweg. Zuerst hatte er vor, zu seinem Vater in Withs Dorp zu reiten. Der würde ihm den rechten Rat geben. Als er wieder den Boden der bergischen Grafschaft betrat, wurde er jedoch Zeuge der neuerlichen Willkür, mit der sich der erste Ritter und Burgherr zu Leyginsiphen auch dem verordneten Recht seines eigenen Lehnsherrn, dem Grafen von Berg an der Wippera widersetzte. Es würde schwer werden, diese Adelsbrut vor einen Richter zu schleppen. Als eine Schar von Rittern aus der Burg des

Zanther die Marktstände der Ackerer in Legelingon grundlos verwüsteten, gab es für Steffan, der absichtlich alleine gereist war, kein Halten mehr. Er konnte diese Ungerechtigkeit nicht länger mit ansehen und vergaß völlig, in welcher Gefahr er sich befand. Er sprang den Marktbesuchern zu Hilfe und stellte sich den Rittern in den Weg: „Ihr seid nicht besser als die Beutelschneider und Strauchdiebe, die den Kaufleuten auf ihren Wegen das Hab und Gut nehmen. Was macht ihr denn mit den Landarbeitern, die euch Brot und Getreide liefern? Nur weil euch das Wappen des Adels ziert meint ihr, euch erdreisten zu können sie zu demütigen? Ihr vergewaltigt ihre Töchter und nennt es das Recht des Adels auf die erste Nacht? Jus primae noctis. Ihr seht, auch ich beherrsche euer Latinum."

Der Anführer hatte mehrfach versucht, seinen Redefluss zu stoppen. Jetzt waren es die Ritter, die dem ehrgeizigen Redner mit Hieben und Faustschlägen sein Schandmaul zu stopfen wusste. Steffan war bezwungen. Aber es war zu spät. Unruhe war gesät.

Der Pöbel rebellierte, er hatte aufmerksam zugehört und wollte nicht mehr zurückweichen. Ein Raunen hielt die Runde unter den Geknechteten. „Recht hat der

Fremdling! Wie lange sollen wir noch zuschauen, wie wir gleich dem Vieh bis zur Erschöpfung arbeiten und doch den verdienten Lohn abzugeben haben. Selbst der Pfaff ist auf Seiten der Obrigkeit. Ein Jeder soll wissen, wohin er geboren wurde und sich fügen, so predigen sie von der Kanzel. Keuschheit oder Eheweib wird uns gelehrt, während sie selbst in Schande leben. Schämen solltet ihr euch!" Jetzt hob ein Ritter seine Hand und gab das Zeichen zum Angriff. Ein Hagel von Pfeilen erstickte jedes weitere Wort und bald lagen die aufsässigen Bauern im Dreck und tränkten das Land mit ihrem Blut. Steffan wurde in Ketten gelegt und in die Veste des Zanther verbracht. Als er wieder zu sich kam, fand er sich sitzend an eine raue Steinwand gelehnt. Er hatte taube Arme, denn die waren über seinem Kopf an einen Eisenring gefesselt und somit blutleer. Er erkannte seine Lage und stellte sich aufrecht, so gut es ging. Damit senkte er seine Hände vor die Brust und betrachtete verwundert die schweren Ringe um die Gelenke, die man mit dicken Stiften an einer Kette grob zusammengenietet hatte. Die Haut war verkrustet. Er war sicher schon einige Zeit hier eingesperrt. Seine Beine konnte er frei bewegen. Auf dem lehmigen Boden huschten ein paar Ratten an ihm vorbei und krochen in ein kleines Loch neben ihm. Es stank nach Urin und Erbrochenem. In einer Ecke lag ein weiterer Gefangener, der jedoch keine Ketten trug. „Hey, Du da. Wo sind wir hier?" Der Körper, der gut zwei Mannslängen vor ihm auf dem Boden lag, rührte sich nicht.

Er ging einen Schritt von der Wand weg, mehr ließ seine Fesselung nicht zu. Vorsichtig lugte er um den Felsvorsprung und sah grobe Stufen, die man aus dem Felsgestein gehauen hatte. Sie führten oben zu einem Gitter. Der dahinter schemenhaft zu erkennende Gang lag in völliger Dunkelheit. Er zählte zwölf Stufen, so mochte das Loch, in dem sich die beiden Gefangenen befanden im untersten Gewölbe einer Befestigung sein. Der unebene Boden war bedeckt mit einem ekelhaften ausdünstenden Gemisch aus altem Stroh und Lumpen, abgenagten Knochen und einer Flüssigkeit, die ihn an die Gassenrinnen der Dörper erinnerte. Ein paar eiserne Ringe und Halterungen mit Ketten waren an den kahlen Wänden eingelassen. In Drahtkörben sah er verkohlte Reste von ausgebrannten Fackeln. Das spärliche Licht in dem fensterlosen Verließ wurde durch einen lodernden Holzknüppel erzeugt, der achtlos auf der obersten Stufe lag. Er konnte sich nicht ausmalen, wie stockdunkel es bald sein würde, denn allzu hell waren die Flammen nicht mehr. Er hatte zu viel riskiert und sich um Kopf und Kragen geredet. Nie hätte er gedacht, dass es diese Männer gewagt hätten, einen Ritter in den Kerker zu verschleppen. Dumpfe Schritte näherten sich und ein heller Schein leuchtete in den Raum. Klirrend wurde das Eisengitter geöffnet und quietschend schwang es zur Seite, bis es hart gegen die Felswand schlug und leicht zurückwippte. Ein untersetzter, schmieriger Mann mit nacktem Oberkörper und einer Lederschürze stampfte schwerfällig die Stufen herab: „Ah, ich sehe Ihr seid wach? Ich soll Euch in die Kammer nebenan bringen." Steffan schien etwas zu grimmig dreinzuschauen, denn der Mann grinste ihn siegesgewiss an und entblößte dabei die schwarzen Stumpen, die seinen innersten Mundraum zierten: „Tretet zurück und müht Euch nicht, Gegenwehr zu leisten. Er schlug einen ellenlangen dicken Stab in seine Handfläche: „Wie ich Euch da oben abliefere, das hat man mir überlassen." Steffan musste sich fügen. Einerseits spürte er seine Arme immer noch nicht und zum anderen kam er, unbewaffnet und gefesselt wie er war, gegen diesen Grobian nicht an. Trotzdem ergötzte der sich daran ihn mehr die Stufen herauf zu ziehen, als dass er seine Beine hätte bewegen

können. „Was ist mit dem Mann da unten?"
wollte er noch wissen und bekam ein
schallendes Gelächter zur Antwort. Dann
flüsterte der Grobian: „Der ist schon seit Tagen
hin, aber die Ratten werden ihr Werk bald
vollendet haben." Das Eisengitter fiel hinter
ihnen zu und die Fackel des, nach Schweiß
stinkenden Knechtes erhellte den dunklen
Gang. Mehrfach strauchelte Steffan, denn er
konnte die Steine und Unebenheiten hinter
dem Hünen nicht erkennen. Dann wurde es
plötzlich heller und der Mann stellte sein
brennendes Licht in einen Feuerkorb. Dann
stieß er den Gefesselten in den gitterlosen
Raum. Steffan versuchte vergebens, sich auf
den Beinen zu halten und stürzte zu Boden.
Als er sich mühsam aufrichtete, sah er in die
Gesichter von fünf edel gewandeten Männern.
Sie saßen auf Schemeln und hielten sich
Tücher vor Nase und Mund. „Riecht Ihr immer
so streng, Ritter vom neuen Thal?" Gelächter
hallte durch den Raum. Steffan drehte sich um
und sah entsetzt, dass er sich in der
Folterkammer einer Veste befand. Ähnlich
einer hölzernen Liege stand zuvorderst die
Streckbank. Mit den zwei ellengroßen
Sprossenrädern am Fußende ausgestattet,
konnte sich jeder Delinquent vorstellen, was
ihn erwartete. Auf einem Tisch daneben lagen

Eisenhaken, Messern und Zangen. Es sah nicht gut aus für ihn. „Soweit muss es nicht kommen!" Der anwesende Zanther hatte sein Tuch vom Gesicht genommen und hielt es seinem Pagen hin, der eilig eine Tinktur darauf träufelte. Sofort presste der Adelige das getränkte Gewebe wieder vor seine Nase und atmete mit geschlossenen Augen tief durch. Ein Mann erhob sich und entrollte ein Pergament: „Euer Vergehen! Soll ich es ausführen, oder ist Euch die Dreistigkeit bewusst, mit der Ihr das Leben edler Ritter und das der Marktbauern geopfert habt?" Steffan hatte oft von solchen Femen gehört und war sich bewusst, dass er sagen konnte, was er wollte: Es wäre egal, sein Schicksal schien besiegelt. Er senkte den Kopf und schloss die Augen. Hoffentlich würden sie sich nicht tagelang an seinen Schreien ergötzen und es kurz machen. Wozu dieses Getue? Während im Geist seine Kindheit vorüberzog und er verschwommen das Gesicht seiner verstorbenen Großmutter sah, wurde es unruhig um ihn herum. Er öffnete die Augen und hörte jetzt mehrere Männer, die hektisch den Gang herunter liefen. „Edler Herr!" riefen sie und erreichten bald keuchend den Raum. Der Junker kniete immer noch in ihrer Mitte. „Herr, wir werden angegriffen. Es ist zu dunkel um etwas erkennen zu können, aber ein Meer von Fackeln steht vor der Veste. Ein Lärmen und schlagen der Waffen auf Schilder lässt keinen Zweifel daran, dass unsere Burg angegriffen wird." Verwirrung herrschte und die edlen Männer, gefolgt von den Dienern und Pagen rannten davon. Selbst der Folterknecht war verschwunden.

Nur das Licht der Feuerkörbe erhellte gespenstisch den düsteren Ort. Steffan erhob sich, er musste die Gelegenheit nutzen. Er ging zum Tisch und nahm eine der Zangen. Vergebens bemüht sich der Eisenkette zu entledigen. Da entdeckte er einen Hammer, der das Gewicht eines Streitkolbens hatte. Jedes seiner Handgelenke war mit einer armeslangen Kette verbunden, so konnte er mit etwas Geschick zuerst die Niete des linken, dann des rechten Armreifens heraustreiben. Er eilte sich redlich und sein Bemühen war bald von Erfolg gekrönt. Welch eine Erleichterung, als er endlich seine befreiten Arme wieder reiben und kneten konnte, um die Durchblutung zu fördern. Er schaute sich um. Wie sollte er sich bewaffnen und auf welchem Weg würde er diese dunklen Gänge verlassen können? Das Kloakenrinnsal, in den harten, felsigen Untergrund gemeißelt, führte den tiefschwarzen Gang herab in die entgegengesetzte Richtung. Mit einem Holzscheit, umwickelt mit Stroh und im Feuerkorb als Fackel entfacht, ging er dem Verlauf des Abwassers nach. Unter einem Gitter hindurch wurde die stinkende Brühe in einen schmalen Tunnel geleitet, der am Ende des Ganges den schemenhaften, schwachen Lichtpunkt der Freiheit zeigte. Er musste durch dieses eiserne Gitter, egal wie! Die unteren Spitzen endeten in einer Höhe von einem Fuß. Zu eng für ihn, dort hindurch zu kriechen. Aber wenn er sich in diese Rinne pressen würde, so wäre genügend Platz, um sich hier hindurch zu zwängen. Auf allen Vieren kroch er, endlich das sperrige Gitter hinter sich lassend, durch den nur hüfthohen Tunnel der Kloake. Er musste seine letzten Kräfte mobilisieren, denn ein wiederholtes Einfangen würde wahrlich sein Leben kosten. Der Mondschein begrüßte ihn, als er durch dickes Gestrüpp endlich aus der engen Felsspalte trat und in einem Bachlauf stand. Trotz des kalten Quellwassers wusch er den anhaftenden Kot und sonstigen Unrat von seiner zerfetzten Kleidung und entfernte sich von der rückwärtigen Seite der Burg, die hier nur fensterlos mit hohen Mauern umgeben. Da sich hier ein ausgedehntes Sumpfgebiet anschloss, erwarteten die Burginsassen von dieser Seite keinen törichten Überfall. Die angreifenden Männer, die zu seinem Glück rechtzeitig mit Fackeln vor den Toren der Veste erschienen, waren von hier aus nur sehr schwach zu hören.

Ein Kampflärmen war das nicht, es hörte sich wohl eher an, als hätten Hundertschaften von Bauerntölpeln zu tief in den vergorenen Saftkübel geschaut. Steffan entkam in jener Nacht nur knapp und machte sich auf den beschwerlichen Weg durch die Wälder zum Höhendorp des With. Der neue Tag schickte schon seine ersten, dunstverhangenen Strahlen, als er endlich total erschöpft bei seinem Vater über der Schmiede in der kleinen Kammer Unterschlupf fand. „Wie, verschwunden?" Der erste Ritter, Zanther saß auf einem wuchtigen Holzsessel und stellte seinen gefüllten Becher so fest auf die Tafel, dass der rote Rebensaft über seinen Ärmel spritzte. Der Bote wiederholte ängstlich, was er zu berichten hatte: „Wie ich es sage, Herr. Wir haben alles abgesucht, aber die verschlossenen Gewölbe haben ihn verschluckt. Nur der Kadaver des fremden Ritters, der im Verlies den Ratten als Festschmaus dient, ist noch da." Verwirrt schaute er zu seinen Männern. „Habt ihr Kunde, ob er einen Pakt mit dem Satan geschlossen hat?" Der rothaarige Arn, ein

Nordmann stand auf und erklärte, dass auch in seinem Land einmal ein Verurteilter verschwunden war. Er hatte den Richter und alle Anwesenden verflucht und sich dann lachend in einer Wolke aus Schwefel aufgelöst. „Schweig still!" schrie Zanther, der die Unruhe im Saal bemerkte und ahnte, dass solche Erzählungen nicht gut für die Männer waren. Schon bereute er, diese Frage nach dem Teufel überhaupt gestellt zu haben. „Er wird sich durch die Wachen geschlichen haben, als sie uns von dem Bauernpack und den Fackeln vor der Burg berichtet haben." Murrend und ängstlich schauten die Ritter einander an. So recht konnte und wollte das niemand glauben, denn alle Tore der Veste waren verschlossen und beim Verlassen des Gewölbes hatten mehrere den Gefangenen erschöpft, in Eisen gelegt und kniend in der Folterkammer gesehen. Trotzdem wagte niemand mehr, etwas Derartiges zu sagen. Widerwillig löste sich die Ritterschar auf und begab sich in die kalten Schlafräume. Vereinzelt hörte man ängstliches Flüstern: „Wenn er wirklich mit Satan im Bunde steht, so wird er kommen, um auch uns zu richten." „Es war kein Mensch, das habe ich gleich erkannt, als er unsere Burg betrat. Ein Geist war er, niemand hatte ihn zuvor gesehen. Keiner weiß, ob er wirklich aus dem Süden kam." „Wieso konnte er Lesen und Schreiben? Woher kannte er die Ziffern, die der Klerus in seine Bücher malt?" „Man munkelt sogar, dass er nicht das rechte Blut hat. Er ist nicht von Adel!" „Stimmt! Sein Vater ist ein gewöhnlicher Schmied. Nur mit der Unterstützung des nach Schwefel stinkenden Höllenmeisters…" ängstlich bekreuzigten sich die Männer und der Ritter fuhr fort: „hat er sich die Schwertleite erschlichen". Allgemeine Zustimmungen fanden diese Mutmaßungen unter den verunsicherten Rittern. Ein Keim der Angst war gesät und trug bald reichliche Früchte. „Ich werde Dein Kopfhaar scheren! Kleide Dich mit dem Kittel der Ackerleute und trage Deinen Dolch versteckt auf dem Rücken." Sein Vater kam gerade wieder in die Stube zurück. „Dieser Ritter Zanther, unten im Tal der Wippera ist rasend vor Zorn. Du musst wissen, dass er das volle Vertrauen unseres Grafen genießt. Er ist der erste, und damit höchste Ritter. Seine Männer haben Angst vor ihm, denn er will nicht glauben, dass Du spurlos aus seiner Veste verschwunden bist." Adam musste lächeln: „Weißt Du, was man sagt?" Steffan brach ein Stück Brot und tunkte es in dem Topf mit heißem Öl. Genüsslich biss er ein Stück ab. „Hörst Du überhaupt zu, wenn ich Neuigkeiten habe, die ich aus der Schmiede zu berichten weiß?" Steffan hatte nicht zugehört und schaute nun seinen Vater an: „Entschuldigt, Vater. Ich war verträumt." Adam packte ihn an der Schulter: „Du bist vogelfrei. Wenn Du weiterhin so gedankenlos bist, so wirst Du bald bleich und aufgedunsen im Rhenus schwimmen. Hör also, was man über Dich sagt. Du bist der Gehilfe Diabolos. Man redet davon, dass es in den Gewölben von Leyginsiphen seit Deinem Verschwinden nach Schwefel stinkt. Die Ritter trauen sich nur noch in Gruppen hinunter und singen lauthals, während einer voran gehen muss, der ein Kreuz trägt. Dies musst Du für Dich zu nutzen wissen!" Seine Stiefmutter hatte der Unterhaltung schweigend zugehört. Nun schaute sie Steffan an: „Glaube mir, nichts ist so kraftvoll wie das Wissen! Du hast einen Vorteil gegenüber diesen Tölpeln. Schau, auch mich wollten sie als Hex anklagen, nur weil ich die Kunst der Kräuter von meinen Vorfahren lernte. Ich zeige Dir den Gebrauch einiger Mittelchen, deren Wirkung für die meisten unerklärlich ist." Sie ging aus der Stube, kramte in ihrem Zimmer und kam bald mit allerlei Beuteln und Gläsern zurück. „Schau nur, diese Tinktur ist farblos und doch hat sie enorme Kräfte. Eine Prise ins Gesöff und der stärkste Mann sinkt zu Boden wie ein gefällter Baum. Nach Stunden wird er mit einem bösen Brummkopf wieder zu sich kommen und sich an nichts erinnern. Aber bis dahin ist die Überraschung auf Deiner Seite." Den ganzen Abend erklärte Odine ihrem Stiefsohn allerlei Extrakte, die er wohlbehütet beschriftete und an sich nahm. Dankbar ging er spät in der Nacht zu Bett: „Man kann ja nie wissen, was das Schicksal für einen bereit hält." Odine schaute ihm nach: „Recht so, mach das Beste daraus!"

Am nächsten Tag verbreitete Adam nebenbei in seiner Schmiede, dass sein Sohn Steffan verschwunden sei. Merkwürdige Dinge erzählten sich die Ritter. Man hatte ihn des Nachts gesehen, als er auf einem Ziegenbock über die Felder ritt. Ein anderer hatte ihn durch die Luft fliegen gesehen, immer um den Burgfried des Zanther zu Leyginsiphen, und immer bei Vollmond. Steffan war zu einem Gespenst geworden. Seine Stiefmutter hatte ihm ein weißes Gewand genäht und sein Vater gab ihm einen stattlichen gefüllten Lederbeutel mit dem neu erfundenen Pulver, welches die Ritter für ihre Bombarden benötigten. Steffan würde diesem verruchten Zanther eine Lektion erteilen, bevor er sich dem Grafen von Berg anvertrauen wollte. Bei Anbruch der

Dunkelheit schlich er sich aus der Schmiede und galoppierte mit seiner treuen Else, dem Kaltblüter hinunter ins Tal der Wippera. Das Pferd ließ er an einen Baum gebunden zurück, nahm sein wichtiges Bündel und ging den gleichen Weg zurück, den er aus der Veste genommen hatte. Er kroch den Abwasserkanal zurück bis zu dem Eisengitter, verknotete einen kleinen Beutel mit dem explosiven Pulver am Schloss und rollte eine Lunte aus, bis er weit genug entfernt war. Dann zündete er und kroch zurück aus dem Stollen. Ein dumpfer Schlag folgte und leichte Rauchfahnen drangen aus dem Loch. Er wartete eine Weile und schlich zurück. Scheinbar hatte niemand diesen Knall wahrgenommen. Die Verriegelung des Gitters war zerrissen, was musste da für eine Kraft hinter gesteckt haben. Das Tor lehnte offen an der Wand. Steffan ging hinein und zog es hinter sich soweit an, dass er es mit einem dünnen Faden wieder so verknoten konnte, als wäre es fest verschlossen.

Eine Fackel diente ihm als Licht, als er in das Gewölbe der Folterkammer schaute. Er entzündete die Feuerkörbe, die an der Wand verteilt angebracht waren und bald erstrahlte der gesamte Raum, als würde die Sonne diesen scheußlichen Teil des Gewölbes erhellen. Der

Gang weiter hoch zur Burg war nicht so lang, wie er gedacht hatte, aber eine dicke Eichentür, mit Nägeln und Beschlägen verstärkt, ließ seinen Tatendrang hier enden. Er ging zurück, zog sein weißes Gewand an und nahm die kleinen Stoffkügelchen, die er mit Odine in der Nacht zusammengestellt hatte. Mit einer Eisenstange schlug er gegen das Bohlentor, nicht um es aufzubrechen, sondern um mit Lärm auf sich aufmerksam zu machen. Etliche Pausen legte er ein und glaubte schon, dass man dieses Poltern nicht hören würde, als er hinter der Tür leise Stimmen vernahm. Wachen schienen unschlüssig zu sein, seine Chance war gekommen: „Ich warte schon seit Tagen, wo bleibt dieser edle Zanther? Will er mich nicht richten, wie er es vorgehabt hatte?" Steffan ließ ein scheußliches Lachen folgen und rannte den Gang zurück, denn er hatte das Klimpern von Schlüsseln gehört. Gerade noch rechtzeitig schaffte er es in die hell erleuchtete Kammer zu kommen, als drei Ritter, bewaffnet mit Armbrüsten die schwere Bohlentür zur Seite schoben. Steffan schrie und fluchte laut, das Echo verzerrte seine Stimme und hallte so erbärmlich durch das Gewölbe, dass die Männer die Flucht ergriffen. Als er wieder in den Gang sah, lagen da die geladenen

Bolzenwaffen in der geöffneten Tür. Die Steintreppe, mit etlichen Fackeln erhellt, war dahinter gut zu sehen. Sie führte nach oben in die Veste. Es würde nicht allzulange dauern und Hundertschaften von Bewaffneten würden hier herunterkommen. Er nahm die Armbrüste an sich und schickte sich an, den Gang durch das Eisengitter zu verlassen. Da hörte er lateinische Worte und ein Mönch betrat zitternd die Steintreppe, die zu der Bohlentür führte. Die Kapuze verhüllte sein Gesicht, so sah man auch nicht die Angst des frommen Mannes, als er endlich in dem düsteren Gang erschien. Noch immer sang er die beschwörenden Gebete, als er zögernd in der Tür stehen bliebt. „Haltet ein, mein Freund", rief Steffan und trat ihm in seinem weißen Gewand entgegen. Er hatte seine Kopfhaut und sein Gesicht mit schwarzem Ruß eingerieben und warf eines der Kügelchen vor sich auf den Boden. Mit einem Knall und einer starken Rauchentwicklung verdampfte das kleine Wunderwerk, aber es verfehlte seine Wirkung nicht. Der Mönch fiel auf die Knie: „Weiche von uns, Satan!" rief er und ein starkes Zittern in seiner Stimme zeigte seine Angst. Steffan blieb stehen und sagte in ruhigem Ton: „Der edle, erste Ritter, Burgherr Zanther sollte hierherkommen, gegen Euch hegen wir keinen Groll! Er hat mich eingesperrt und dem Tod überlassen. Nun wird er seine gerechte Strafe bekommen. Geht und berichtet ihm davon!" Steffan drehte sich um und nahm zwei Kugeln, die er erneut zischend auf den Boden warf. Er war sicher, dass der Mönch ihm nachschaute. Er trat gegen das Eisengitter, das sofort klirrend aufsprang und hörte hinten im Gang das entsetzliche Schreien des verängstigten Mönches, der zurückgeeilt war. Schnell rannte Steffan zurück, nahm die Waffen und seine Sachen, löschte die Feuerkörbe und eilte den Gang herunter. Bald war er bei seinem treuen Pferd und verließ das Tal. Dieses Erlebnis hatte seine Wirkung in der Burg hinterlassen, das war sich sehr sicher, denn solch ein Vorfall würde, egal er geschildert sein mag, für die einfachen Männer unwirklich und überirdisch aussehen.

## Im Schlafgemach des Zanther

„Lasst mich zu ihm!" schrie der aufgeregte Mönch, als er stolpernd an dem Rittersaal vorbeirannte. „Ich muss sofort unseren Herrn warnen, er ist in höchster Gefahr!" Drei Ritter standen bewachend vor dem Schlafgemach des Burgherrn. Sie kreuzten ihre Hellebarden und geboten dem Heranstürmenden Einhalt. „Unser Herr hat sich zur Ruhe begeben!" Unwirsch zwängte sich der Mönch an den Rittern vorbei, die es nicht wagten, ihm zu widersprechen, denn seine Kutte dampfte noch und stank entsetzlich nach Schwefel. Ohne Zweifel war er dem Satan soeben persönlich begegnet. Als der Mann des Klosters die Tür aufriss, sah er zuerst nur diesen großen Bettkasten. Er stand an der Stirnwand, mit langen, verzierten Holzstangen an allen vier Ecken. Darüber lagen edle Stoffe, die an den Seiten geschlossen waren. An der vorderen Front waren sie, ähnlich der Fahnen im Rittersaal seitlich hochgerafft. Die gesamte Schlafstätte stand erhaben, auf einem hölzernen Podest, sodass der Mönch seinen Hals recken musste, um unter dem Baldachin den kleinen, zusammengesunkenen Gnom sehen zu können, der ängstlich an einem Tuch kauerte. Um die Schlafstelle verteilt standen insgesamt fünf Männer, die ihn zu schützen hatten: „Habt Ihr ihn gesehen? Ist es wirklich der Ritter Roman, der Euch erschienen ist?" Der Mönch sprudelte über: „Fürwahr, er war es, Herr. Schwarz war sein Antlitz und weiß seine Kutte. Mehrfach knallte es und Schwefelrauch stieg auf, ich dachte, mein Ende sei gekommen." Zanther schrie ihn an: „Weiter, so erzählt doch weiter! Wieso hat er Euch verschmäht? Wie kam er in das sichere Gewölbe meiner Veste, so redet doch!" Der Kuttenmann senkte sein Haupt: „Er war nicht an mir interessiert, edler Herr!" nach einer Pause ergänzte er zaghaft: „Er will Euch!" Zanther war außer sich und schrie seine Wachen an: „Sprengt das Gewölbe! Versperrt ihm den Weg!" Der Mönch schüttelte sein Haupt: „Das wird zwecklos sein. Er trat gegen das dicke Eisengitter, das mit Wucht sofort aufgeflogen ist und ging ruhig, fast als würde er schweben hinunter und verschwand. Er ist nicht mehr hier in der Veste. Er kann kommen und gehen, wann und wohin er immer will, versteht Ihr das nicht!" Zanther starrte ihn verständnislos an: „Ahh! Ahh!" schrie er, riss an seinem Haupthaar und warf die Flausen seiner Haare wild um sich. Bald blutete sein Kopf und seine Ritter hielten ihn fest an den Händen. Zweifellos konnte er diese Sache nicht einordnen. Er war wirr geworden, im Kopf und starrte ängstlich an die Balkendecke: „Kann er auch fliegen?" fragte er seine Leute, die auch sofort nach allen Seiten Ausschau hielten. Panik breitete sich unter den Männern aus aber der Mönch hob seine Arme: „Er wollte mich nicht, er hat nach dem ersten Ritter verlangt. Also wird er auch euch verschonen!" Die Wachen glaubten dem frommen Mann und verließen das Schlafgemach. Zanther saß alleine in seiner Bettkiste, nahm den Tonkrug, gefüllt mit starkem Rebensaft und schüttete den Inhalt glucksend in seinen Schlund. Er wollte diesem Spuk ein Ende setzen und tatsächlich döste er bald, völlig betrunken endlich ein.

## Die „Neuhe Burg" oberhalb der Wippera

„Ist er alleine?" wollte der Graf wissen, denn schlimme Kunde war über den neuen Ritter an sein Ohr gedrungen. Der Page schüttelte seinen Kopf. „Nein Herr, er wird begleitet von seinem Vater Adam, dem Schmied, der vor etlichen Lenzen mit seinem verstorbenen Weib aus dem Land der Chatten zu uns kam und hier bei Euch ein paar Lenze Dienste getan hat. Wie Ihr selbst gesagt habt, ein rechtschaffender, ehrlicher Mann. Auch unser Ritter Johan bürgt für ihn, es ist sein Oheim, ein Halbbruder des Schmiedes." Der Graf nickte: „Lasst sie zu mir und schließt die Tür. Ich will nicht gestört werden!" Die drei Männer traten ein und verbeugten sich. Johan stellte seinen Bruder und dessen Sohn vor und der Graf gestattete den Männern, an der runden Tafel Platz zu nehmen. „Schenkt euch ein! Ihr müsst durstig sein, nach einem so anstrengenden Ritt." Dann wandte er sich an Steffan: „Was habt Ihr angestellt? Mein Vasall Zanther ist außer sich. Er will Euch vogelfrei sehen, ist mir zu Ohren gekommen?" Steffan stand auf und legte seine rechte Faust auf sein Herz: „Herr, ich konnte sein Wirken nicht verstehen. Es wird die Fürstentochter sein, dessen Tod er befohlen hat." Johan und Adam konnten den hitzköpfigen Junker nicht vor dieser unbedachten Äußerung schützen. Sie sahen, wie sich der Hals des Grafen rot verfärbte, bevor er donnernd mit der Faust auf die Tafel schlug. Der schwere Wasserkrug blieb standhaft stehen. Die Holzbecher jedoch fielen um und purzelten durcheinander. „Wer seid Ihr, dass Ihr Euch erdreistet, so über einen meiner getreusten Vasallen zu reden? Er hat mich auf manchem Schlachtfeld begleitet und sein Schild für meinen Schutz hergehalten. Sein Schwert und sein Leben hat er mir verbürgt. Ihr kommt daher und behauptet etwas, das Ihr zu beweisen habt. Nur die Fürsprache Eures Oheims Johan hindert mich noch, Euch um Kopfes Länge kürzen zu lassen! Erklärt Euch!" Steffan hatte diese aufbrausende Reaktion des Grafen nicht erwartet. Ein gütiger und gerechter Mann sollte der sein? Er kennt das wahre Wesen seiner eigenen Männer nicht! Der Junker erzählte unbefangen von seinen bisherigen Erlebnissen, die er im Land der Wippera gemacht hatte. Er ließ auch nicht aus, dass er der Jungfer Minna von Poznan sehr nahe stand und erfolgreich um sie geworben hatte. Das erstaunte Gesicht des Adeligen zeigte ihm, dass er auf dem richtigen Pfad war. „Viele Adelige, so sagte mir die fürstliche Maid, hatten um ihre Hand angehalten. Zanther war einer von ihnen. Bei seiner Abfuhr hatte er sich wütend gezeigt und der Maid gedroht. Daraufhin habe ich sie in ihre heimatliche Veste begleitet. Wir sind auf dem Weg dorthin von seinen Rittern überfallen worden und konnten nur mit Mühe entfliehen." Während der Junker weiter erzählte, war der Graf in Gedanken versunken. Sollte sein erster Ritter tatsächlich wegen der fürstlichen Jungfer so verwerflich gehandelt haben? Er unterbrach seinen Redefluss und zog an dem langen Linnen, das neben dem Teppich an der Wand hing. Offenbar war damit ein Zeichen an die Dienerschaft gegangen, denn augenblicklich öffnete sich die wuchtige Tür und ein Page kam auf den Grafen zu. Er beugte sich zu ihm, um seine leise gesprochenen Anweisungen zu erhalten. Dann nickte er und verließ, rückwärtsgehend den Saal. Als die Tür wieder verschlossen war wollte Steffan weiter erzählen, wurde jedoch mit einer Handbewegung des Grafen zum Schweigen gebracht: „Warten wir einen Augenblick, gleich wissen wir, ob das, was Ihr da von Euch gegeben habt zutreffen kann oder ob Ihr ein Lügner seid!" Schweigend saßen die Männer an der Tafel. Keiner wagte, sich zu rühren oder nach einen Becher Wasser zu greifen. Der Graf hatte den Ellenbogen auf den Tisch gestellt und stützte seinen Kopf mit der Hand. Genüsslich kraulte er seinen Bart und musterte die drei Männer, die unschlüssig vor sich auf die Tafel starrten. Nach endlosen Minuten öffnete sich wieder die Tür und der Page, begleitet von einem Ritter betrat den Saal. Der Graf schaute auf: „So redet, wir haben keine Geheimnisse!" Der Ritter verbeugte sich und sprach: „Herr, Ihr habt mich rufen lassen?" Der Landesvater machte eine abfällige Handbewegung und erwiderte: „Erspart Euch die Förmlichkeiten. Ihr wisst genau was zur Debatte steht. Ich will alles über den Vasallen zu Leyginsiphen wissen! Alles!" Der Ritter stand aufrecht und schaute dem Grafen offen in die Augen: „Euer Zanther ist von Sinnen! Er hatte gehofft, die Jungfer Poznan zu freien, aber die hatte sich ihm verweigert. Seit diesen Tagen war er nicht mehr der erste Ritter, den Ihr gekannt habt, mit Verlaub." Der Graf schaute missmutig: „Wieso erfahre ich das erst jetzt?" Der Angesprochene wirkte etwas verlegen: „Er war Euer Ziehkind, wenn ich das so sagen darf. Ihr habt nichts geglaubt, was man gegen ihn vorgebracht hat. Ihr wolltet vor Monden auch nicht wahrhaben, dass er des Betrugs bezichtigt wurde und habt den Ankläger ohne Anhörung ins Verlies werfen lassen. Die Worte des Ritters von Neuenthal sind wahr. Das können etliche Männer aus der Veste zu Leyginsiphen bezeugen, die Euch immer noch in Treue untertan sind. Er hat sich auch darauf berufen, dass seine Ritter ihm den Treueschwur zu entrichten hätten und nicht Euch, dem Landesherrn." Das kam einem Frevel gleich und deshalb ließ der Adelige nach seinem Schreiber rufen. „Notiere er. Ich wünsche alle Ritter, die abkömmlich auf der Veste zu Leyginsiphen sind, sich binnen der nächsten Tage bei mir zu melden. Der Herold soll noch heute losreiten und die Depesche abgeben." Nun wandte er sich wieder an die drei Männer, die den Ausführungen fassungslos zugehört hatten. Steffan hatte sich das richtige Bild von Zanther gemacht, aber dass er schon vorher bei einigen Rittern unliebsam aufgefallen war, das konnte er nicht wissen. „Wollt ihr hier verweilen bis ich Nachricht habe, oder kommt ihr noch einmal hierher, damit ich Recht sprechen kann?" Die Männer schauten sich verdutzt an. Adam erklärte sich als erster. „Meine Schmiede wartet, Herr. Ob ich Euch noch von Nutzen sein kann, das müsst Ihr entscheiden. Nur mein Sohn Steffan wäre in Eurer Veste sicher besser aufgehoben. Auch wenn es Eurem ersten Ritter nicht zusteht einen Bann zu verhängen und ihn für vogelfrei zu erklären, so ist es doch an meine Ohren gekommen, dass sich einige Ritter aufgerufen fühlen, ihn zur Strecke zu bringen." Der Graf nickte: „Für wahr. Da ist etwas dran. Steffan, der Ihr Euch Roman von Neuenthal nennt, wollt Ihr für die nächsten Tage mein Gast sein?" Sein Oheim nickte ihm wohlwollend zu und Steffan bejahte. Sie verabschiedeten sich von Adam, der mit seinem Leiterwagen und zwei Ochsen den Weg hierher angetreten hatte. „Warum kam er nicht mit seinem Gaul?" wollte Steffan von Ritter Johann wissen. „Mein Bruder, Dein Vater ist geschäftstüchtig. Er hat allerlei Geschmiedetes auf der Burg feilgeboten und einen Batzen Silberlinge gemacht!" Steffan musste grinsen: „Ja, Vater weiß sich zu verkaufen!"

Nachdem der bergische Herold die Botschaft verlesen und anschließend am Tor angebracht hatte, wurde Zanther unruhig. Er rannte gehetzt durch den Hof, las das Schreiben und riss es unwirsch herunter. Dann warf er das gräfliche Pergament in einen, der Feuerkörbe. Der dankte ihm die unverhoffte Nahrung mit einem aufflackernden Lichtschein. Die Flammen leckten gut eine Elle hoch aus dem Eisengestell, um sich kurz danach wieder den glimmenden Holzbalken zuzuwenden. Der

Herold hatte dies Tun vom Stall her beobachtet und war sich nun sicher, nicht in dieser Umgebung und bei diesem Kastellan die Nacht zu verbringen. Er gab seinen Begleitern ein Zeichen und kurz danach galoppierten sie an der Wippera ihrer Quelle entgegen. Sie erreichten nach einem scharfen Ritt die bergische Veste und berichteten dem Grafen sofort von den Erlebnissen und dem Verbrennen seines Schreibens. Steffan bekam davon nichts mit. Er saß derweil mit Ritter Johann am Kamin und beriet sein weiteres Vorgehen, denn sie waren sich absolut sicher: Kampflos würde Zanther seinen Plan nicht verwerfen. Nach drei Tagen kamen die bestellten Ritter und stellten ihre Gäule in den Stall. Nachdem sie sich gestärkt hatten, wurden sie im Rittersaal vom Grafen empfangen. Der Adelige hatte darauf bestanden, dass die beiden Ritter Johann und Steffan am offenen Feuer, mit dem Rücken zu ihnen der Befragung und Unterhaltung beiwohnen sollten. Als sich der Lärm etwas gelegt hatte, kam der Graf sofort mit seinen Fragen und beschwor seine Männer, ihm wahrheitsgemäß und treu zu antworten. Ein Raunen der Verwunderung ging durch den Saal. Nun wurden die Ritter bei Namen aufgerufen und befragt. Das Ergebnis war erschütternd, der Landesvater zutiefst betrübt, ob der Veränderung, die seinen besten Ritter betraf. Als eine kurze Beratungspause eingetreten war, kam ein Page zu ihnen ans Feuer: „Der Graf wünscht euch beide nun an seine Seite, darf ich euch führen?" Sie standen auf und wurden erst jetzt von den meisten Rittern wahrgenommen. Steffan trug das grobe Gewand eines Landsknechtes, die Kapuze tief ins Gesicht gezogen. Der Graf gebot ihnen, sich an seiner Seite auf die wuchtigen Holzsessel zu setzen. „Ich habe zwei liebe Gäste, die ich euch nun vorstellen möchte. Zum einen mein getreuer Ritter Johann, der nun schon zwanzig Lenze treu an meiner Seite verweilt. Und..." er beugte sich zu Steffan herüber und flüsterte ihm zu: „Entblößt Euer Haupt, Ihr steht unter meinem Schutz!" dann drehte er sich wieder zu der Tafel um: „Und Ritter Roman von Neuenthal, mein neuer getreuer Begleiter!" Als Steffan seine Kapuze zurückstreifte, kam eine Unruhe in den Saal. Stühle fielen um, Ritter versuchten zu entfliehen. Verwundert rief der Graf seine Männer zur Ruhe: „Seid ihr Weiber oder Männer? Was ist in euch gefahren?" Keiner wagte es, Steffan in die Augen zu sehen. Allzu schnell hatte sich die Mähr verbreitet, dass er tot sei und nun dem Teufel diente. Ruhig und seiner Wirkung auf die Ritter gewiss stand Steffan auf. „Ich war bin ein rechtschaffender Christ. Ich wurde auf einer befreundeten Burg in meiner Heimat, im Land der Chatten zum Ritter erzogen. Mir braucht man nicht zu erklären, was Treue und Pflicht meinem Landesvater gegenüber bedeuten. Euer Kastellan zu Leyginsiphen hat mich dazu gezwungen, mit eigenwilligen Mitteln gegen ihn vorzugehen. Aus seiner Runde kam der hinterlistige Anschlag auf die Fürstin, die ich nur mit Mühe retten und auf ihre sichere Veste am baltischen Meer begleiten konnte. Er scheint es auf ihre Habe abgesehen zu haben und scheut auch vor Mord nicht zurück. Ich hoffe sehr, dass ihr dieses Geschwätz von vogelfrei nicht geglaubt habt, denn einen solchen Bann kann nur der Graf selbst öffentlichen aussprechen." Steffan setzte sich und der Graf erhob nun das Wort: „Ritter Roman, Ihr habt richtig gesprochen. So erkläre ich hiermit und vor meinen Rittern für vogelfrei…" Eine Totenstille lag im Saal. Man erwartete den Bann des adeligen Landesvaters, aber gegen wen? „Für vogelfrei und damit jeglicher Titel, Ländereien und Rechte beraubt erkläre ich, Kraft meines Standes meinen ersten Ritter. Zanther soll sich nicht mehr sicher fühlen, innerhalb meiner Grenzen.

Er hat durch schändliche Anmaßungen und liederliches Tun...." Steffan hatte die Bewegung am hinteren Ende der Tafel, direkt neben der Tür als erster bemerkt und blitzschnell reagiert. Er war gegen den sitzenden Grafen gesprungen und hatte ihn samt Holzsessel umgeworfen. Ein wilder Tumult entstand und als Steffan seine Hand ausstreckte, um dem Landesvater wieder auf die Beine zu helfen, schrie er den Junker an: „Seid Ihr von Sinnen? Wie könnt Ihr es wagen..." Steffan sagte nichts. Er zeigte nur auf das Wappen des Grafen, das an der rückwärtigen Wand hing. Genau an der Stelle, an der zuvor noch der Sessel gestanden hatte, wippte noch ein tief eingedrungener Wurfspeer. Steffan sprang auf die Tafel und sah gerade noch, wie Rudger, der Bruder des getöteten Franken Hedras durch die weit geöffneten Türen des Saales floh und mit ihm rannten gut ein dutzend Männer in den Hof. „Schließt die Tore!" rief der Graf, der sich immer noch nicht von dem Mordanschlag erholt hatte. Steffan stand neben ihm: „Es ist zu spät, Herr. Seht selbst!" Der Adelige raffte sich auf und schritt zum Fenster. Er sah gerade noch die kleine Staubfahne aus Dreck und kleinen Steinchen, die der galoppierenden Gruppe nachwehte. Der Dunst legte sich und die verwirrt dreinschauenden Händler standen noch ratlos im Hof. Nur Steffan hatte reagiert. Er stand unbeirrt auf dem Fenstersims und schaute mit dem Lederrohr hinter ihnen her: „Es sind insgesamt zehn Reiter. Ich kenne sie von Ansehen, fünf von ihnen sogar mit Namen. Das wird uns helfen, Euch vor ihnen zu beschützen!" Als er vom Fenstersims zurück in den Saal stieg, schaute der Graf ihn an: „Ihr wollt doch nicht behaupten, dass Ihr das Auge eines Adlers habt? Hattet Ihr die Männer schon im Saal erkannt?" Steffan gab seinem Landesvater das Lederrohr. „Ein Geschenk. Man nennt es das „große Auge!" Der Graf schaute auf den Gegenstand. „Ich habe es von einem Araber. Man erzählt sich, dass sie in der Lage sind, selbstständige Maschinen zu bauen. Wasserräder die ohne Menschenkraft arbeiten. Geräte, die Tee aufbereiten." Der Adelige musste zugeben, dass auch er schon von der außerordentlichen Kunst und Technik des Orients gehört hatte. „Ich weiß! Kreuzritter haben mir berichtet, dass sie sogar Stäbe tragen, die Feuer spuken können." Interessiert nahm er nach Anleitung von Steffan das Lederrohr vor seine Augen und schaute über die weiten Wälder seines bergischen Reiches. „Besorgt mir ein solches Rohr! Ich werde es mit Gold bezahlen!" damit gab er das kostbare Auge seinem Besitzer zurück. Die Ritter versammelten sich und berieten, wie man dieser Revolte Herr werden sollte. Die übrigen Männer aus Leyginsiphen weigerten sich beharrlich, zu ihrem Kastellan zurückzukehren.

„Wer begleitet mich?" Zanther schaute gespannt in die Runde seiner Männer. Soeben hatte er von der Ungeheuerlichkeit des Banns erfahren, den der Graf über ihn verhangen hatte. Teils vor Angst, teils vor Wut und Raffgier standen die Männer geschlossen hinter ihm. Alle Männer? Keineswegs alle! Einige hatten sich dazu entschlossen, dem Wahnsinnigen den Rücken zu zeigen. Sie hatten sich aus dem Staub gemacht, als man im großen Saal das weitere Vorgehen beriet. Rudger wurde ausdrücklich als Held gefeiert und spätestens jetzt musste jedem klar geworden sein, dass Zanther die Herrschaft über das Bergische anstrebte. Ihm waren noch dreißig Ritter verblieben. Es waren nicht die Kühnsten, wenn man einmal von Rudger und den Nordmännern absah, die sich letzten Sommer erst zu ihnen gesellt hatten. Sollte der Kastellan hier in der Veste auf seine Verhaftung warten, oder dem Grafen zuvor kommen? Der Berger würde es nicht wagen, seine eigenen Männer zu belagern und anzugreifen. „Männer! Meine Freunde! Ich habe einen Entschluss gefasst!" Gebannt schauten sie zu ihrem Burgherrn auf. „Was glaubt ihr, wird passieren, wenn der Graf nicht mehr lebend unter uns weilt? Wenn in einem Streich auch dieser Johann und Ritter Roman zu ihrem Schöpfer gerufen werden? Wir werden uns hier in der Veste solange verschanzen, bis dieser Auftrag erledigt ist!" Die Männer grölten siegesgewiss. Das war ein guter Plan. Keiner von ihnen musste in einem waghalsigen Unterfangen seinen Kopf riskieren. Geheime Angriffe waren angesagt und darin waren einige der Männer wahre Künstler. Sie wurden auf ihre Mission vorbereitet.

Zwei Monde waren vergangen. Der Graf war mit sich selber uneins. Er war als Richter dazu verpflichtet, den Abtrünnigen zur Verantwortung zu ziehen. Jedoch wollte er dazu nicht unnütz Menschenleben opfern, denn dieser Wahnsinnige stand mit dem Rücken zur Wand und würde sich zu wehren wissen, da er nichts mehr zu verlieren hatte. Während er noch warten wollte, nahm ihm das Schicksal die Entscheidung aus den Händen. Es war ein Tag wie jeder andere. Die Wachen waren seit dem Vorfall im Rittersaal verdoppelt worden. Keiner konnte die Burg unkontrolliert betreten. Man fühlte sich sicher, zu sicher! Es fing an diesem schönen, sonnigen Vormittag damit an, dass die persönliche Zofe der Gräfin zerschmettert im Burggraben aufgefunden wurde. Sie konnte unmöglich hier herunter gestürzt sein, denn auf der Rückseite der Veste gab es nur hohe, vergitterte Fenster. Sie musste von den Zinnen gestoßen worden sein. Von dem Wehrgang, der nur den Wachen zugängig war. Argwohn und Angst beschlich die Bewohner. Es waren Fremde in der Veste!

Steffan rüstete sich mit Schwert und Dolch und begab sich unverzüglich zum Quartier der älteren Ritter. Er wollte mit seinem Oheim, der die Anlage besser kannte, nach den Fremdlingen suchen. Zu seiner Verwunderung waren die Türen zu den Räumen fest verschlossen, aber keiner stand schützend davor. Der Graf! Man muss den Grafen doch schützen! Steffan rannte über den Hof. Verwirrte Ritter und Knappen standen planlos herum. „Hey, ihr Beiden!" rief er zwei Männern zu, die er als treue Vasallen des Adeligen kannte. „Folgt mir, wir beschützen den Herrn!" Alle drei liefen die breite Treppe zum Palas empor und wurden jäh gestoppt.

„Ohh, ohh! Nicht so hastig! Ihr werdet Euch noch den Hals brechen!" Zanther stand mit ein paar Männern auf dem obersten Absatz der Treppe. Langsam schob sich Rudger seitlich zu ihnen, den Grafen fest umklammert. Der scharfe Dolch, den der Adelige am Hals hatte, war schon erfolgreich an ihm getestet worden, denn er blutete stark aus der rechten Schulter. Sein Arm hing schlaff und leblos herunter. „Legt vorsichtig eure Waffen zur Seite. Ich sage das nur ein einziges Mal!" Der Vogelfreie grinste siegessicher und Steffan zermürbte sein Hirn. Er suchte verzweifelt nach einem Ausweg. „Nun?" Zanther schien nicht mehr warten zu wollten und gab Rudger ein Zeichen. Der stieß mit Wucht den Dolch erneut in die Schulter des wehrlosen Mannes. Der Graf schloss die Augen und rutschte stöhnend auf den Boden. „Sollen wir uns seinem Weib widmen?" Steffan zählte fünf Männer. Mit Sicherheit waren die anderen Schurken irgendwo in der Veste. Nun galt es, die Männer in einen Kampf zu verwickeln. Steffan nutzte die Pause, schrie auf und rannte die Stufen empor. Damit hatten die Männer nicht gerechnet und es gelang ihm, sein Schwert in einen der Männer zu versenken. Mit wuchtigem Tritt gegen dessen Körper befreite er den scharfen Stahl von seinem

Opfer und schlug auf den nächsten Mann ein. Das war Ansporn genug für die zögernden Ritter, die ihn hierher begleitet hatten. Auch sie rannten nun brüllend auf die Verbliebenen zu. Sie ließen den röchelnden Grafen schwer verletzt liegen und zogen sich in einen der Räume zurück. „Holt einen Medicus für ihn und Verstärkung für uns!" rief Steffan einem Pagen zu, der ängstlich hinter einem Vorhang gestanden hatte. Unverzüglich stolperte der Jüngling die Treppe herunter und man hörte seine Hilferufe im Hof. Steffan bückte sich und legte den Handrücken auf den Hals des Landesvaters. Er atmete flach und unregelmäßig, aber er lebte. „Wo führt diese Tür hin?" rief er seinen beiden Begleitern zu und bekam nur ein Achselzucken als Antwort. „Das sind die gräflichen Räume im Palas. Da hatten wir keinen Zutritt, wir sind das erste Mal hier oben!" Steffan drehte sich um, ihm entfuhr ein Fluch. Ratlos bückte er sich erneut zu dem alten Herrscher, der flackernd seine Augen geöffnet hatte. „Beruhigt Euch, Herr. Wir sind bei Euch. Wo ist Euer Weib, Herr?" Der Schatten eines zufriedenen Lächelns huschte über das Gesicht des Adeligen. „In Sicherheit, Ritter Roman! In der Kemenate." Steffan versuchte ihn zu stützen. „Könnt Ihr aufstehen?" Der Graf mühte sich, seinen Kopf

283

hochzuhalten, aber sein schmerzverzerrtes Gesicht zeigte, dass seine Verletzungen doch zu groß waren. „Roman, aufgepasst!" rief einer der Männer und Steffan wirbelte herum. Wo war dieser hinterlistige Rudger so plötzlich hergekommen? Alle Türen hier oben waren doch noch verschlossen. Steffan zog erneut sein Schert und griff gleichzeitig mit der Linken an seinen Rücken. Den Kampf mit Schwert und Dolch gleichzeitig hatte er lange eingeübt. Das machte sich nun bezahlt. Mit der flachen Seite seines Einhänders fing er den Hieb seines Gegnern mit der Parier Stange ab, während er, nun nahe genug am Feind, seinen Dolch einsetzen konnte. Die funkelnden Augen des Franken verloren jeglichen Glanz. Er taumelte zurück, verblüfft und tödlich getroffen, vom dem dünnen Nierenstecher. Er fand keinen Halt mehr und stürzte unkontrolliert rücklings die lange Steintreppe herab. „Ein Unwicht weniger!" sagte er sich und sah die Ritter, die helfend heraufstürmten. Nun galt es, den Vogelfreien zu finden und ihn auch zum Schöpfer zu schicken. „Ist der Medicus bei euch?" wollte Steffan noch wissen und zur Bestätigung zeigten die Männer auf zwei Mönche, die sich schon um den Grafen bemühten. „Nicht hier oben, das ist noch zu unsicher. Schafft ihn an einen sicheren

Ort!" Dann nickte er den neuen Rittern zu und gemeinsam durchsuchten sie jeden Raum. Verschlossene Türen wurden gewaltsam aufgebrochen, Zanther und seine restlichen Männer blieben verschwunden. „Wer kennt diese Räumlichkeiten? Es muss einen geheimen Ausgang von hier geben, aber wo ist der und wo führt der hin?" Ein Page kam zögernd die Treppe hoch. Er machte einen weiten Bogen um den immer noch verdreht auf den Stufen liegenden Rudger. „Vielleicht kann ich Euch helfen, Herr." Der Knabe ging vor, öffnete erneut eine Tür und durchschritt zielsicher den leeren Raum, in dem nur ein paar Sessel und eine große Tafel standen. „Hier!" Er schlug einen Wandteppich zur Seite. Dahinter wurde eine schmale Holztür sichtbar, die jedoch verschlossen schien. Steffan schlug mit dem Knauf seines Schwertes dagegen. „Und? Wie öffnet sich der Gang?" Der Knabe hob einen Balken über dem Türsturz und knarrend war der Weg frei. Eine schmale Wendeltreppe führte ins Dunkel hinab. „Wo endet er?" wollte er wissen und der Page antwortete. „In den unteren Gängen der Kemenate, Herr!" Steffan zögerte keinen Augenblick und teilte die Ritter auf. „Ihr geht über den Hof." Sagte er zu der einen Gruppe, die sich sofort abwandte und loslief. „Eine

Fackel, schnell!" rief er und leuchtete bald in den Schlund hinab. Hinter ihm folgten die restlichen Ritter. Er kam sich vor, als würde er Diabolo suchen und ganz falsch war das ja nicht. „Diese verfluchte Bohlentür. Sind wir vor dem Wehrgang oder führt die Tür ins Freie?" Zanther drehte sich um und suchte nach seinem Vertrauten, der diese Räumlichkeiten nur zu gut kannte, denn er hatte als Page fünf Jahre hier verbracht. „Ich weiß nicht, Herr. Den Gang gibt es schon lange, aber wo er hinführt weiß ich auch nicht." Zanthers Augen wurden zu schmalen Schlitzen. Er drehte sich zu seinem Informanten. „So, das weißt Du nicht. Konntest Du das nicht vorher sagen? Jetzt sitzen wir hier in diesem Gang fest, Du Trottel." Mit dem Handrücken schlug er dem Mann ins Gesicht. Blut spritze aus der aufgeplatzten Lippe und der Nase. „Du hast Glück, dass ich nicht Dein Innerstes freigelegt habe!" Damit nahm er bestätigend seinen Dolch, den er stets bei sich trug und auch gerne im Gebrauch hatte. Sie standen in einem breiten, hohen Gang. Seitlich waren sie soeben aus dem Geheimgang gekommen und hatten nicht bemerkt, wie sich hinter dem letzten Mann dieser Rückweg wieder geschlossen hatte. Man sah noch nicht einmal mehr die

Stelle, wo die Tür war. So waren sie den Gang entlang gegangen und standen nun vor dieser schweren Bohlenwand. In Kniehöhe war ein kleiner Durchlass, der mit einem groben Schloss gesichert war. Ein herbeigerufener Ritter steckte sein Schwert zwischen den Riegel und drehte brachial das morsche Gehäuse ab. Der Weg war frei. Sie bückten sich und einer nach dem anderen kroch durch dieses Loch. Sie befanden sich in den unteren Gängen der Frauengemächer. „Halt! Wer da?" Die Wachen hatten ein Geräusch aus dem Gewölbe vernommen und kamen, um die Eindringlinge zu hindern. Oberhalb der Kellergewölbe füllte sich der Gang mit den Männern, die Steffan hierher geschickt hatte. Zanther saß in der Falle. Er schien sein Missgeschick zu bemerken, denn er gebot seinen Leuten, ruhig zu sein, während er deutlich auf das kleine Loch zeigte, aus dem sie hierher gekrochen waren. Vorsichtig stiegen sie wieder zurück in den Gang und verschlossen die aufgebrochene, kleine Pforte wieder, indem sie einen Eisenstab quer über den Riegel steckten. Zanther leuchtete mit seiner Fackel in die entgegengesetzte Richtung. Das Pech tropfte jetzt verstärkt herunter und der Lichtschein wurde spärlicher. Es würde nicht mehr lange dauern und sie ständen in völliger Dunkelheit. Der Gang führte auf der anderen Seite zu den Vorratsräumen. Dort brachen sie eine Tür auf und gingen hinein. Die Feuerkörbe an den Wänden waren üppig gefüllt. Ein kurzes Anbrennen und bald war der gesamte Raum von Licht durchflutet. Fass an Fass stand an einer Wand und das Klopfen mit Schwertknauf sagte den Rittern, dass sie randvoll waren. Der Zapfhahn zeigte ihnen, dass sich eine Flüssigkeit darin befand. Sie drehten sich um und entdeckten Truhen und Kisten. Darüber hingen abgehäutete Tierkörper, Schinken und andere Fleischkeulen. Hier hätten sie sich unter anderen Umständen gut verstecken können, aber es war eine Frage der Zeit, wann die Wachen auch hier nachschauen würden. „Hier hinten in der Ecke. Das kann unsere Lösung sein!" Ein Ritter zeigte auf das oben an der Wand, kurz unter der niedrigen Decke halbverdeckte Fenster. Zanther sprang auf eine der Kisten und prüfte das verrostete Gitter, das sofort mit Mörtel herunterfiel, als er daran gerüttelt hatte. Der Weg in die Freiheit lag zum Greifen nah.

## Die Verfolger

„Pst! Da war was." Steffan horchte in den schneckenförmig nach unten gewundenen Gang. Dumpf klangen Wortfetzen aus der Tiefe an ihre Ohren. „Pst! Leise!" sagte er und stieg im Kreis gehend hinab. Nach etlichen Drehungen blieb er stehen, denn ein Schwindel machte sich in seinem Kopf breit. Diese nicht endenden Stufen der Wendeltreppe, immer um die mittlere Steinsäule herum, war er nicht gewohnt. Er atmete tief durch und schaute zurück, hoch zu seinen Begleitern, die genauso blass um die Nase waren und denen es anscheinend nicht besser ging. Unerwartet stand er plötzlich vor einer schmalen Tür, die aus Steinen zu bestehen schien. Ein breiter Eisenbolzen quer vor dem Durchlass ruhte in einer ausgehöhlten Nische rechts daneben. Steffan wuchtete den Riegel hoch und zu seiner Überraschung gab die schwere Tür ganz leicht nach. Er leuchtete in den Durchgang, der sich hier zu einem breiten Gang öffnete. Sie standen offensichtlich in einem Kellergewölbe. Sie vernahmen einen leichten Luftzug und ein hörbares Stöhnen zeigte ihnen, dass sich der Zugang selbstständig wieder geschlossen hatte. Sie waren unentschlossen, in welche

Richtung sie nun gehen sollten, da öffnete sich die Steinwand erneut. Der Page, der ihnen den Weg gezeigt hatte erschien im Rahmen: „Ihr kennt doch den Weg nicht." Sagte er erklärend und zeigte in beide Richtungen. „Dort führt der Gang in die Vorratsräume", er drehte sich um und deutete in die entgegengesetzte Richtung. „Da hinten ist die schwere Bohlenwand mit einem kleinen Durchschlupf. Dahinter sind die Gewölbe unterhalb der Kemenate." Wieder teilten sich die Männer auf, entzündeten neue Fackeln und gingen in die beiden Richtungen durch den dunklen Gang. Bald darauf stand Steffan vor der aufgebrochenen Tür des Vorratsraumes. Die Anspannung war den Männern anzusehen, denn von drinnen flackerten noch die entfachten Feuerkörbe. Hier mussten die Eindringlinge zu finden sein. Er legte seinen Zeigefinger mahnend auf seine Lippen und stieß vorsichtig die Holztür auf. Im hellen Licht der brennenden Feuer tanzten nur ihre eigenen Schatten an den Wänden. Der Raum schien leer und bald sahen sie auch das herausgebrochene Eisengitter und die schwarzen Spuren an der Wand, die die Männern beim Hochklettern dort hinterlassen hatten. „Hinaus!" rief Steffan, „sie können noch nicht weit gekommen sein!" Die Männer drängten zur Tür und strömten lärmend durch den Gang. Steffan meinte, eine Bewegung wahrgenommen zu haben und drehte sich noch einmal um. Zu spät bemerkte er den Schatten, der sich hinter einem Fass versteckt haben musste. Der Schlag traf ihn unvorbereitet und ließ ihn zu Boden taumeln. „Du Narr!" Zanther stand über ihm und hielt seine Dolchspitze an den Hals des überrumpelten Ritters. Langsam kamen seine Sinne zurück und er war sich schnell über seine aussichtslose Lage im Klaren. Ein knarrendes Geräusch im Gang ließ ihn neue Hoffnung schöpfen. Als sich der Vogelfreie aufrichtete, um nachzuschauen, zögerte Steffan keine Sekunde. Liegend trat er mit aller Wucht gegen das Knie seines Widersachers. Mit einem Aufschrei stürzte der zu Boden, der Dolch glitt ihm dabei aus der Hand. Steffan drehte sich um und war über ihm. Mit einem wuchtigen Faustschlag beförderte er den abtrünnigen Ritter ins Traumland. Gerade war er dabei, den Mann zu fesseln, als weitere Kumpanen hinter dem Fass hervortraten. Sie hielten ihre gezogenen Schwert vor sich und kamen langsam auf ihn zu. Draußen angekommen, gingen die Männer mehrfach vor der hohen Mauer auf und ab. Dann blieben sie an der angegebenen Stelle stehen und schauten sich an: „Hier ist niemand herausgeklettert!" Ratlos standen die Ritter vor dem schmalen Fenster, das ihnen der kundige Page in der Außenanlage gezeigt hatte. Das Gras und Gestrüpp war unversehrt. Es war weder niedergetrampelt, noch abgerissen. Die Männer mussten noch unten im Keller sein. „Zwei Männer bleiben hier!" rief einer, dann rannten sie wieder ins Gewölbe zurück. „Schlau und gerissen wie ein Fuchs, dieser Zanther! Meinte einer der Ritter, als sie wieder die Treppe ins Gewölbe nahmen. An dem bewachten Gewölbefenster erschienen nun einige Männer, darunter auch Johann, aufgeschreckt durch das Lärmen und Herumhasten der Ritter. „Was sucht ihr da?" wollte er von den beiden verbliebenen Wachen wissen und wurde schnell von ihnen aufgeklärt. Er legte sich daraufhin auf den Bauch und schaute durch das Glas lose Fenster hinab in den, mit Fackeln hell erleuchteten Kellerraum. Was er da sah, ließ sein Blut gefrieren. Drei bewaffnete Männer gingen auf seinen Neffen zu, der alleine mit gezücktem Schwert und Dolch an der Wand stand, bereit sich zu wehren. „Schütze, schnell! Gebe er mir seine Armbrust!" sagte er leise zu den umstehenden Männern und einer reichte ihm die geladene Waffe. Er zielte kurz und man vernahm ein schnurrendes Geräusch, gefolgt von einem erstickten Schrei. „Ein neuer Bolzen, schnell!" rief er und schon sank der zweite Mann im Gewölbe verletzt zu Boden. Steffan besann sich und sprang den verbliebenen Angreifer mit seinem Schwert an. Die lange Blankwaffe konnte der Schurke gerade noch abwehren, den kurzen Dolch nicht. Tief stieß Steffan verzweifelt die dünne Klinge in dessen Wams und zog sie kräftig an sich zurück. Da kam Zanther wieder zu sich, rappelte sich auf und wollte mit einem wuchtigen Schwertstreich den Kampf beenden. Mit einer geschickten Drehbewegung schleuderte der bedrängte Ritter seinen Dolch gegen den anstürmenden Verräter. Die scharfe Klinge durchschnitt den Lederharnisch wie Butter und blieb tief eingedrungen in der Herzgegend stecken. Der dumpfe Schlag stoppte das tödliche Anrennen und ließ den Getroffenen stolpern. Mühsam und verzweifelt bemühte der sich, seine Beine wieder unter Kontrolle zu bringen. Er war sich dieser plötzlichen Kraftlosigkeit immer noch nicht bewußt. Das dicke Fass an der Wand sollte ihm sein Gleichgewicht wiedergeben. Es misslang ihm. Er fiel vornüber und blieb regungslos liegen, denn nun ragte die scharfe Spitze des eingedrungenen Dolches unterhalb seines Schulterblattes blutverschmiert aus seinem Rücken. Der wuchtige Aufprall auf die gepflasterten Steine hatte Steffans Werk vollendet. Er schaute zum Fenster empor und entdeckte seinen Oheim, der ihm, mit einer Armbrust im Anschlag im letzten Augenblick zu Hilfe gekommen war und ihm nun freundlich zuwinkte. Die Bedrohung war vorüber. Bald hatten die Wachen die restlichen Männer innerhalb der befestigten Mauern eingefangen. Sie wurden gebunden und geknebelt, unmittelbar danach zum Galgen geführt. Dort fesselte man sie an den Eisenringen, die in der Bruchsteinwand verankert waren. Hier draußen, bewacht von den Burgwachen, sollten sie eine Nacht Zeit haben, um über ihre Taten und die sinnlose Treue zu dem falschen Kastellan nachzudenken. Früh am nächsten Morgen, noch bevor die ersten, wärmenden Strahlen der Sonne die Spitzen der Bäume erreichten, wurden die Männer zum Schöpfer geschickt. Es war ein nachdenklicher Anblick für Steffan, die ehemaligen Kampfgefährten Zanthers jetzt so kraftlos, Sandsäcken gleich, nebeneinander an dem langen Querbalken baumeln zu sehen. Er atmete tief durch, sie hatten es nicht anders verdient. Er wandte sich ab und suchte die gräflichen Räume auf. Hier hatte die

Dienerschaft schon wieder die Spuren der Kämpfe beseitigt. Nur die Zofen waren mit Sand, Wasser und Reisigbesen noch dabei, die dunklen Flecken von den Steinstufen zu schrubben. Die heilkundigen Mönche hatten sich erfolgreich um den Landesherrn gekümmert. Die Stichwunden des Grafen wurden mit Verbänden aus Kräutern und Salben behandelt, um Entzündungen vorzubeugen. Nach zwei Wochen saß er wieder an der Stirnseite des Rittersaals. Mit einen Arm in der Schlinge, die er um seinen um Hals tragen musste, konnte er noch eine paar Wochen lang nur mit der linken Hand anstoßen, Speisen wurden vom Mundschenk in Mundgerechte Stücke zerschnitten. „Ergötzt euch an den Speisen und dem Trunk der Reben. Stillt euren Hunger, denn die Sauenjagd in unseren Wäldern war recht ergiebig. Erfreut mich mit Kurzweyl! Heute ist für mich ein glücklicher Tag!" rief er trotz seiner Schmerzen erfreut aus, denn er war froh, den Mordanschlag einigermaßen glimpflich überstanden zu haben. Die Feier dauerte drei Tage. Auch Adam der Schmied war dazu mit seinem Weib angereist. Steffan wurde als neuer „erster" Ritter von dem dankbaren, bergischen Grafen eingesetzt und verließ mit vier Begleitern frühzeitig die

Höhenburg, um Minna aus ihrer schützenden Veste aus dem Osten wieder an die Wippera zurückzuholen. Nach weiteren zwei Wochen war der Tross wieder unversehrt in der „Neuhen Burg" angekommen. Der Graf zeigte sich seinem ersten Ritter gegenüber noch einmal dankbar und ließ Steffan als Hochzeitsgeschenk feierlich ein besiegeltes Pergament übergeben. Darin stand beglaubigt, dass der erste Ritter des Grafen, der treue „Roman von Neuenburg" als neuer Kastellan die Wasserburg Leyginsiphen, von der Wippera umspült, als des Grafen Lehn zu verwalten und die Niederungen des Tales zu schützen hatte. Steffan war hier nun endgültig in seiner neuen Heimat angekommen und zog unter dem Jubel der treuen Vasallen des Grafen in die Veste ein. Seine erste Reise als Burgherr führte ihn zu dem Kloster in der Nähe der Abtey Sygburg, in dem hoffentlich der Araber noch verweilen würde. Das Glück war ihm auch diesmal wieder hold. Achmed erkannte den Ritter sofort wieder und war tatsächlich bereit, ihm auf seine Burg zu folgen. Er wurde Steffans persönlicher Berater und Leibarzt. Der Ritter brauchte nicht lange zu bitten, als er den Wunsch äußerte, seinem Landesvater auch ein großes Auge, ein „Oculi" herstellen zu lassen. Einmal im Jahr, wenn die Ernte eingefahren war und sich das Volk für die kalte Zeit rüstete, kamen alle Vasallen auf der Höhenburg des Grafen zusammen. Sie tauschten Erfahrungen aus, warben neue Ritter an und manch zarte Minne entsprang solchen jährlichen Treffen. Steffan war diesmal das erste Mal auch dazu eingeladen. Begleitet von seinem angetrauten Weib, der jungen Fürstin Gisel - Minna von Boznan, sowie Achmed, seinem Berater wurde die kleine Reiterschar feierlich empfangen. Als Gastgeschenk bekam der Graf sein „Oculi" von dem Araber überreicht, was ihnen bei den anderen Rittern Bewunderung und große Achtung einbrachte. (Achmed erhielt manchen Auftrag, denn nun wollten auch die befreundeten Vasallen in Friedenszeiten auf der Jagd und in Kriegszeiten auf dem Feld in die Ferne sehen können.) Steffan hatte in Abwesenheit von der Veste Leyginsiphen seinen Vater Adam damit beauftragt, ein sicheres, starkes Gitter im Abwasserstollen an der rückwärtigen Seite der Wippera – Burg anzubringen. Man konnte sich ja nie sicher genug sein, in diesen Zeiten. Diabolo sollte so schnell nicht wieder den Weg in die inneren Gemächer seiner Veste finden.

Für **Stephan,** den Namensgeber der
**Familie meines Großvaters**
      **Friederich Steffens,**
**der vor über 400 J. als einer von insgesamt**
**sieben Scheffen der Abtei Deutz auf einem**
**Gehöft in der gleichen Kleinstadt wirkte**
**und gelebt hat, in der ich heute mit meiner**
**Familie wohne.**

**Roman**

Weitere Bücher aus dem Mittelalter:

**Anno 1379 An Rhenus und Wippera**
**200 Seiten SU**
**ISBN 9783 940486 875** Krone Verlag Lünen
**Hermann Vom Leibeigenen zum Ritter**
**200 Seiten SU**
**ISBN 9783 940486 882** Krone Verlag Lünen

Krimis Verlag: **B.o.D. Books on Demand**
(auch als E-Books)

**Die weisse Traumkatze 1**     **184 S. PB**
ISBN 9 783734 735301
**Geheimnisvolles Familienerbe**     **72 S. PB**
ISBN 9 783734 738104
**ZWÖLF MAL ROMAN plus X**    **296 S. PB**
Neuauflage von: Kreuzfahrt ins Ungewisse
ZWÖLF MAL ROMAN Habgier + 7 Krimis
**Ron`s Krimis 1 + 2**     **296 S. PB**
Zusammenfassung beider Bücher
**Die weisse Traumkatze 2**     **164 S. PB**
weitere Fälle des Andy Steffenson…
**Roman`s Mittelalter Band 2**     **296 S. PB**
Neuauflage von: Die Rache des kleinen Jost
und Schatrandsch

Herstellung und Verlag:
BoD - Books on Demand, Norderstedt
ISBN 978-3-8448-0614-4